KB055860

05

Management of
Novice Alchemist
The Arrival of
Winter and Guests

DATE: ○○ △△

장사꾼으로서 따지자면

그런 분위기 같은 건 내다 버려야 한다.

겨울인데도 파리만 기운차게 날아다니는

이 상황 때문에 나는 약간 궁지에 처해 있었다.

Kate Starven
케이트 스타벤
아이리스의 파트너.
아이리스와 함께 그녀의 치료비
사라사에게 갚아나간다.

Iris Lotze
아이리스 로체
채집자. 사라사가 목숨을 구해주지만,
큰 빚을 지게 된다.

DATE: ○○ / △△

거친 목소리와 함께 성큼성큼 들어온 사람은 불량스러운 남자들

다섯 명이나 거느린 젊은 남자였다. 돈이 많은 상인이거나 귀족.

둘 중 어느 쪽이라 해도 골치 아픈 냄새밖에 나지 않는다.

Sarasa Feed

사라사 피드

◆◇◆◇◆◇◆◇◆◇◆◇◆◇◆◇◆

초보 연금술사. 학교를 졸업한 다음,
요크 마을에 스승님에게 받은
연금술사의 가게를 낸다.

Lorea

로레아

◆◇◆◇◆◇◆◇◆◇◆◇◆◇

요크 마을 잡화점 딸.
사라사의 가게에서 일을 도와준다.

DATE: ○○ / △△

"자, 점장님. 사인을!"

서류를 마구 들이대는

아이리스 씨와 어느새 준비한

펜은 힘차게 내미는 케이트 씨.

초보 연금술사의 점포경영
5

이츠키 미즈호 지음 | **후미** 일러스트 | **천선필** 옮김

커버 그림, 본문 일러스트 | **후미**

Contents

Management of
Novice Alchemist The Arrival of Winter and Guests

제5장

ᛏᚻᛖ ᚨᚱᚱᛁᚢᚨᛚ ᚨᚠ ᚹᛁᚾᛏᛖᚱ ᚠᛁᚾᛞ ᚷᚢᛖᛋᛏ

겨울의 도래와 귀한 손님

05

Management of
Novice Alchemist The Arrival of Winter and Guests

Prologue

프롤로그

며칠 전부터 계속 내린 눈으로 인해 요크 마을은 정적에 감싸여 있었다.

해가 뜬 이후로도 돌아다니는 사람은 별로 보이지 않았고, 2층 창문으로 바라본 광경은 삭막하면서도 왠지 운치가 있어서 그 모습을 느긋하게 맛보는 것도 나쁘지 않겠다는 생각도 들었다.

———다시 말해 정말 분위기가 좋다.

하지만 장사꾼으로서 따지자면 그런 분위기 같은 건 내다 버려야 한다.

겨울인데도 파리만 기운차게 날아다니는 이 상황 때문에 나는 약간 궁지에 처해 있었다.

"그런 관계로, 돈을 마련할 필요가 생겼어요."

최근 며칠 동안 날마다 넷이서 개최한 다과회.

그 자리에서 내가 심각한 느낌으로 그렇게 말하자 아이리스 씨가 고개를 연달아 끄덕였다.

"오오, 점장님도 현실을 보게 된 건가. 공감해, 공감한다. 나도 처음에는 빚의 액수를 생각하지 않으려 했으니까."

"보게 되었다고 해야 하나, 볼 수밖에 없게 되었다고 해야 하나……, 예상은 하고 있었지만, 채집자들의 활동이 상상했던 것보다 더 둔해졌네요."

"우리도 최근 며칠 동안은 일을 하러 가지 않았으니 이런 말을 할 처지는 아니지만, 겨울에는 쉬는 채집자가 많단 말이지."

"그만큼 일을 하면 얻을 수 있는 이익이 크지만 말이야."

대수해에서 겨울에 채집 작업을 하려면 꽤 힘이 든다.

기온이나 눈, 겨울에만 나오는 마물 같은 직접적인 장애물뿐만 아니라, 그렇지 않아도 길을 잃기 쉬운 숲속에서 눈으로 인해 주위 풍경까지 바뀌어버리니 그럴 만도 하다.

하지만 이 계절에만 채집할 수 있는 소재도 있기 때문에 일만 하면 나름대로 벌 수 있고, 겨울에 특화된 기술을 지니고 있으면 그 액수도 커진다———, 위험 부담에 맞게끔.

"사라사 씨, 그렇게 곤란한 상황인가요?"

"음~, 가게가 망할 만한 상황은 아니지만……, 연금술 쪽은 정체되었다고 해야 하나."

약간 불안한 듯이 힘없는 표정을 지은 로레아에게 내가 고개를 살짝 갸웃거리며 애매하게 대답했다.

빚을 떠안고 있어서 옴짝달싹 못 하는 건 아니다. 하지만 얼마 전에 아이리스 씨 일행의 구출 작전으로 인해 가지고 있던 현금이나 소재가 대부분 바닥나 버렸다.

남아 있는 것은 별로 쓸 데가 없고 팔 곳도 마땅치 않아 산더미처럼 쌓인 아티팩트(연성구)와 포션(연성약)뿐.

다행히 내가 투자해서 세운 여관의 새 건물은 마을에 머무르고 있는 채집자들로 가득 차서 디랄 씨가 돈을 꾸준히 갚아주고 있다. 하지만 평민의 수입치고는 많은 그 돈도 연금술 소재를 잔뜩 사들일 정도는 아니란 말이지.

연금술 대사전도 5권, 6권으로 접어들면 필요한 소재의 가격이 올라가니까.

"그리고 세금. 봄이 되면 그쪽도 생각해야만 하니까……."

연금술사는 여러모로 우대를 받는 대신 세금 쪽은 꽤 엄격하다.

1년 동안의 수입과 지출을 서류로 정리해서 나라에 제출하면서 세금까지 같이 내야만 한다.

나 같은 경우에는 봄에 가게를 냈으니 겨울이 끝나는 시점에 서류를 만들어 세금을 계산하고 낼 돈을 마련할 필요가 있다.

"그런데도 가게는 괜찮은 건가요?"

"응. 우리 가게 필요경비는 로레아의 급료하고 식비 정도밖에 안 드니까?"

이 점포 겸 주택은 내가 산 건물이라 임대료는 안 들고, 종업원은 로레아 한 명이다. 이 마을에서는 조금 비싼 편인 급료도 연금술에 들어가는 돈과 비교하면 오차범위에 불과하다.

"일단은 유예 기간이 1년 있긴 한데……, 가능하면 일찌감치 내고 싶네. 너무 늦으면 인상도 안 좋아지니까, 적어도 여름까지는 다 해결해두고 싶거든."

"그럼 식사의 질을 떨어뜨리는 게 나을까요? 그리고 급료도 좀 줄여도——."

"어이쿠, 로레아. 그건 신경 쓰지 않아도 돼. 확실히 말해서 식사는 물론이고, 로레아가 한 명이든 열 명이든 전체적으로는 전혀 영향이 없으니까."

조심스럽게 말을 꺼낸 로레아의 제안을 곧바로 부정했다.

모처럼 로레아가 요리를 해주는데 맛이 없어지면 아까우니까.

애초에 우리가 먹는 식료품과 농산물은 로레아 덕분에 산지 직송인 데다 이웃이라 할인된 가격에 사고 있다. 네 명이 한 달 먹을 분량도 저렴한 포션 한두 개 정도 가격이다.

고기도 집세를 면제해준 식객 두 명이 가끔 사냥을 해서 가지고 오니 실질적으로는 공짜.

거기에 로레아의 급료를 더해봤자 거의 없는 거나 마찬가지다.

절약해봤자 새 발의 피. 맛있는 밥과는 바꿀 수가 없다.

"한동안 연금술을 쉬고 직접 소재를 찾으러 갈까……?"

나는 찻잔을 흔들며 한숨을 쉬었다.

이번 사흘 동안 온 손님은 놀랍게도 0명.

파리만 시끌벅적하게 날리고 있다.

어차피 손님이 안 온다면 가끔은 내가 직접 채집하는 것도 방법이긴 하지.

———왠지 한 달에 한 번 정도는 채집하러 가는 것 같기도 하지만.

"점장 씨, 우리가 도울 만한 게 있다면 뭐든지 말해줘. 점장 씨가 곤란해하는 원인은 우리니까."

"으음. 우리가 채집해 올 수 있는 물건이라면 채집해 올

거고, 점장님과 함께 간다면 어디든 따라가도록 하지.”

“감사합니다. 으음~, 본격적으로 검토해볼까요. 슬슬 눈도 그칠 것 같으니 내일은 나갈 수 있을지도 모르겠어요.”

오지 않는 손님을 기다리면서 찻잎만 빻는 것도 시간 낭비다.

어차피 빻을 거면 마정석 부스러기를 빻는 게 좋긴 하겠지만, 지금은 그쪽 재고도 별로 없다.

“점장님, 나는 잘 모르는데, 이 계절에는 어떤 걸 얻을 수 있지?”

“그게 말이죠, 잠시만 기다려주세요.”

나는 자리에서 일어난 뒤 공방에서 연금 소재 사전을 가지고 와서 테이블 위에 펼쳤다.

“이 근처에서 얻을 수 있고, 채집 난이도가 너무 높지 않으면서도 가치가 높은 물건. 그러면서 제가 쓰고 싶은 소재. 후보가 별로 없긴 한데요…….”

나는 사전을 팔랑팔랑 넘기면서 아이리스 씨 일행에게 몇 가지 소재를 보여주었다.

겨울 마물은 방심할 수 없기 때문에 기본적으로는 식물 계열부터. 사냥이 가능하다면 마물을 사냥하는 것도 괜찮겠지만, 가치가 있는 대상은 마주치는 것도, 찾아내는 것도 힘들다.

그런 면에서 식물 계열은 추위를 견디는 끈기와 참을성만 있으면 어떻게든 된다.

―――가끔 조난당해서 죽긴 하지만. 겨울 산을 얕보면
안 된다.

"별로 없다고 하면서도 선택지가 있군. 역시 비싼 걸 노려
야 하나?"

"그래도 우리는 눈 속에서 채집 활동을 하는 건 익숙하지
않잖아. 점장 씨가 있어준다고 해도 처음에는 간단한 것부
터 해야 하지 않을까?"

"겨울은 짧지 않으니까 그게 좋을지도 모르겠네요. 제 경
험도 실습을 몇 번 나간 것 정도밖에 없으니까요. 그렇다면
적당한 소재는―――."

딸랑, 딸랑.

이야기를 나누던 도중에 갑자기 소리가 울렸다. 우리는
일제히 고개를 들었다.

"……손님?"

"오오, 이런 마을에도 우리보다 더 부지런한 채집자가 있
었나."

"빙아 박쥐도 많이 잡았으니 어지간해서는 겨울에 일할
필요는 없을 텐데."

빙아 박쥐로 돈을 많이 번 케이트 씨는 그렇게 진술했다.

뭐, 두 사람 같은 경우에는 빚이 있으니 똑같이 놓고 볼
수는 없지만 말이지.

"뭐, 마을 사람일지도 모르니까 나갔다 올게."

"아, 사라사 씨하고 다른 분들은 그냥 계세요. 제가 나갈

15

테니까요."

로레아가 일어서려던 나를 말리며 재빠르게 일어섰다.

"그래? 그럼 부탁할게."

"네. 맡겨만 주세요. 오랜만에 일을 하겠네요!"

일을 할 수 있다는 게 기쁜 건지, 미소를 지으며 나가는 로레아.

하지만 우리가 이야기를 다시 시작한 지 얼마 되지도 않아서 그녀는 당황한 표정을 지으며 돌아왔다.

"무슨 일이야?"

"저기……, 뭐라고 해야 하나, 수상쩍은 손님이……."

"어? 또? 노르드 씨가 온 건 아니겠지?"

"네, 아니에요. 더 수상해요."

"그 사람보다 수상하다니……."

아, 아니, 잠깐만.

잘 생각해보니 노르드 씨는 외모만 보면 그렇게까지 수상하진 않았지? 옷차림에 신경을 쓰지 않을 뿐이었고. 이런저런 일들이 있어서 수상한 사람이라는 인상이 박혔지만.

……응, 이미지라는 건 무섭구나.

"알겠어. 바로 갈게."

"저기, 왠지 높은 사람 같은 분위기라 응접실로 안내해드렸는데 괜찮을까요?"

"그래? 응, 문제없어. 그 방이라면."

나름대로 괜찮은 가구를 갖춰두었지만, 각인의 효과 때문에 훔치지는 못할 테고 응접실에서 복도로 이어지는 문은 다른 사람이 열지 못하게끔 해두었다.

만약 손님이 엉뚱한 마음을 품고 왔다 하더라도 피해는 별로 없을 것이다.

"수상한 사람이라……. 좋아, 점장님. 우리도 따라가겠어."

"그래, 점장 씨 혼자 보내는 건 걱정되니까."

"감사합니다. 로레아는 가게 쪽을 부탁해도 될까? 아마 손님은 안 올 것 같지만."

"네. 조심하세요."

불안해 보이는 로레아를 가게 쪽으로 보낸 다음, 우리 세 사람은 응접실로 향했다.

Episode 1

THFN EIFHFT AUFHMFFNFK

첫 번째 손님

응접실에 있던 사람은 로레아가 말한 것처럼 수상쩍은 사람이었다.

눈 근처까지 깊게 눌러쓴 모자와 입가까지 가린 머플러, 몸 전체에 두른 두꺼운 코트. 눈 속을 뚫고 걸어온 걸 고려하면 이해가 안 되는 건 아니다.

하지만 아티팩트를 통해 적당한 온도를 유지하고 있는 이 집에서는 아무리 생각해도 너무 중장비였다.

그런 차림새로 소파에 거만하게 앉아있으니 로레아가 '높은 사람 같다'고 표현할 만도 했다. 체격을 보니 남자 같긴 한데, 어떻게 생겼는지조차 보여주지 않는 건 마음에 들지 않는다. 적어도 얼굴 정도는 보여줬으면 좋겠는데 말이지.

"오래 기다리셨습니다."

"아뇨, 괜찮습니다. 당신이 사라사 피드인가요?"

그 수상쩍은 사람은 내가 약간 딱딱한 말투로 말했는데도 별다른 반응 없이, 소파에 앉은 우리 세 사람을 번갈아 가며 본 다음 내 얼굴에 시선을 고정하며 그렇게 물었다.

태도가 왠지 정겨운데……, 아, 그거다. 스승님 가게에 왔던 귀족.

그중에서도 제대로 된 사람들이 이런 분위기를 보였다.

"네, 맞습니다. 실례입니다만, 당신은?"

"아, 자기소개를 하지 않았었군요. 제 이름은 페리크. 페리크 라프로시안입니다."

""""네에?!""""

세 명이 무심코 낸 목소리가 겹쳤다.

하지만 어쩔 수 없다. 라프로시안이라는 건 이 나라의 이름이다.

그 성을 쓸 수 있는 건 왕족과 관계자들뿐이니까.

"이름만으로는 믿어주시기 힘들 테니……, 이건 어떨까요?"

그가 품속에서 꺼내 보인 것은 정교한 장식이 들어간 단검.

그 자루 끝에 새겨져 있는 것은 분명히 라프로시안 왕가의 문장이었다.

그것을 가지고 있는 건 왕족 또는 왕족에게 인정받은 자뿐이다.

다시 말해 그가 왕족이 아니라 하더라도 비슷한 권력을 지니고 있다는 건 틀림없기에———, 우리는 곧바로 소파에서 일어나 바닥에 한쪽 무릎을 꿇었다.

"(지, 진짜야?)"

"(내가 어떻게 알아! 왕도에 가본 적조차 없는데?! 점장님은 어떤가?)"

"(성은 틀림없어요. 하지만 왕족의 머리카락 색은 모두 금발에 가까웠을 거예요.)"

나도 왕족과 만날 기회 같은 건 없었지만, 왕도에서 살 때 멀리서 본 적은 있고 정보나 소문도 시골에서 사는 사람들보다는 많이 알고 있다.

그중 하나가 왕족의 머리카락 색 특징.

하지만 모자와 머플러로 가려진 자칭 왕족의 머리카락 색은 꽤 진한 갈색이다.

대부분은 가려져서 보이지 않지만, 잘못 볼 수 없을 정도로 금색과는 거리가 멀었다.

적어도 지금 존재하는 왕족 중에서 이런 머리카락을 가진 사람은 없을 텐데…….

"아, 이 머리카락 말인가요? 이건 변장이에요."

속닥거리던 우리의 이야기를 들었는지, 그는 모자에 손을 대고 벗은 뒤 머플러도 벗었다.

그렇게 나타난 것은 어깨까지 내려오는 밝은 금발과 에메랄드색 눈동자.

머리카락 색뿐만이 아니라 그 길이까지 단숨에 바뀌자 아이리스 씨와 케이트 씨가 깜짝 놀랐지만, 나는 짐작 가는 아티팩트가 있었다.

'변장 모자'. 기본적인 기능은 머리카락 색을 변화시키는 아티팩트.

염색에 들어가는 수고가 사라지고 나중에 탈색할 필요도 없기에 변장 도구로서는 꽤 편리한 물건이다.

질이 좋은 제품은 머리카락 길이나 눈동자 색까지 바꿀 수 있고, 그만큼 가격도 매우 비싸긴 하지만 전하라면 가지고 있더라도 이상할 게 전혀 없다.

"실례했습니다. 그런데 전하 같은 분께서 이러한 시골에 오시다니, 대체 무슨 용건이 있으신 건지요?"

"그건 말이죠. ……아, 그러기 전에. 당신들도 앉아주세요.

보시면 아시겠지만 이번에는 몰래 온 거니까요. 자잘한 예의까지 차릴 필요는 없습니다."

말은 그렇게 하더라도 상대방은 왕족이다. 어떻게 해야하나 싶어서 아이리스 씨와 케이트 씨를 보니 두 사람은 판단을 맡기겠다는 눈짓을 보냈다.

그 시선이 말하고 있는 것은 '고귀한 분을 대하는 법 같은건 몰라!'였다.

나, 평민. 아이리스 씨, 귀족.

보통은 아이리스 씨가 더 익숙할 텐데, 그렇지 않은 것이로체 가문.

지금까지 살면서 만났던 귀족의 숫자로 따지면 아마 내가몇 배는 더 많을 것이다.

물론 왕족을 만난 건 나도 처음이지만……, 지시에 따르지 않는 것도 불경이겠지.

"그러면 실례하겠———."

내가 일어서자 아이리스 씨와 케이트 씨도 뒤따라 일어섰다.

그렇게 눈을 든 나는 그다음 순간, 지금까지 살아온 기간을 모두 합쳐서 표정 근육과 복근을 제일 많이 혹사시키게되었다.

""———읙!""

"———크윽!"

살짝 목소리를 낸 사람은 아이리스 씨. 하지만 뭐라고 할수는 없다.

왜냐하면, 일어섰을 때 보인 전하의 정수리는 머리카락이 전혀 없어서 맨들맨들했으니까!

만약에 영감님이나 중년을 넘어선 아저씨였다면 아무런 문제도 없었을 것이다.

아니면 젊은 사람이라도 머리카락이 완전히 없거나, 전체적으로 숱이 적거나, 외모가 평범했다면 괜찮았을 것이다.

하지만 상대방은 아무리 낮게 잡아도 미형이다.

그냥 말하자면 완전 훈남. 그야말로 왕자님.

게다가 남아 있는 건 찰랑찰랑하고 예쁜 장발. 그런 사람의 머리카락이 정수리 부분만 전혀 없으니 웃지 말고 참으라는 게 더 힘들다.

"으응~? 왜 그러시나요?"

우리가 고뇌하는 걸 아는지 모르는지, 양쪽 어깨에 걸친 머리카락을 '찰랑' 쓸어올리는 전하.

머리카락이 화악 나부꼈고, 하얀 이빨과 머리가 반짝이며 빛났다.

아니, 이거, 아무리 봐도 고의 아닌가. 웃기려 하고 있어.

그렇다고 해서 이 나라의 우두머리에 가까운 전하를 보고 웃으면 어떻게 될까.

나는 배에 힘을 꽉 주고 천천히 소파에 앉았다.

그리고 아이리스 씨와 케이트 씨도 무사히 앉았———.

"어이쿠!"

전하의 손에서 모자가 슬쩍 떨어졌다.

몸을 굽혀서 그것을 줍는 전하.

빤히 보이는 정수리.

"———윽, 푸핫! 크흐흐흐흡!"

참지 못한 건 아이리스 씨였다.

하지만 그녀를 비난하는 건 너무 가혹한 짓일 것이다. 나도 꽤 아슬아슬하니까!

이건 전하가 잘못한 거라고!

그렇다고 해서 없었던 일로 할 수도 없기에 아이리스 씨가 곧바로 바닥에 엎드렸고, 케이트 씨도 얼굴이 새파랗게 질린 채 일어나려 했다.

"죄송합니다! 전하! 부, 부디, 죄는 제게만! 로체 가문에는———."

"후후훗, 아뇨, 신경 쓰지 마세요. 오히려 참지 않고 웃으셔도 상관없는데요? 여기에서라면 말이죠."

"아, 아뇨, 그럴 수는…….."

전하는 웃으면서 손을 저었지만, 고개를 든 아이리스 씨는 당황한 듯이 눈을 이리저리 굴렸다. 그 모습을 본 전하가 다시 머리카락을 슬쩍 만지자 아이리스 씨는 다시 고개를 숙였다.

목소리는 들리지 않지만, 어깨가 떨리고 있는 건 결코 착각이 아닐 것이다.

이 전하, 너무 악질이야!!

"하하하, 노르드는 본 순간에 크게 웃음을 터뜨리던데요?"

"노르드……, 노르드랫 씨 말씀이신지요?"

"네. 제가 여기에 온 이유 중 하나죠. 당신──, 분명히 아이리스 양이었죠. 그런 자세로는 이야기하기 힘들 테니 신경 쓰지 말고 앉으세요."

"하지만……."

아이리스 씨는 망설였지만, 전하가 재촉하자 거부할 수도 없었기에 다시 내 옆에 앉았다. 전하는 그 모습을 보고 고개를 끄덕이고는 '그럼'이라고 하며 계속 이야기를 해나갔다.

"이미 예상은 하셨겠지만, 제가 여기 온 목적은 이 머리 때문입니다."

"그건……, 전하의 두발이 약간……, 저기……, 적극적이지 못한 것 때문이신지요?"

실례가 되지 않게끔, 어떻게 표현해야 할까 고민하다가 짜낸 미묘한 말에 전하는 '홋' 하고 웃더니 쐐기를 박았다.

"그냥 대머리라고 하세요, 대머리라고. 쓸데없이 신경 쓸 필요는 없으니까요. 맞습니다, 그거예요. 사라사 양, 당신이 발모제를 만들어주셨으면 합니다. 가능하시죠?"

"그야 가능합니다만……."

발모제는 연금술 대사전 5권에 나오는 포션으로 지금의 나라면 제작이 가능하다.

그리고 좀 전에 아이리스 씨와 다른 사람들에게 보여주었던 이 계절에 채집하기 적합한 소재 중 하나가 주요 원료인 물건이기도 했다. 신기하게도 정말 타이밍이 좋다.

하지만 그것도 어떤 의미로는 필연일 것이다. 그 소재, '미사논 뿌리'는 시기와는 상관없이 채집이 가능한 소재지만, 추위가 심한 이 계절에 채집한 것만을 '발모제'의 원료로 쓸 수 있고 다른 계절에 채집한 것을 만들 경우에는 '육모제'가 된다.

다시 말해 목적이 발모제라면 이 시기에 오는 것이 합리적이기 때문에 그렇게까지 이상할 것은 없다———, 그 사람이 왕자라는 입장이 아니라면 말이지만.

"하지만 전하. 의뢰해주신다면 소재를 가져다드릴 수도 있었습니다만……."

오히려 그렇게 해줬으면 했다.

사전에 연락도 없이 갑자기 오다니, 이렇게 무자비한 행위를!

어느 정도는 귀족에 익숙한 나도 왕족은 전혀 다르니까!!

"일부러 수고를 들여서 오시지 않더라도 왕도라면 실력이 좋은 연금술사가 얼마든지 있을 텐데 그쪽이 더 편하지 않으셨을까요?"

"예를 들어 당신의 스승인 미리스 선생님 같은 분 말씀이신가요?"

"네."

당연하지만 나와 스승님의 기술 차이는 굳이 말할 필요도 없고, 불과 얼마 전에도 스승님에게 신세를 졌다.

스승님이 내게 '미사논 뿌리를 채집해서 보내라'라고 하면 나는 '바로 보내겠습니다!'라고 할 수밖에 없다.

그것만 있으면 전하가 일부러 이렇게 먼 곳까지 올 이유
가 없다.

스승님이 귀족을 좀 싫어하긴 하지만, 아무리 그래도 전
하의 의뢰를 거절하진 않을 테고……, 거절 안 하는 거 맞
겠지?

"연금술 실력만 고려하면 미리스 선생님께 의뢰하는 게
제일이겠죠."

페리크 전하는 방긋 웃으며 내가 한 말을 긍정한 다음 고
개를 저으며 계속 말했다.

"하지만 그렇게 단순한 이야기가 아닙니다. 이래 봬도 저
는 왕자고 미리스 선생님은 마스터 클래스 연금술사죠. 의
뢰를 하면 어떻게든 주목을 끌게 됩니다. 왕도에는 사람도
많으니 끝까지 숨기기도 힘들고요."

발모제라는 물건은 약간 민감한 물건이다.

전혀 신경 쓰지 않는 사람도 있지만, 신경 쓰는 사람은 매
우 신경 쓰는 것이 두발 문제다.

왠지 모르겠지만 전하는 별로 신경 쓰지 않는 것 같
다———. 심지어 그것을 웃음거리로 삼을 정도로 여유가 있
지만, 일반적으로는 신경 써야 할 입장에 있는 것이 전하다.

다시 말해 이 이야기가 새어 나가면 여러모로 암약이 시
작될 것은 뻔하다.

페리크 전하에게 잘 보이고 싶은 파벌이라면 전하보다 먼

저 입수해서 은혜를 입히려 할 테고, 적대시하는 파벌이라면 입수하는 것을 방해해서 전하의 약점을 노릴 것이다.

방관하는 파벌이라 해도 어떠한 행동을 취할 가능성은 크다.

그렇게 되면 연금술 소재의 시가가 요동칠 것이고, 피해를 입을 사람도 많아진다.

"그건 제가 원하는 바가 아닙니다. 저는 그냥 이대로도 별로 곤란할 게 없지만, 아버님께서 이런 모습으로 사람들 앞에 나가면 안 된다고 말씀하셔서요."

"그야, 그렇겠죠……."

전하는 딱히 신경 쓰지 않더라도 공적인 이미지라는 것이 있다.

나이가 꽤 든 왕족이라면 모를까, 페리크 전하는 아직 젊다. 빼어난 외모는 외교적 가치가 있고, 그런 전하가 사람들 앞에 나서지 못한다면 왕자로서 약점이 될 것이다.

아마 페리크 전하는 제1왕자였을 텐데, 지금 국왕은 아직 황태자를 정하지 않았으니 상황에 따라서는 다른 왕자, 왕녀가 지명될 수도 있으니까.

"그렇게 된 거라서요. 골치 아픈 간섭을 피하기 위해 가능하다면 비밀리에 입수하고 싶은 겁니다."

"───페리크 전하, 발언해도 괜찮겠습니까?"

아이리스 씨가 손을 살짝 들고 발언 허가를 요청하자 전하가 의젓하게 고개를 끄덕였다.

"네, 상관없습니다. 좀 전에도 말씀드렸지만, 예의를 차릴 필요는 없어요."

"황송합니다. 사정은 이해했습니다만, 어째서 전하 본인께서 오신 것인지요? 사람을 보냈다면 더 눈에 띄지 않을 텐데요. 이런 시골까지 군이 오실 필요는 없지 않습니까?"

"어째서 제가 온 건지, 그건 연금술사인 사라사 씨가 더 잘 알겠죠."

전하가 바라보자 나는 고개를 끄덕이고 입을 열었다.

"저기 말이죠, 아이리스 씨. 육모제에는 두 가지 종류가 있어요. 한 가지는 누구에게나 쓸 수 있는 범용적인 육모제. 다른 한 가지는 쓸 사람에 맞춰서 만든 육모제. 본격적인 치료를 하자면 후자가 필요한데, 이걸 만들려면 본인이 있어야만 하거든요."

전자라도 머리카락이 나긴 하지만, 나기까지 기간이 좀 길고 약을 쓰다가 그만두면 빠져버리는 경우가 많아서 효능으로 따지면 약간 미묘하다.

그에 비해 후자 쪽은 한 번 나면 몇 년 정도는 효과가 지속되기 때문에 가격이 좀 나가더라도 개인에게 맞춘 물건을 만들어서 쓰는 게 최종적으로는 좋은 결과가 나온다.

그렇기에 개인용으로 만든 육모제는 '발모제'라 부르며 구분하는 것이다.

단, 발모제를 만들기 위해서는 사용자의 진단이 필요하기 때문에 필연적으로 연금술사가 있는 곳으로 본인이 찾아가거나 연금술사를 부를 수밖에 없다.

전하라면 후자 쪽을 채용하겠지만, 그런 짓을 하면 분명히 눈에 띄게 된다.

이번에는 선택할 수 없는 방법이지.

"그랬나. 쉽지만은 않은 거로군."

"네. '대머리약'이라면 간단하지만요. 누구에게나 쓸 수 있고, 효과도 정말 좋으니까."

하지만 나는 레시피를 모르니 만들라고 해도 만들 수가 없다.

그 약은 미묘한 것들로만 가득 찬 연금술 대사전 10권에 나와 있다고 한다.

제작 난이도로 따지면 5, 6권 정도에 넣는 게 적당할 것 같은데, 왜 안 나와 있냐 하면 '발모제의 실패작으로 만들어져버렸기 때문'이라고 한다.

만약 개발자가 모르고 사용했다면 울상을 지었겠지.

"대머리약? 점장님, 그런 포션에 수요가 있나?"

"네, 의외로 있어요. 영구 탈모가 가능해서 일부 사람들에게는 인기가 있죠."

종교 때문에 머리카락을 깎는 사람들이나, 쓸데없는 털을 처리하고 싶어 하는 여자나.

싸지는 않아서 누구나 쓸 수 있는 물건은 아니지만, 스승님 가게에서도 가끔 팔리곤 했다.

"쓰기에 따라서 다르다는 거구나. 그러면 이름을 바꾸면 좋을 텐데."

"하하하……, 이름을 붙이는 건 제일 처음 만든 연금술사니까요."

이건 그나마 나은 편이니까 뭐. 심한 것들은 진짜 지독하단 말이지.

연금술 재능과 네이밍 센스는 반드시 양립하는 게 아닌 모양이다.

"그렇다면 전하께서 오신 것도 이해가 됩니다만……, 다른 연금술사들도 많은 가운데 어째서 점장 씨를 선택하신 건가요? 오필리아 님의 제자이기 때문입니까?"

"그렇기도 합니다만, 가장 큰 이유는 좀 전에 말했던 노르드 때문입니다."

"노르드 씨 말씀이신가요?"

"네. 그와 저는 나름대로 오랫동안 알고 지내요. 얼마 전에 그가 당신들에게 폐를 꽤 많이 끼쳤죠? 어떻게든 해달라고 부탁을 받았어요."

몇 달 전, 아이리스 씨와 케이트 씨를 호위로 데리고 샐러맨더를 조사하러 갔던 노르드 씨는 그 **끝없는 탐구심** 때문에 동굴 안에 갇히게 되었다.

만약에 그가 혼자 갇혔다면 나는 아무것도 하지 않았을 것이다.

하지만 내게는 불행히도, 그리고 노르드 씨에게는 다행히도 거기에는 아이리스 씨와 케이트 씨가 있었다.

결과적으로 나는 내 재산을 동원해서 아이리스 씨 일행을 구출하러 나서게 되었다.

다행히 구출은 성공했지만, 든 비용은 막대했다.

노르드 씨가 최대한 지불해주었음에도 그것은 극히 일부에 불과했다.

구출 작전 관련으로 만든 아티팩트나 포션은 내가 가지고 있지만, 현금이 없어진 건 분명하고 돈을 마련할 필요가 생긴 것도 9할 정도는 그 때문이다.

"그런 이유 때문이었군요. 그도 나쁜 사람은 아닌데…….."

이렇게 페리크 전하도 편을 들어주는 걸 보면 그렇겠지.

──솔직하게 말하자면 쓸데없는 참견이지만 말이야!

딱 잘라 말해, 평민인 내가 봤을 때 왕족 같은 건 구름 위에 있는 사람이다.

스승님 가게에 오는 귀족이나 학교에서 사이좋게 지내게 된 후작 가문 영애들 덕분에 귀족들을 대하는 것도 어느 정도는 익숙해졌다고는 해도 어차피 어느 정도에 불과하다. 다른 사람들 앞도 아니고 전하가 '예의를 차릴 필요는 없다' 고 하셔서 어떻게든 이야기를 하고 있긴 하지만, 그래도 꽤 속이 쓰리거든요?

"그도 연구 바보인 것뿐이라 능력은 있습니다만……, 죄송합니다."

"아, 아뇨, 전하께서 사과하실 필요까지는!"

"그래도 일단은 친구니까요. 하지만 제가 당신에게 그냥 돈을 드릴 수도 없죠. 그래서 짭짤한 일을 가져온 겁니다.

이번 건, 선금으로 금화 200개, 성공 보수로 금화 1000개를 내겠습니다."

"""———윽!!"""

전하가 제시한 금액을 듣고 아이리스 씨와 케이트 씨가 깜짝 놀랐다.

포션 하나에 낼 금액치고는 조금 비싸긴 하다.

그렇다, 조금 비싼 거다. 아이리스 씨에게 사용했던 뜯겨 나간 팔다리가 붙은 포션은 사실 그 금액의 열 배 이상은 나가니까.

"괜찮으신가요? 그러면 시가의 두 배에 가까운 금액입니다만."

"발모제는 대체 얼마나 비싼 거야?!"

큰 소리로 외치듯이 말한 아이리스 씨가 급하게 자기 입을 막았지만, 전하는 아무렇지도 않게 고개를 끄덕였다.

"그 정도는 상관없습니다. 부탁드릴 수 있을까요?"

"알겠습니다. 하지만 지금부터 소재를 모을 필요가 있으니 어느 정도 시간을 주셔야겠습니다만⋯⋯."

"문제없습니다. 당분간 이 주변 지역을 돌아볼 생각이니까요."

전하는 고개를 끄덕이면서 자기 머리를 손가락으로 가리키며 계속 말했다.

"의사 말에 따르면 아무래도 스트레스 때문인 것 같아서요. 이번에는 한동안 왕도를 떠나 시찰과 여행을 겸한 휴식을 취할까 합니다."

페리크 전하는 그렇게 말하며 훈남 스마일을 보였지만, 그 미소는 왠지 수상쩍었다.

시찰이라면 모를까, 이 근처 지역이 여행에 좋냐고 묻는다면 의문스러울 뿐이다.

아름다운 경치, 포근한 기후, 멋진 치유 스폿.

그 어떤 것도 이 지역에는 없으니까.

아니, '평소에 볼 수 없는 광경'이라면 대수해나 그 너머에 있는 산맥에 가서 얼마든지 볼 수 있겠지만, 그와 동시에 목숨의 위험도 있다.

———아무리 생각해도 선택을 잘못하신 것 같은데요?

현명한 나는 그런 말을 할 수 없었기에 그저 필요한 말만 꺼냈다.

"그럼 전하의 머리카락을 몇 가닥———."

하지만 내 말을 가로막듯 뒤쪽 점포 공간에서 로레아의 당황한 목소리가 들렸다.

"그, 그만하세요! 꺄악!"

"으랴아!!"

꽈앙, 쨍그랑, 쿠웅!

로레아의 목소리와 낯선 남자의 목소리. 그리고 이어지는 파괴적인 소리.

그 큰 소리를 듣고 나는 뒤쪽을 돌아보며 일어서려다가 꾹 참고 전하를 보았다.

곧바로 확인하러 가고 싶긴 하지만, 내가 상대하고 있는 사람은 평범한 손님이 아니다.

아무리 예의를 차릴 필요가 없다고 하더라도 중간에 일어서는 건 너무나도 실례가 되는 행동이다.

하지만 전하는 알겠다는 듯이 곧바로 고개를 끄덕였다.

"상관없습니다. 가세요."

"실례하겠습니다!"

곧바로 일어나 점포 공간으로 이어지는 문을 열자 눈에 들어온 것은 불량스러운 남자 네 명과 겁을 먹고 서 있는 로레아, 그리고 로레아를 지키려는 듯이 카운터 위에 버티고 서 있는 쿠루미였다.

자세한 상황은 잘 모르겠지만, 쿠루미가 전투태세로 들어가 있는 것으로 보아 그들이 뭔가 공격적인 행동을 한 것은 확실하다. 하지만 그들은 그런 쿠루미를 보고 코웃음 쳤다.

"하핫, 이게 뭐야? 움직이는 인형인가요오~?"

쿠루미의 모습에서는 전혀 위압감이 느껴지지 않긴 하다.

하지만 그래도 연금술사의 가게에 있던 물건. 머리가 조금이라도 돌아간다면 경계하겠지———만, 안타깝게도 그들 목 위에 붙어 있는 것은 평범한 게 아니었던 모양이다.

"걸리적거린다고! 으랴아!!"

쿠루미를 쳐내려는 듯이 손을 들어 올린 남자.

"……어리석군."

내 뒤에서 들여다본 아이리스 씨가 그렇게 중얼거린 것과 쿠루미가 움직인 것은 거의 동시였다.

폴짝 뛰어오른 쿠루미가 날린 것은 쿠루미 드롭킥.

날카롭게 날아간 그것이 남자의 배에 파고들었다.

"끄엑!"

남자가 신음 소리를 내며 몸을 앞으로 숙이자 바닥에 착지한 쿠루미가 다시 점프했다.

한쪽 팔을 들어 올리고 회전시키면서 쿠루미 코크 스크류.

턱을 얻어맞은 남자가 공중에 떠오른 뒤 곧바로 뒤쪽으로 쓰러졌다.

"""……."""

현실감이 없는 광경에 세 남자가 눈을 크게 뜬 채 말문을 잃었다.

참고로 쓰러진 남자는 완전히 기절했다.

눈이 커지다 못해 아예 뒤집혔지만 숨은 쉬고 있는 모양이었다.

─── 응, 힘 조절은 확실하네.

쿠루미의 발톱은 바위조차 깎아낼 수 있을 정도로 강하다. 힘 조절 없이 공격하면 소중한 내 가게가 피로 물들───, 이 아니라 큰 부상을 입혀버릴 테니까.

"……뭐?! 이, 이게 뭐야?!"

"이 가게의 보디가드예요. 그건 그렇고, 당신들이야말로 뭐죠?"

"보디가드? 까불지 말라고!!"

한 발짝 앞으로 나서서 누구냐고 물은 내게 남자들이 난폭하게 대답했다.

한 남자가 다리를 크게 들어 올리며 짜증 난다는 듯이 가게 안에 있던 선반을 걷어차려 했다.

―――하지만 그건 이 가게에서는 분명히 잘못된 행동이었다.

그 다리가 선반에 닿기 직전, 방범 각인이 발동되어 선반을 지키는 얇은 빛의 막이 생겨난 것이다. 거기에 남자가 닿은 순간, 그의 몸은 마비된 듯이 움직이지 않게 되어 바닥에 쓰러지―――려다가 명치에 쿠루미의 펀치가 작렬하여 의식을 잃었다. 그리고 첫 번째 남자 옆에 나란히 쓰러졌다.

"이, 이게 대체 뭐냐고?!"

나머지 두 사람이 당황한 듯이 물러섰지만, 그들을 고려해줄 생각은 전혀 없었다.

"쿠루미, 해치워."

"가우!"

내가 지시를 내리자 쿠루미가 곧바로 움직였다.

아래쪽에서 헤집듯 다른 사람의 배에 펀치, 쓰러지기 시작한 남자의 턱에 추가타.

돌아서서 도망치려 한 마지막 사람에게는 선반을 발판 삼아 점프.

천장을 박차고 목덜미에 강렬한 타격을 날렸다.

털썩 쓰러진 남자 두 사람과 한 바퀴 회전해서 가볍게 착지한 쿠루미.

그리고 쿠루미는 왠지 만족스럽다는 듯이 나를 올려다보았다.

"무슨 상황인지 물어보지도 않고 해치워버렸는데———, 어떻게 된 거야?"

쿠루미를 안아 들고 로레아에게 물어보니 그녀가 약간 파랗게 질린 얼굴로 고개를 끄덕였다.

"네, 네. 저기, 잘 모르겠는데, 가게에 들어오자마자 날뛰기 시작해서……."

시선을 돌리자 우리가 다과회를 할 때 쓰는 테이블과 의자가 쓰러져 있었다.

그렇구나. 붙박이가 아닌 가구에는 방범 각인의 효과가 발휘되지 않으니 무사했던 거였어. 우리도 의자에 발이 걸리거나 건드리는 경우가 있으니까 그걸 대상으로 삼을 수는 없고.

"다친 곳은 없는 것 같네. 다행이야."

어느 정도 거친 일에 익숙한 나나 아이리스 씨, 케이트 씨와는 달리 로레아는 평범한 마을 소녀다.

지금까지 아는 사람들만 사는 마을 밖으로 나간 적도 없어서 다른 사람이 강한 악의나 폭력을 들이댈 일도 없었을 것이다.

쿠루미를 카운터 위에 내려놓은 다음 살짝 떨고 있던 로레아를 끌어안고 머리를 쓰다듬어주니 약간 굳어 있던 그녀의 몸에서 힘이 빠져나갔다.

"로레아, 가게 피해는?"

"괜찮아요. 테이블이랑 의자만 쓰러진 거고, 금방 여러분께서 와주셨으니까요."

나를 따라온 아이리스 씨가 쓰러져 있던 테이블과 의자를 세우며 묻자 로레아가 내게 몸을 기댄 채 고개를 끄덕였다.

그 뒤를 이어 케이트 씨, 게다가 전하까지 이쪽으로 왔다. 전하가 약간 흥미로워하는 표정으로 가게 안과 카운터 위에 앉아 있는 쿠루미를 바라보았다.

"훌륭하군요. 방범 각인과 호문쿨루스(연금 생물)인가요? 역시 미리스 선생님의 제자예요."

"황송합니다. ———각인은 원래 이 가게에 있던 겁니다만."

"각인은 그렇다 쳐도 그 호문쿨루스는 사라사 양이 만든 거죠? 노르드에게 실력이 좋은 연금술사라는 이야기는 들었습니다만, 안심하고 맡길 수 있겠어요."

"감사합니다. ———이 남자들은 아무 말도 안 하고 날뛰기 시작한 거야?"

"네. 제가 인사를 했더니 갑자기……."

으음~, 점원의 태도가 불량했었다는 건 로레아로서는 있을 수 없는 일일 테고.

이 가게를 낸 이후로 불량한 채집자가 몇 명 오기도 했지만, 헬 플레임 그리즐리 사건이 있어서 그런지 갑자기 날뛰기 시작하는 사람은 없었다.

방범 각인도 지금까지 활약한 건 약간 질이 안 좋은 채집자가 트집을 잡으면서 카운터를 세게 내리쳤을 때뿐이었다.

보험이었던 쿠루미의 존재가 정말로 도움이 되는 날이 올 줄이야.

이 남자들, 본 적이 없는 얼굴인데 그냥 최근에 온 채집자가 설쳤을 뿐인 건가?

우리 가게에서 그런 짓을 해봤자 대접도 안 해줄 테고 그냥 출입금지시킬 뿐인데.

"뭐지? 원한을 살 만한 사람은 짐작이……, 안 되는데? 그렇지?"

내가 고개를 갸웃거리자 아이리스 씨가 어이없다는 듯이 어깨를 으쓱였다.

"아니, 있을 텐데, 점장님. 적반하장이긴 하겠다만."

응, 있네. 조금은 있네.

이제 와서? 그런 느낌도 들긴 하지만.

"점장 씨, 이 사람들은 어떻게 할 거야?"

"그러게요……, 바깥으로 쫓아내죠."

원래라면 **정중하게** 이유를 물어보고 싶지만, 공교롭게도 오늘은 전하께서 계신다.

전하를 내버려 두고 사정 청취를 할 수는 없기에 나와 케이트 씨는 의식을 잃은 남자들을 끄집어내서 바깥으로 나간 다음 푹신푹신한 눈 이불 위에 눕혀두었다.

좀 추우니까 감기 정도는 걸리려나?

그 정도는 자업자득이지.

만약 로레아가 다치기라도 했다면 새하얗고 두꺼운 이불까지 덮어줬겠지만, 그건 봐줘야겠다.

나는 착하니까.

"오래 기다리셨습니다."

"아뇨, 상관없습니다. ──저런 채집자가 많나요?"

응접실. 다시 마주 보고 앉은 전하가 그렇게 묻자 나는 고개를 저었다.

"아뇨, 처음입니다. 어느 정도 으름장을 놓는 채집자는 있었지만, 갑자기 폭력을 휘두르려 하는 사람은……. 처음 보는 얼굴이었으니 이 마을에 온 직후인지도 모르겠습니다."

"그런가요…… 무슨 일이 생기면 말씀해주세요. 노르드가 폐를 끼친 만큼은 도와드리죠."

"황송합니다. 그래도 괜찮을 것 같습니다. 보신 대로 저 정도라면요."

어느 정도의 억지는 다 통할 정도로 이 나라의 왕족이 지닌 힘은 강하다.

하지만 그 힘을 빌린다니, 아무리 생각해도 골치 아픈 예감밖에 들지 않는다.

대출은 계획적으로. 이율을 알 수 없는 대출은 반드시 피해야 한다!!

눈 깜짝할 새에 불어나서 옴짝달싹 못 하게 될지도 모르니까.

약간 딱딱한 미소를 지으며 거절한 나를 보고 전하가 흥미롭다는 표정을 지었다.

"그런가요? 뭐, 됐습니다. ――그래서, 머리카락을 달라고 하셨던가요?"

"네. 이 병 안에 몇 가닥 정도 부탁드립니다. 그리고――."

그밖에도 전하의 마력 질, 피부 상태 등 몇 가지 검사를 하고 건강 상태를 진단했다.

이 결과에 따라 사용할 소재의 조합 비율이 결정된다.

물론 연금술 대사전에 나온 것에 맞춰서 진행하는 것뿐이라 그렇게까지 어려운 건 아니다.

발모제에 대해서는 꽤 비중 있게 기술되어 있으니까.

그걸 보면 세상 남자들이 얼마나 고민을 해왔는지, 싸워왔는지, 그리고 돈을 투자해왔는지 금방 상상이 된다.

또한, 그에 맞서듯 연금술 대사전을 차지하고 있는 것은 여자들을 위한 미용 관련 내용.

남자들의 두발에 대한 고민과 비슷하거나 그 이상으로 여자들이 아름다움에 투자하는 비용은 엄청나다.

"――전하, 고생하셨습니다. 이제 끝났습니다. 지금부터 소재를 모은다는 것을 감안하면 완성까지 몇 주 정도는 걸릴 겁니다만……, 어떻게 하시겠습니까?"

"그럼 나중에 시기를 봐서 다시 오도록 하죠. 잘 부탁드립니다."

"네, 맡겨만 주십시오."

전하가 일어서자 나도 일어서서 혼자 출구까지 안내해 주었다.

아이리스 씨하고 케이트 씨?

내가 진찰을 시작했을 때 '우리가 할 수 있는 건 없으니까'라고 하면서 재빨리 도망쳐버렸지.

그리고 그건 로레아도 마찬가지다. 하지만 딱히 따지진 않겠어.

익숙하지 않은 로레아가 전하를 상대로 실수를 저질러버리면 돌이킬 수도 없고, 나도 무슨 심정인지는 아니까!

권력자하고는 별로 엮이고 싶지 않지.

굳이 말하자면 아이리스 씨는 그쪽(권력자)이지만!

"살펴 가십시오."

나는 이제야 돌아가는구나라는 마음이 새어 나오지 않게 고개를 크게 숙인 다음, 눈을 밟는 소리가 들리지 않게 될 때까지 기다렸다. 그리고 잠시 후에 천천히 몸을 일으켜서 겨우 무사히 끝난 귀한 손님의 방문에 안도의 한숨을 내쉬었다.

전하의 배웅을 마친 나는 가게 간판을 폐점으로 바꾸고 문을 확실하게 잠근 뒤 응접실 소파에 축 늘어졌다.

"으~, 아~, 어~."

정신적인 피로로 인해 내가 알아들을 수도 없는 신음 소리를 내고 있자니 미안한 듯한 표정을 지은 아이리스 씨와 다른 사람들이 응접실로 돌아왔다.

"고생했어, 점장 씨."

"정말 고생했다고요~, 다들 도망치고오~? 특히 아이리스 씨. 아이리스 씨는 저를 많이 위로해주셔야 해요!"

이 안에서 제일 사회적 지위가 높으니까!

"물론 내가 할 수 있는 거라면 하겠다만……?"

"일단, 여기. 여기 앉아주세요."

내가 소파를 찰싹찰싹 두드리자 아이리스 씨는 쓴웃음을 지으며 거기에 앉았다. 나는 아이리스 씨의 허벅지를 베개 삼아 온 힘을 다해 늘어졌다. 으음, 딱 좋군.

"미안하다, 점장님. 하지만, 만에 하나라도 실수를 하면 어쩌나 싶어서……."

"그래, 나도 전하를 상대하는 건……, 오히려 점장 씨는 용케도 아무렇지도 않게 대하던데."

"뭐, 스승님 가게에도 귀족이 왔었으니까요."

학교에서 매너를 배웠고, 친한 선배들이 귀족이었기에 후작 가문의 당주처럼 지위가 높은 귀족하고도 만난 적이 있다. 그래서 다른 사람들보다는 좀 낫겠지만———.

"그래도 왕족하고 엮이게 될 줄은 예상하지 못했다고~. 노르드 씨, 호의로 그런 걸지도 모르겠지만, 솔직히 쓸데없는 참견이야!"

"그렇긴 하지. 거절할 수도 없었을 테고."

"물론이죠! 이런 곳까지 오신 전하께 '왕족 상대로 일을 하는 건 좀……'이라는 말을 할 수 있을 리가 없잖아요!!"

보수가 좋긴 하지만, 그게 마음고생에 맞는 액수인지 어떤지는 미묘하단 말이지.

실패하면 목숨이 위험하고 말이야?

"사라사 씨, 따뜻한 차를 끓였는데 드시겠어요?"

"마실래~."

로레아의 마음 씀씀이를 마시면서 숨을 돌린다.

같이 내준 쿠키도 냠냠.

포근한 단맛이 마음을 치유해준다.

"휴우~. 고마워."

"아뇨, 아뇨, 저는 아무것도 못 했으니까……, 그런데 그분, 왕자님이셨군요. 멋진 사람이라고 생각하긴 했는데."

"그렇단 말이야. ……로레아는 그런 사람이 타입이야? 결혼하고 싶어?"

왠지 '머엉~'하니 위쪽을 보고 있던 로레아에게 물어보자 그녀는 당황하며 두 손을 마구 저었다.

"아, 아뇨! 전혀! 사는 세계가 다르니까, 전혀요! 미남이 다 싶긴 했지만 전혀 실감이 나지 않는다고 해야 하나……, 상상도 되지 않는다고 해야 하나……."

"그렇구나. 로레아는 그렇구나. 아이리스 씨하고 케이트 씨는요? 아이리스 씨도 일단은 귀족 영애잖아요."

"나도 마찬가지야. 점장님이 말한 대로 정말 **일단은**이니까."

"상상도 안 되는걸. 상대가 왕자면 나하고 로레아의 차이
는 있으나 마나 한 거니까."

학교에는 왕자님을 동경하면서 '꺄악~, 꺄악~'거리는 아가
씨들도 있었지만, 뭐, 거기는 고위 귀족들도 많아서 그런가?

내가 친하게 지냈던 프리시아 선배 같은 사람은 후작 영
애니까 왕자님의 상대가 될 가능성이 전혀 없진 않다.

———본인에게는 전혀 그럴 생각이 없어 보였지만.

"점장 씨는 어때?"

"저도 전혀요. 별로 엮이고 싶지 않단 말이죠, 그런 사람
들하고는. 좋은 사람도 있지만, 보통은 엮이게 되면 정신적
으로 피곤해지거든요…….'

그런 게 평생 계속 이어진다니 사양하고 싶다.

태어날 때부터 왕자였던 사람조차 스트레스 때문에 머리
가 빠지는데.

———아니, 인간관계 때문에 그렇단 얘긴 없었지만.

척 보기에 괜찮은 사람 같았던 전하도 미소 안에 뭔가 숨
기고 있을지 모르고……, 그런 사람하고 결혼해서 산다니,
돈을 준다고 해도 싫다.

"흐음, 점장님도 그런가. 그런데 설마 페리크 전하께서 호
위도 데리지 않고 이런 곳에 오실 줄이야. 사실 실력이 꽤
강한 건가?"

"전하께서도 실력이 있으시겠지만, 호위가 있었을걸요? 예상이긴 하지만."

가게 안에는 들어오지 않은 것 같지만, 집 주위에서 뭔가 위화감이 들었다.

아마 그게 호위의 기척이었던 것 같다.

그래도 역시 왕자를 따라다니는 호위다. 나 정도 실력으로는 있다고 생각하며 주의를 기울여봐도 '왠지 평소와는 다른 것 같은데?' 정도밖에 알 수가 없었다.

"게다가 몸을 지켜주는 아티팩트를 꽤 많이 차고 있었어요. 아마 스승님께서 만든 물건일 거예요."

그거라면 어지간해선 다치지도 않을 테니 호위가 어느 정도 떨어진 위치에 있다 하더라도 아무런 문제가 없다.

"그러고 보니 차를 내드리지 않았는데, 괜찮은 건가요?"

"그래, 그건 문제없어. 귀족 상대로는 다과회나 식사에 초대한 게 아닌 이상 내지 않는 게 보통이니까. 특별히 친한 상대를 제외하면 말이지."

귀족쯤 되면 뭐가 들어있을지도 모르는 것을 먹을 수도 없으니 필요하다면 자기가 데리고 온 시종이 준비해준다.

손을 대지 않을 걸 알면서도 일단은 내주고 환영하는 마음을 보이는 방법도 있긴 하지만———.

"만에 하나, 무슨 일이 생길 경우에는———, 식중독이라 하더라도 의심을 사면 치명적이니까. 말 그대로."

평민이라면 쉽사리 목이 날아간다———, 물리적으로.

"에휴……, 골치 아프네요, 귀족은."

로레아가 아이리스 씨를 힐끔 보자 그녀가 눈을 깜빡이다가 고개를 저었다.

"응? 우리는 전혀 그렇지 않거든? 자랑은 아니다만 귀족을 초대하거나 초대받는 경우도 없다. 애초에 그런 매너는 처음 들었다고!"

"아이리스……, 그거, 진짜로 자랑할 게 아니니까. 배울 기회가 없었다고 해도 말이지?"

"뭐, 상관없지 않나. 어차피 써먹을 기회도 없으니."

아이리스 씨는 그렇게 말하며 어깨를 으쓱이고는 쓴웃음을 지었다.

"그런데 왕족이라는 입장도 힘들겠군. 겨우 포션 하나를 손에 넣는데도 다른 사람들의 눈길을 신경 쓸 필요가 있으니."

"……아이리스 씨, 혹시 전하가 말한 내용을 있는 그대로 믿으시는 건가요?"

"어? 거짓말인가?"

"거짓말은 아니겠지만……, 케이트 씨, 아이리스 씨가 로체 가문의 당주가 되어도 괜찮은 건가요? 이렇게…………, 순진한데."

내가 말꼬리를 흐리면서 케이트 씨를 보자 그녀는 곤란한 듯이 웃었다.

"아이리스에게 귀족다운 행동은 기대하지 않아. 사모님께서는 이미 신부에게 기대하겠다고 하시던데."

"호오, 신부⋯⋯, 신부우?!"

"그래, 신부(점장)."

"이미 확정된 건가요?!"

"아, 아니. 남편(점장)도 상관없다고 하시던데."

"거의 마찬가지인데에~!"

"조건이 좋으니까. 점장 씨 관련이라면 로체 가문의 이름을 마음대로 써도 된다고 하셨거든. 효과가 약하긴 하지만 전하에게 기대는 것보다는 안심이 될걸?"

"으으, 그렇긴 하죠."

전하의 힘을 빌린다면 얼마나 골치 아픈 일이 생기게 될까. 생각하고 싶지도 않다.

"그리고 점장 씨도 싫지만은 않은 것 같은데?"

케이트 씨가 방긋 웃으며 손가락으로 가리킨 것은 내 베개.

"⋯⋯어이쿠."

나는 몸을 일으킨 다음 차를 한 모금 마시고 화제를 되돌렸다.

"사실 전하라면 스승님을 몰래 부르는 건 힘들지 않을 것 같단 말이죠———, 스승님만 내킨다면."

그 초인 같은 스승님이 들키지 않게끔 전하에게 가는 것과 전하가 몰래 내게 오는 것. 어느 쪽이 더 힘들지는 굳이 말할 필요도 없다.

게다가 스승님이라면 진단을 하지 않아도 누구나 쓸 수 있는 발모제 정도는 만들 수 있을 것 같고.

"사라사 씨, 아직 대답을 제대로 못 들은 것 같은데요……?"

"로레아, 무슨 말인지 모르겠거든?"

"딱히, 상관없긴 하지만요~?"

로레아가 째려보자 나는 눈을 피하면서 계속 말했다.

"아마 저한테 온 건 다른 목적이 있기 때문인 것 같아요."

"다른 목적……, 그게 뭐지?"

"잘 모르겠어요. 하지만 그 목적을 위해서는 제가 이 일을 맡는 게 더 편했던 거겠죠. ……저는 불편하지만요."

"그럼 안 맡는 게 좋지 않나요?"

"거절할 수 있을 것 같아? 로레아, 왕족의 의뢰인데."

"힘들겠네요. 죄송합니다."

나는 힘없이 고개를 숙인 로레아를 위로하듯 미소를 지으며 고개를 저었다.

"아니, 사과는 안 해도 돼. 나도 할 수만 있다면 거절하고 싶었을 정도니까. 하지만 맡아버렸으니 열심히 해야겠죠."

"그러게. 실패나 지연은 용납되지 않으니까. 점장 씨, 괜찮겠어? 압박감 같은 거라든지."

"그건 언제나 그랬듯이 성실하게 하기만 하면 되니까요. 하지만 미사논 뿌리를 채집하러 가야만 한다는 게 문제네요."

"그건 예정대로 아닌가? 전하께서 오시기 전에도 소재를 채집하러 가자는 의논을 하고 있었고, 그 소재도 후보로 나왔었잖아?"

"그건 그렇지만요……."

날씨 상황을 봐서 '찾아내면 좋겠네?' 정도의 마음가짐으로 채집하러 가는 것과 기한이 정해져 있는 상황에서 '반드시 찾아내야만 한다!'라고 생각하며 채집하러 가는 건 위험도가 전혀 다르다.

"채집할 수 있는 건 맞으니까 일단 후보에는 넣었지만, 비교적 난이도가 높은 소재거든요, 이거."

나도 겨울 산에서 채집한 경험은 별로 없기 때문에 이번 겨울은 비교적 쉬운 채집을 통해 경험을 쌓는 것이 목적이었다. 미사논 뿌리는 운 좋게 찾아내면 채집하는 것 정도로만 생각하고 있었는데.

"실습 때 가본 적이 있긴 한데, 겨울 산은 결코 얕봐서는 안 되는 곳이에요. 돈은 필요하지만, 그것도 목숨이 붙어 있어야 써먹죠. 아이리스 씨하고 케이트 씨는⋯⋯."

"으음, 한 번도 가본 적이 없군."

"당일치기 정도라면 모를까, 며칠 동안 머무른 적은 전혀 없어. 채집자로서 겨울 산에 갈 만한 기술도 없었고. 장비에도 돈이 들잖아?"

"네. 장비의 성능이 생존율에 직접 영향을 끼치니까요. 미사논 뿌리를 채집하러 겨울 산에 가려면 몇 년 정도 경험을 쌓아야 할 것 같다고 생각했는데⋯⋯, 이렇게 된 이상 그런 말을 하고 있을 수는 없겠네요. 사전 준비를 확실하게 할 수밖에 없겠어요."

문제는 그 준비에도 돈이 든다는 점이다. 전하가 두고 간

선금, 금화 200개가 있긴 하지만 이것만으로는 조금 불안하다.

"소재가 남아 있다면 그걸로 장비를 맞출 수도 있었겠지만요……."

"우리가 조난당한 게 원인인가? 미안하다."

내가 말꼬리를 흐리자 아이리스 씨가 고개를 숙였다.

그렇단 말이지. 지금까지 모아두었던 소재 중 대부분은 구출에 써먹을 수 있을 것 같은 아티팩트를 제작하거나 그것들의 시험 제작 같은 데 써버려서 가게 창고는 텅 비———지는 않았구나.

채워져 있긴 하지. 쓸 곳도, 팔 곳도 없이 걸리적거리기만 하는 아티팩트가.

"두 분을 구해드린 건 후회하지 않으니까, 그건 상관없어요."

"전부라고는 할 수 없지만, 이자는 몸으로 갚을게. 점장 씨, 아이리스를 마음대로 해."

"그래, 그래, 내 몸을———, 어째서냐! 그럴 때는 노동으로 갚아야 하잖아?!"

은근슬쩍 주인을 팔아넘기는 말에 '음, 음'이라며 고개를 끄덕이던 아이리스 씨가 고개를 돌려 케이트 씨를 다그쳤다.

"남은 빚이 노동으로 갚을 수 있는 금액이야? 창관에 팔려가더라도 불평할 수가 없을 만한 거금인데? 지금 상황에서는 본격적으로 써먹을 수 없겠지만, 나중을 기대해. 우선 추운 날 밤에 물난로 대신이라고 생각하고."

"써먹는다고?! 물난로?! 취급이 너무 심하잖아! 점장님, 그렇다면 오히려 케이트를 추천하겠어. 부드럽고 따뜻해서 껴안는 베개로 쓰기에는 좋을 거야."

"호오. 어디 보자———."

케이트 씨가 꽤 부드러워 보이는 걸 가지고 있긴 하지.

나도 모르게 내민 내 손을 누군가가 꽉 잡았다.

고개를 돌려보니 그곳에는 미소를 짓고 있는 로레아가 있었다.

"사라사 씨?"

"아니, 농담인데? 잠깐 만져보고 싶었을 뿐이고———."

"너무 크기만 한 껴안는 베개는 걸리적거리거든요? 저 정도가 딱 좋지 않을까요?"

"딱히 진짜 안는 베개가 필요한 것도 아니거든?!"

예전에 로레아와 같이 잤을 때 내 가슴 같은 곳을 만진 적이 있었는데, 그거 진심은 아니었겠지? 마을에 또래 이성이 없다고 해서 동성 쪽으로 눈을 돌린 건 아니겠지?!

"저도 농담이에요. 하지만 아이리스 씨와 케이트 씨의 몸을 마음대로 쓴다 해도 돈이 늘어나진 않죠. ———누군가에게 빌려준다면 모를까."

"로, 로레아? 그것도 농담이지?"

안색이 미묘하게 안 좋아진 채 물어본 아이리스 씨에게 로레아가 방긋 웃었다.

"네, 물론이죠. ———가치에 맞는 돈을 내줄 사람도 없고요. 후후후⋯⋯."

"있지, 점장 씨. 로레아가 무서운데."

"분명 케이트 씨의 악영향일 거예요. 순박한 마을 소녀였던 로레아가 이렇게 되어버리다니⋯⋯, 흑흑흑⋯⋯."

내가 능청스럽게 눈가를 닦자 케이트 씨가 크게 한숨을 내쉬었다.

"로레아가 더 많이 본받은 사람은 점장 씨인 것 같은데? ───뭐, 됐어. 자금이 부족하다고 하소연을 하기 전에 우선 뭐가 필요할지 검토하자."

"그러게요. 우선 뭐가 어찌 됐든 겨울 산에 맞는 장비죠. 이게 없으면 그냥 죽어요."

방한복은 당연하고, 만에 하나를 대비하는 것도 매우 중요하다.

저번 조난 때 아이리스 씨와 케이트 씨가 생환할 수 있었던 것도 미리 대비했기 때문이고.

"당연하지. 그리고 정보도 중요하겠어. 목표도 없이 돌아다니기에 겨울 산은 너무 위험하니까."

"그러게. 그런데 정보가 모일지 어떨지 모르겠네. 채집자들에게 물어보긴 하겠지만 너무 기대하진 말아줘. 그런 지식을 가지고 있었다면 지금 가게에 파리만 날릴 리가 없으니까."

케이트 씨가 바라본 곳은 손님이 없는 점포 공간. 이번 겨울에는 겨울 산의 소재가 한 번도 들어오지 않았다. 뭐, 그런 거겠지.

"저기, 제가 할 수 있는 게 뭔가 있을까요?"

"로레아에게는 요리를 부탁하고 싶은데?"

"요리……, 식재료 조달인가요?"

"그것까지 포함해서 맛있는 요리를 만들어줬으면 좋겠어. 그리고 맛있는 과자도. 단맛이 강하고 편하게 먹을 수 있는 게 좋을 것 같은데? 설탕 같은 건 듬뿍 써도 되니까."

"저기, 일을 하러 가는데 과자를요? 좀 더 든든하게 먹을 수 있는 게 좋지 않을까요?"

"아니, 아니, 겨울 산에 갈 때는 단것이 필수거든? 만에 하나의 경우 생존 확률———, 구체적으로는 살고자 하는 기력에도 영향을 주니까. 걸어가면서 먹을 수 있는 행동 식량도 중요하지."

연금술로 만든 휴대용 보존 식량(레이션)은 정말 성능이 좋긴 하지만, 정신적인 만족감으로 따지면 말이 안 된다.

선택지가 없었다고는 해도 조난당한 아이리스 씨 일행이 그걸 먹고 오랫동안 살아남은 건 정신력이 꽤 대단한 것 같다.

그것도 어두운 동굴 속에 갇혀서 나갈 수 있을지 여부도 불확실한 상황이었는데.

하마터면 식량이 떨어지기 전에 정신력이 바닥났을 것이다.

물론 이번 겨울 산에 갈 때는 조난당하지 않게끔 충분히 주의할 생각이지만, 만에 하나를 대비해서 봄까지 살아남을 수 있게끔 준비해두고 싶다. 이 경우에는 다양한 식사의 유무가 중요하다. 나는 휴대용 보존 식량만으로 겨울을 나고 싶지 않다.

"아이리스 씨하고 케이트 씨도 맛있는 요리를 드시고 싶으시죠?"

"휴대용 보존 식량만으로는 힘들긴 했지만, 기근 때와 비교하면 그나마 나았지……."

"그러게. 활동하는 데는 지장이 없었으니까. 그때와는 달리……."

"손이 떨리지도 않았고."

"환각이 보이지도 않았지."

어라? 살짝 맞장구를 요구해보니 두 사람이 광채가 사라진 거친 눈빛으로 하늘을 올려다봐 버렸다. 기근 때문에 힘들었다는 이야기를 듣긴 했는데, 얼마나 힘들었던 거야?

아이리스 씨, 귀족 맞지……? 아, 아니, 그게 아니라.

"봐, 로레아. 두 사람도 맛있는 게 필요하다고 하잖아!"

"아뇨, 그런 말은 안 하셨잖아요? 오히려 의식이 날아가 버리지 않았나요?"

"나는 마을의 보존 식량 업계에 혁명을 일으킨 로레아의 실력을 기대하고 있어!"

"아, 그냥 넘기시는군요. 딱히 상관없긴 하지만요. 그래도 약간 개선한 정도에 불과한데요? 이 지역 식재료를 쓸 수 있게끔 노력한 것뿐이고요. 다른 분들께도 도움을 받았고."

"그렇지 않아! 그건 혁명이야! 로레아는 업계의 풍운아야!"

───요크 마을 보존 식량 업계라는 좀 작은 업계이긴
하지만.

그래도 채집자들의 평가가 좋았다는 건 사실이고, 다른
마을에서 들여오던 물건이었던 보존 식량을 마을 안에서 생
산할 수 있게 되자 마을 사람들의 수입이 된 것도 사실이다.

충분히 높게 평가할 만한 일이니 열심히 해줬으면 하는
마음에 나는 겸손해하는 로레아를 부추겼다. 로레아가 쑥
스러운 듯이 웃었다.

"그, 그런가요? 에헤헤……, 알겠어요! 그럼 열심히 해볼
게요!!"

'흐응!' 로레아가 콧김을 거세게 내뿜으며 두 주먹을 쥐었다.

그날 저녁, 채집자들에게 물어보고 돌아온 아이리스 씨와
케이트 씨는 별로 탐탁지 않은 표정으로 한숨을 쉬었다. 이
미 이야기를 들어볼 필요도 없는 것 같은데───.

"정보가 별로 없던가요?"

"안 되겠어. 안드레 같은 베테랑을 중심으로 물어보았는데,
겨울 산에서 채집한 경험이 있는 녀석들은 전혀 없더군."

"돈이 없을 때는 숲에서 채집을 했던 것 같은데, 산까지는
가지 않았나 봐."

"그렇군요. 예상하긴 했지만……."

소재를 팔러 오는 채집자가 거의 없다는 사실을 감안하면
그렇긴 하겠지.

이렇게 된 이상 내가 가진 지식과 경험으로 대처할 수밖에 없는 건가?

학교 실습 때 갔던 산은 대수해 안쪽에 있는 산과 비교하면 훨씬 쉬운 산이니 약간 불안하긴 하지만.

"잠깐 기다려 봐, 점장님. 나도 그렇게 능력이 없진 않아. 다른 정보는 확실하게 알아냈으니까."

"호오, 그게 뭐죠?"

내가 재촉하자 아이리스 씨가 의기양양하게 가슴을 펴고 말했다.

"으음. 안드레 일행의 선배에 해당되는 채집자가 은퇴해서 사우스 스트러그에 자리를 잡은 모양이더군. 그쪽에서 이야기를 들어보면 유익한 정보도 얻을 수 있지 않을까?"

"———라고 안드레 씨가 말했어."

아이리스 씨가 알아냈다기보다는 그냥 안드레 씨가 '물어보러 가는 게 어때?'라고 가르쳐준 모양이다.

"케이트, 그 부분은 생략해도 되는 거 아닐까? 모처럼 내가 세운 공이……."

아이리스 씨가 살짝 입을 삐죽댔지만, 케이트 씨는 아랑곳하지 않고 어깨를 으쓱였다.

"그런 건 환상이야. 보고는 정확하게 해야지."

"하지만, 이번에는 연상인 언니로서 조금이나마 믿음직한 구석을……."

"어? 언니?"

"언니잖아! 점장님보다 네 살이나 연상이라고! 난!"

"…………그러고 보니, 그랬죠."

"침묵이 긴데?!"

아니, 그래도, 아이리스 씨에게 '언니 같은 느낌'은 없으니까.

연상이라는 건 알고 있었지만, 느낌으로 따지면 한두 살 정도.

때로는 손이 좀 많이 가는 여동생처럼 느낄 때조차…….

그에 비해 케이트 씨 쪽은 분명히 언니다. 여러 가지 의미로. 출렁.

"뭐, 뭐, 그건 그렇고. 사우스 스트러그라면 마침 잘됐네요. 어찌 됐든 소재를 사러 가야만 하니까."

"으음……. 그렇다면 상관없다만. 점장님하고 로레아 쪽은?"

아이리스 씨는 약간 불만스러운 듯이 끙끙대면서도 금방 부드러운 표정을 지으며 나와 로레아의 얼굴을 번갈아 보았다.

"몇 가지 정도는요. 단맛이 너무 강한 느낌도 드는 과자라서 평소에 먹기에는 적합하지 않지만요."

"저는 지금 가지고 있는 재료로 만들 수 있는 걸 그럭저럭요. 이다음은 소재를 사고 나서 만들어야 하는데……, 참고로 그 은퇴했다는 채집자의 이름이나 자세한 주소는 아시나요?"

"윽……, 미안하다. 머레이라는 이름밖에…….."

아이리스 씨가 그렇게 말하며 미안한 듯이 눈을 내리깔았다.

안드레 씨도 '사우스 스트러그로 이사간다'고 이야기하는 걸 들었을 뿐, 지금 어디에 사는지, 어떤 상황인지는 전혀 파악하지 못하고 있는 모양이었다.

　그래도 원래 정처 없이 떠돌아다니는 채집자니까 어쩔 수 없겠지.

　"으음~, 번거롭게 해드리게 되겠지만 레오노라 씨에게 연락해서 알아볼 수 있을지 물어보죠. 연락하는 김에 뭔가 거기서 사줄 만한 아티팩트가 있는지도요."

　이 마을에서는 팔 방법이 없는 아티팩트도 사우스 스트러 그라면 팔 수 있을지도 모르고, 이대로 창고에서 자리만 차지하게 두는 것보다는 원가보다 싸게 넘기게 되더라도 처분하는 게 나으니까.

　죄송스럽긴 하지만, 레오노라 씨에게 부탁해 봐야겠다.

　"점장님, 이번에는 나도 따라가도 될까? 가능하다면 직접 이야기를 듣고 싶은데."

　"그래요……, 지금 아이리스 씨라면 괜찮을 거예요."

　원래 당일치기는 힘들 거라 생각하고 있었기에 어느 정도 시간이 걸리더라도 문제는 없다.

　신체 강화에 적성이 있는 아이리스 씨라면 충분히 따라올 수 있을 것이다.

　"그럼 모레 아침에는 출발할 수 있게끔 내일은 준비하는 시간으로 해요."

　그렇게 내일은 아침부터 레오노라 씨에게 연락을 하고,

그녀가 사줄 포션이나 아티팩트를 짐으로 꾸리고, 외박에 대비해 갈아입을 옷을 준비하고.

케이트 씨와 로레아도 방한복을 준비하고, 보존 식량의 증산에 착수하고.

우리는 한동안 이어지던 느긋하던 생활과는 전혀 다르게 정신없이 바쁘게 돌아다녔다.

좀 골치 아프긴 하지만, 이것도 일이니까.

수입도 되고, 새로운 물건을 만들 수 있다고 생각하니 나름대로 즐겁다.

하지만 그런 우리의 준비 작업은 예상치 못하게 중단되어 버린다.

───가게에 찾아온 촌스러운 손님 때문에.

no 012

연금술 대사전 : 제4권 등재
제작 난이도 : 이지
표준 가격 : 1,000 레어~

〈완전 영양 식량〉

Euffil Gififfi Efififfi

낮마다 연구에 몰두하는 연금술사들의 고민이라고 하면 역시———, 그렇습니다, 식사입니다.

요리에 들이는 시간이 아까워서 적당히 드시기만 하는 분들 많으실 겁니다.

하지만 그러면 안 됩니다! 건강한 몸이 있어야 좋은 연구도 할 수 있는 겁니다.

맛있는 식사를 만들어줄 파트너를 찾읍시다!

……어? 말도 안 되는 소리 하지 말라고요?

어쩔 수 없군요. 그런 사람은 이거라도 드시는 게 낫지 않을까요?

Episode 2

ThE ßEllEttonEE AullEmEEl

두 번째 손님

"점장 나와!"

거친 목소리와 함께 성큼성큼 들어온 사람은 불량스러운 남자를 다섯 명이나 거느린 젊은 남자였다.

나이는 20대 초반, 키는 작은 편이고 뚱뚱한 느낌. 불규칙한 생활이 뻔히 보이는 그 체형을 감안하면 돈이 많은 상인이거나 귀족. 둘 중 어느 쪽이라 해도 골치 아픈 냄새밖에 나지 않는다.

내가 은근슬쩍 로레아를 내 뒤로 숨기고 한 발짝 앞으로 나서자 아이리스 씨와 케이트 씨도 앞으로 나서 내 옆에 나란히 섰다.

"제가 점장입니다만?"

"호오, 네가 이 가게의 연금술사냐? ———나쁘지 않군."

남자가 슬쩍 드리운 미소에 참을 수 없는 혐오감이 치솟았다. 나는 일그러지려 하는 표정을 애써 진지하게 유지했다.

"무슨 볼일 있으신가요?"

"나는 커크 준남작이다. 어제 이 가게에서 아무런 이유도 없이 폭행을 당했다는 신고를 받았다. 이야기를 들어보니 이쪽에는 귀족 비슷한 게 있다더군. 그래선 평민에게 짐이 너무 무거울 것 같아서 말이야. 영주인 내가 일부러 와준 것이다."

아이리스 씨를 힐끔 보며 그런 말을 하는 자칭 커크 준남작.

귀족 비슷한 거라니, 혹시 아이리스 씨 말인가?

하급이긴 하지만, 기사작의 딸인 아이리스 씨는 엄연한

귀족인데.

하지만 평소에는 그런 느낌도 없으며 단순한 불량배가 아이리스 씨에 대해 알고 있을 것 같진 않다. 그리고 아이리스 씨와 케이트 씨의 씁쓸한 표정을 보아하니 이 녀석이 커크 준남작 본인이라는 건 틀림없는 것 같다.

다시 말해서 저번에 가게에서 손님이 날뛴 건 일부러 일으킨 사건이었던 건가…… 골치 아프네.

──뭐, 골치가 아플 뿐이고 그렇게까지 곤란하진 않지만.

눈썹을 치켜뜨며 앞으로 나서려던 아이리스 씨를 말리고 내가 입을 열었다.

"아무런 이유도 없었다고요? 그렇다면 짐작 가는 게 없는데요. 가게에서 날뛰던 불량배를 내쫓긴 했지만, 그건 정당한 행위였으니까요."

"이봐, 이봐, 불량배라니 말이 심하군. 가엾은 피해자잖아? 피해자가 신고를 하면 영주인 나로서는 확실하게 벌을 주어야만 하겠지?"

싱글싱글 웃으며 말하는 커크 준남작에게 나는 더욱 방긋 웃으며 대답했다.

"그거참 수고가 많으시네요. 하지만 안심하세요. 영주님을 번거롭게 해드리지는 않을 테니."

"어엉?"

"연금술사 가게 안에서 일어난 일에는 영지법이 적용되지 않아요. 다시 말해 영주님께서 마음을 쓰실 필요도 없는 거죠."

연금술사에게 적용되는 것은 영주가 만든 영지법이 아니라 왕국법이다.

이것은 나라 전체에 연금술사를 배치하고자 하는 나라의 방침으로 정해진 것이라 영주가 아무리 이상한 법을 만든다 하더라도 그로 인해 연금술사의 권리가 침해되지는 않는다.

그런 사실을 차근차근 꼼꼼하게 설명하고 나서 '**피해자분**께는 왕도에 가서 사법 당국에 신고하라고 전해주세요'라고 덧붙이자 커크 준남작의 얼굴이 빨개졌고, 입에서는 '끄으으'라는 목소리가 새어 나왔다.

뭐, 신고한다는 건 있을 수도 없는 일이겠지.

가게에서 폭력적으로 쫓겨난 정도로 영주가 나서서 신고를 한다면, 뭔가 다른 속셈이 있는 거라고 선전하는 거나 마찬가지다. 나는 껄끄러운 짓을 한 게 없고, 그런 상황인데도 영주 쪽에 유리한 판결을 내릴 정도로 왕도의 사법 당국은 부패하지 않았다.

물론 왕국법에 어긋나는 짓은 용납되지 않고, 상황에 따라서는 영지법보다 엄한 제약이 있기에 결코 연금술사가 특권을 누리는 것도 아니지만.

"그런데 그 정도 신고로 영주님께서 직접 움직이시다니, 정말 부지런하시군요? 헬 플레임 그리즐리가 나타났을 때는 바쁘셨던 모양인데."

사건이 끝난 뒤조차 아무런 도움도 주지 않았던 것을 비꼬자 뒤에서 대기하고 있던 남자들 중에서 가장 체격이 좋은 남자가 거친 목소리로 윽박질렀다.

"이 자식! 조용히 듣고 있자니 커크 님께 건방진 말을━━━!"

하지만 커크 준남작이 그 남자를 말리고는 약간 여유를 되찾은 듯이 입꼬리를 올렸다.

"물론 바쁜 내가 그 일 때문만으로 올 리가 없지. 그건 덤이다. 세금을 내지 않은 약초밭이 있다는 이야기를 들어서 말이지. 내가 직접, **일부러** 확인하러 온 거다."

그 말을 듣고 나는 무심코 눈살을 찌푸렸다.

요크 마을의 세금에 대해서는 나도 엘즈 씨에게 들어서 알고 있다.

농업이 번창한 편이 아닌 이 마을에서는 농지의 수확과 상관없이 해마다 일정 금액을 세금으로 내고 있다. 형태로 따지면 인두세나 마찬가지지만, 인구의 파악이나 관리에 수고를 들일 가치도 없다고 생각한 건지 마을 사람들의 숫자가 늘든 줄든 세금은 변함이 없었다.

하지만 그 금액은 요크 마을의 수입으로 따지면 큰 금액이고 이 나라의 평균적인 인두세 + 농지에 매기는 세금과 비교해도 꽤 많은 편이다.

예전이라면 모를까, 채집자의 숫자가 줄어든 최근까진 매우 힘들게 내고 있었던 모양이다.

그렇기 때문에 에린 씨가 안정된 수익을 얻을 수 있게끔 약초밭을 만드는 계획을 세웠던 건데……

"말도 안 돼?! 이 마을의 농지에 세금은 매기지 않을 텐데!"

침묵을 지키고 있던 나 대신 아이리스 씨가 다그쳤지만, 커크 준남작은 코웃음 쳤다.

"흥. 가난뱅이 기사작 가문의 촌구석 딸이 잘난 척하기는. 영주에게는 세금을 정할 권한이 있다. 제대로 된 영지도 없는 가난뱅이 귀족은 모를지도 모르겠군그래애? 너는 이런 곳에서 채집자 흉내나 내고 있나? 돈이 없으면 참 힘들겠어?"

싱글거리는 얼굴을 들이대는 커크 준남작을 보고 아이리스 씨가 주먹을 떨었지만, 나는 진정시키듯 살며시 그녀의 손을 잡았다.

실제로 어떤 것에 세금을 매길지는 영주에게 결정권이 있다.

주민의 숫자에 따라 매기는 인두세, 장사의 규모에 따라 매기는 상업세 같은 일반적인 것부터 출산세, 성인세, 결혼세, 사망세 등, 일부 영지에만 적용되는 것까지 세금의 종류를 정하는 것은 영주이며, 그것은 중요한 권리이다.

그 금액도 수수료 정도의 적은 금액부터 간단히 낼 수 없을 정도로 많은 금액까지 다양하다.

그 결과, 영지에 따라서는 '노인인데 성인이 아니다'라든가, '태어나기 위해 본인이 돈을 번다'라든가, '돈이 없어서 죽지 않았다'라든가, 그런 상황까지 있다던가 없다던가.

그래서 '약초밭에도 세금을 매긴다'고 정한 것 자체는 딱히 문제가 없다.

안타깝게도 자기 영지라면 말도 안 되는 소리도 통하게 만드는 것이 영주니까.

———애초에 나하고는 상관이 없지만.

"그거참 수고가 많으시네요. 세금을 정하는 건 영주의 업무이긴 하죠."

"호오, 너는 그쪽에 있는 촌것과 달리 어느 정도 지혜가 있는 모양이로구나. 그럼———."

"하지만 이 마을에 과세 대상인 약초밭은 없는데요?"

내가 커크 준남작의 말을 가로막고 방긋 웃자 그가 눈살을 찌푸리며 나를 노려보았다.

"어엉? 있을 텐데, 바로 옆에. 약초밭이."

"맞아! 맞아! 그건 아무리 봐도 약초밭이잖아!"

"울타리로 막아두면 들키지 않을 거라 생각한 거냐!"

커크 준남작이 턱으로 옆의 밭쪽을 가리키자 뒤에 있던 남자들도 맞장구를 치고 나섰지만, 나는 후훗, 하고 웃으며 고개를 저었다.

"아, 저건 제 밭이에요. 연금술사가 지닌 밭은 과세 대상이 되지 않아요."

정확히 말하자면 나라에 내기 때문에 영주의 세수입이 되지 않는다고 해야 하나?

채집자가 팔러 온 약초와 똑같은 취급이다. 포션 같은 것으로 가공해서 팔면 거기에 과세되기 때문에 밭 자체에는 세금이 매겨지지 않는 것이다. 다른 장사와 비교하면 신고 과정이 여러모로 복잡해서 골치 아프긴 하지만, 보호에 대한 대가로 생각하면 허용 범위다.

이렇게 골치 아픈 영주에게도 맞설 수 있고 말이지?

"──제대로 된 영지도 있는 준남작조차 모르고 계셨지만요."

"끄으으……!"

내가 비꼬듯이 말하자 커크 준남작은 말문이 막혀서 발끈했다.

입가가 일그러지고 얼굴이 빨개져서 꽤 흉악한 표정이 되었지만……, 아이리스 씨를 바보 취급해서 나도 화가 났단 말이지.

로체 가문은 가난할지도 모르겠지만, 곤란할 때 영지 주민들을 도와주는 훌륭한 귀족이다.

돈이 있는 주제에 이 마을이 위기에 처했을 때 아무것도 하지 않았던 커크 준남작과는 비교조차 되지 않는다. ──하지만 본격적으로 영주와 대립하는 것도 골치 아프다.

상대방의 태도가 너무나도 안 좋았기에 나도 모르게 비꼬아버렸지만, 우리에게 신경을 꺼준다면 그게 제일 좋다.

──이제 순순히 돌아가 주지 않으려나?

그런 내 소원도 허무하게 커크 준남작은 끈질기게 물고 늘어졌다.

"그, 그런 말로 둘러댈 수 있을 줄 알았나? 저 밭을 관리하고 있는 건 이 마을 주민일 텐데!"

"이상한 말씀을 하시네요. 연금술사의 가게에서 점원을 고용하면 그 가게가 점원의 것이 되나요? 사람을 고용해서 일을 시키는 건 연금술사로서 당연한 일인데요."

"나불나불 지껄이기는! 이 땅은 내 것이다! 너도 이 영지의 주민일 텐데! 쓸데없는 말을 늘어놓지 말고 세금을 내라!"

"아뇨, 그건 아니죠. 연금술사는 어디에 살든지 왕도의 주민으로 등록되어 있으니 영지의 주민이 아니에요."

이것도 왕국의 정책이다.

시간과 돈을 들여서 육성한 연금술사를 지방 영주에게 뺏기는 것을 왕국이 용납할 리가 없기에 기본적으로 모든 연금술사는 왕도의 주민으로 등록된다.

세금을 나라에 내게 되어 있는 것도 그런 이유 때문이다.

예외는 귀족 신분인 사람뿐이고, 그 대신 입학할 때 준비금을 받지 못하거나, 성적 우수자라도 장학금을 거절하는 것이 반쯤 의무화되어 있기도 하다.

하지만 귀족 신분인 연금술사도 가게를 내면 나라에 세금을 낼 필요가 있기 때문에 기본적으로 연금술사는 모두 나라의 관할하에 있다고 생각해도 문제는 없다.

"커크 준남작님, 이해하셨나요?"

그래서 연금술사에게는 말도 안 되는 소리를 할 수 없어요. 그렇게 꼼꼼하게 설명해준 내게 그가 한 행동은 안타깝게도 양식이 있는 어른의 행동이 아니었다.

"이 자식, 연금술사라고 해서 잘난 척하지 말라고? 어차피 연금술사가 된 지도 얼마 안 된 애송이잖아! 평민이 건방지게 굴지 마라!"

"음······."

커크 준남작이 발을 쾅, 내디디며 더러운 말을 내뱉었다.

아니, 뭐, 양식을 기대한 게 잘못이긴 하지만.

그래도, 신분을 내세우면 좀 곤란하다.

법적으로 보호받으며 사회적인 지위가 높다 하더라도 연금술사가 귀족인 건 아니다.

스승님 같은 경우에는 귀족을 상대로도 자기 마음대로 행동하지만, 그건 스승님이니까.

실제로 귀족과 싸우게 될 경우에는 나 같은 잔챙이 연금술사와 영주, 나라에서 어느 쪽을 우선시할 것인지는 미묘하다.

제대로 된 귀족이라면 연금술사를 상대로 말도 안 되는 소리를 하지 않겠지만, 안타깝게도 커크 준남작이 제대로 된 사람 같지는 않고, 마을과의 관계 같은 것도 생각하면······.

오기를 부려봤자 아는 사람이 다치게 된다면 주객전도다.

짜증 나기는 하지만 어느 정도 이익을 주고 해결하는 방법도 있긴 하다.

내가 '적당히 약초 다발이라도 줄까?'라고 생각하고 있자니 뒤에서 케이트 씨와 속닥거리며 이야기를 하고 있던 아이리스 씨가 여유로운 미소를 지으며 한 발짝 앞으로 나섰다.

"커크 준남작, 점장님이 평민이라고 하던데, 나와 점장님은 이미 약혼했다. 그리고 혼인이 성사되면 점장님께 가문을 양도하려고도 생각 중이다. 다시 말해 점장님은 차기 로체 가문 당주인 것이지. 말을 할 때는 조심해야 할 것 같다만?"

"뭐?!"

"……어?"

그건 처음 듣는 소리다.

나도 무심코 목소리를 냈지만, 다행히 커크 준남작은 그 사실을 눈치채지 못하고 크게 소리 질렀다.

"여자끼리라고! 말도, 말도 안 되는 소리를 지껄이지 마라!!"

응, 그렇게 말하고 싶은 심정은 이해가 돼.

금지되진 않았지만, 일반적이진 않으니까. 특히 평민은 엄청나게 비싼 포션에 의존할 수도 없기 때문에 후계자를 남길 수 없는 동성 간 결혼은 있을 수 없는 일이다.

하지만 그런 커크 준남작의 목소리를 들은 케이트 씨는 마침 잘됐다는 듯이 방긋 웃고는 아이리스 씨처럼 한 발짝 앞으로 나섰다.

"어머, 그런 말씀을 하셔도 괜찮으신 건가요? ……피르무스 후작 가문."

"어억?! 으, 으음! 모, 목 상태가 별로 안 좋은 것 같군!"

케이트 씨가 조용히 중얼거린 이름을 들은 순간, 커크 준남작이 눈을 크게 뜨고는 뒤로 한 발짝 물러나서 고의적으로 헛기침을 하며 눈을 이리저리 굴렸다.

"너, 너희도 이상한 착각을 쓸데없이 떠들고 다니지 말도록 해라!"

그리고 그는 빠른 말투로 초조한 듯 그런 말을 덧붙인 다음, 재빠르게 돌아섰다.

"오, 오늘은 이만 실례하마! 이봐, 애들아, 가자!"

""""네, 네엡!""""

너무나도 빠른 태도 변화에 나뿐만 아니라 옆에 있던 불량스러워 보이는 남자들도 당황한 기색을 얼굴에 드러냈다. 하지만 그들은 곧바로 급하게 커크 준남작을 따라갔다.

나는 그 뒷모습을 약간 멍하니 바라보다가 가게 문이 닫히는 소리를 듣고 '휴우', 숨을 내쉬었다.

"……이제 괜찮은 건가요?"

"아, 응, 괜찮을 거야. 로레아, 무서웠지."

"아뇨, 여러분께서 앞에 서 주셨으니까요."

"그렇구나."

말은 그렇게 하지만, 아무리 봐도 불량배인 것 같은 남자들이 윽박을 질렀는데.

겁을 먹지 않았을까, 그렇게 생각하며 돌아보니———.

"아니, 로레아, 손에 들고 있는 건 뭐야?"

그녀의 두 손에 있는 것은 나와 아이리스 씨의 검. 머리 위에는 쿠루미가 있었다.

완벽한 임전 태세다.

"필요할까 싶어서요."

"그, 그렇구나. 아무리 그래도 가게 안에서 칼부림을 벌이진 않을 것 같은데?"

뭔가 뒤에서 부스럭거리고 있구나 했더니, 이걸 가지러 갔던 건가?

꽤 대단한 대처 능력이다. 정신적으로 돌봐줄 필요는 없을 것 같네.

"역시 로레아로군. 점장님은 그렇다 치더라도 내 실력을 생각하면 맨손으로 싸우는 건 힘드니까."

"어~, 아무리 저라도 저렇게 험상궂은 사람들과 맨손으로 싸우면———."

이래 봬도 여자애니까. 저런 녀석들과 맨손으로 싸워서 이긴다니, 너무 인상이 안 좋다.

강한 여검사라면 멋지지만, 근육질을 후려쳐서 날려버리는 여자애라니, 수요가 너무 한정적이잖아? 그래서 따지려 했지만———.

"어머, 아이리스. 헬 플레임 그리즐리를 발차기로 죽인 사람이 무슨 말을 하네."

"험상궂은 녀석들이긴 했지만, 그것과 비교하면……."

헬 플레임 그리즐리와 비교하면 가장 몸집이 큰 거한도 빈약해 보일 정도긴 하다.

아이리스 씨와 케이트 씨에게 그럴싸한 지적을 받은 나는 태클의 궤도를 수정했다.

"———손이 더러워지잖아요."

"아, 이기는 건 문제없군요. 역시 대단하세요."

납득한 듯이 고개를 끄덕이는 로레아. 수정할 방향을 잘

못 잡았다.

그렇게 폭력적인 여자애가 아니라는 주장을 하고 싶었던 건데!

때리지 않는다거나, 손을 더럽히지 않는다거나, 그런 식으로 말할 생각이었는데!

이런 이야기가 퍼지면 애인이 안 생기게 된다고!!

"아, 아니거든? 나, 그렇게 간단히 폭력을 휘두르고 그러진 않거든? 기본적으로는 이야기부터 하거든?"

———범죄자를 제외하고. 도적에게 죽음을. 자비는 없다.

"으음, 알고 있고말고. 아무리 그래도 귀족의 사병을 죽이면 큰일이니까!"

"저, 저도 힘 조절 정도는 할 수 있어요! ———아, 아니지! 간단히 손을 대거나 그러진 않아요!"

"얼마 전에 불량배가 가게에서 두들겨 맞고 쫓겨난 것 같다만."

"그, 그건, 로레아의 비명이 들려서……."

여자애에게 손을 대려 하다니, 두들겨 맞아도 어쩔 수 없잖아?

자업자득이지? 노 카운트지?

"다시 말해서 로레아에게 손을 대려 하면 분노한다는 뜻이잖아. 힘 조절도 실패할지도 모르고. 그 왜, 용암 도마뱀이라든가."

"윽!"

목이 떨어져 버린 그거 말인가…….

예상했던 것보다 검이 날카로웠단 말이지.

다시 말해 맨손이라면 그럴 걱정도……, 아니, 맨손은 안 돼!

으윽! 몰려버렸어!

"뭐, 내 재치 덕분에 녀석들이 도망간 거지만 말이다!"

"……일단 감사하다고 말해둘게요. ━━━약혼했다는 말은 처음 들었지만요. 예전에 그런 이야기를 하긴 했지만, 받아들인 기억은 없는데요?"

으스대는 표정을 짓고 있던 아이리스 씨에게 고맙다는 인사를 하면서 비꼬는 듯한 말을 던졌다. 아이리스 씨와 케이트 씨가 서로 마주 보고는 약간 곤란하다는 듯이 힘없는 표정을 지었다.

"미안하다. 하지만 빚을 대신 떠안아준 데다 얼마 전에는 조난당했을 때 구해주기까지 했잖아? 많은 수고와 돈을 들여서까지."

"그런데 우리는 아무것도 갚지 못했어. 그래서 사모님께서도 '아이리스에게 지참금을 얹어서 주더라도 부족해. 달리 줄 만한 게 가문 정도밖에'라고 하시던데."

아니, 그건 넘겨도 되는 게 아니잖아?

귀족에게 있어서 제일 소중한 거 아닌가요?

━━━아이리스 씨라면 마음 편히 받을 수 있다는 것도 아니지만.

"사실 시기를 봐서 이야기할 생각이었는데, 그 빌어먹을 자식이 말도 안 되는 소리만 하길래."

"케이트 씨, 말이 너무 지저분하잖아요? 이해는 되지만요.
……저로서는 아이리스 씨하고 케이트 씨가 있어줘서 꽤 도
움이 돼요."

필요한 소재를 모아다 주거나, 일손이 필요할 때 도와주
거나.

방범 면에서도 미성년자인 로레아와 성인이 된 직후인 나
보다 채집자인 두 사람이 있음으로써 꽤 좋은 영향이 있는
것 같다.

실제로는 나도 싸울 수 있고 방범의 각인도 있기에 안전
성이 높긴 하지만, 인원수로 상대방을 경계시켜 그러한 상
황을 미연에 방지하는 게 훨씬 낫다.

"그렇게 말해주는 건 고맙긴 하다만, 객관적으로 볼 때 확
실하게 알 수 있는 형태로 보답할 필요가 있다."

"약소 귀족이라 해도 은혜를 모른다고 생각하는 건 곤란
하니까."

"그건……, 이해는 되지만요……."

은혜를 갚지 않는다는 이미지가 생기면 만약 곤란해졌을
때도 도움을 받지 못하게 될 테고, 평판이 중요한 귀족 사
회에서는 살아가기가 매우 힘들어진다.

하지만 아무리 그래도 가문은 너무 부담된다.

그만큼 은혜로 느끼고 있는 거라고 생각해 봐도……, 솔
직히 조금 곤란하다.

"으으……."

어떻게 해야 하나라는 생각에 당황한 나와는 달리 로레아
는 그냥 감탄한 듯이 숨을 내쉬었다.

"휴우~, 사라사 씨, 귀족이 되시는 건가요오? 대단하시
네요?"

"대단하다고 하면 대단한 건가? 이 나라에서는 귀족이 좀
처럼 늘어나지 않으니까."

돈만 있으면 귀족의 지위를 살 수도 있는 나라도 있지만,
이 나라에서는 엄청난 공적을 세우지 않으면 귀족의 말석에
끼는 것조차 불가능하다.

그렇다고 해서 전쟁에서 무훈을 세우려 하더라도 평민이
세울 수 있는 무훈은 어차피 뻔하고, 이 나라는 한동안 전
쟁을 하지 않았기에 그럴 기회도 없다.

일단 꼼수 같은 것으로 따지자면 로체 가문이 당할 뻔한
것처럼 빚 때문에 옴짝달싹 못 하게 된 귀족에게 장가나 시
집을 가서 실질적으로는 작위를 사는 방법도 있긴 하지만,
이것도 귀족의 총 숫자가 늘어나는 건 아니다.

이건 나라에서 보기에는 당연한 것이다.

영지가 늘어나지도 않는데 쉽사리 작위를 주다가는 국고
의 부담만 늘어날 뿐이니까.

한번 귀족이 되어버리면 간단히 평민으로 떨어뜨릴 수는
없으니 장래까지 고려하면 귀족을 늘리는 것에 신중해질 수
밖에 없다.

"그래도 귀족은 편하기만 한 게 아니거든? 책임이나 업무도 있으니까."

제대로 된 귀족이라면 더더욱 그렇다. 자칫하다가는 로체 가문처럼 영지 주민들 때문에 많은 빚을 떠안게 될 수도 있다. 물론 사회적 지위처럼 평민과는 전혀 다른 신뢰도를 얻는다는 장점은 있지만.

"계승이 불가능한 1대 한정 작위라면 어느 정도 가능성이 있긴 하지만 말이야."

"정말로 명예뿐이고 연금조차 받을 수 없는 작위도 있으니 얼마나 가치가 있을지는……, 조금 미묘하지만 말이지."

"그, 그렇게 따지면 아이리스 씨의 로체 가문은 사실 대단한 곳 아닌가요?"

"아니, 그래도 우리가 하급 귀족이라는 건 변함이 없는 사실이다."

"그래도 계승은 할 수 있는 거죠? 거기에 사라사 씨가 엮이는 건……, 로체 가문으로서 괜찮은 건가요?"

"점장님의 인격은 신뢰하고 있으니까. 아무리 그래도 점장님이 다른 사람과 결혼해서 그 아이가 로체 가문을 이어받는 건 곤란하지만, 나와 낳은 아이라면 문제가 없지. 혼인이나 영주로서의 업무가 번거로운 거라면 형태만이라도 상관없다. 그냥 후계자만 만들어주는 것도———."

"아니, 그거, **후계자만**이라고 할 게 아니라고요! 엄청나게 허들이 높잖아요!!"

여러 가지 의미로 패러다임 전환이거든요?

귀족으로서 마음에 들지 않는 결혼도 생각하고 있던 아이리스 씨와는 달리 나는 어머니처럼 언젠가 멋진 남자를 만나서 서로 이끌린 뒤에 결혼할 거라고 생각했으니까.

……뭐, 이 나이가 되니 그게 꽤 힘든 일이고, 우선 이해득실이 우선적인 결혼이 많다는 것도 이해하고는 있다.

사랑은 디저트. 주식 없이 사랑만 있다 하더라도 허우적대다 죽을 뿐이다.

"점장 씨, 어떻게 해서도 안 된다면 위스테리아나 카틀레아가 낳은 아이를 양자로 삼는 방법도 있으니까 마음 편히 생각해도 되는데?"

"마음 편히라고 해도……, 저기, 아이리스 씨의 여동생이었죠?"

"으음! 둘 다 꽤나 귀엽지! 우리 집에 오게 되면 꼭 소개하게 해다오! 분명 점장님하고도 사이좋게 지낼 수 있을 거야."

나는 만난 적이 없지만, 아직 열 살인데도 아이리스 씨를 닮아서 활발한 위스테리아와 그보다 두 살 아래에 얌전한 카틀레아.

아델버트 님의 직계로는 그 두 사람이 있기에 아이리스 씨와 나 사이에 아이가 생기지 않더라도 로체 가문의 혈통은 문제가 없는 모양이다.

물론 형태만이라도 결혼을 해버리면 나는 남자하고 결혼을 하기가 힘들어지지만 말이야!

귀족으로서의 지위와 평범한 결혼 생활.

저울에 달아보면 상인으로서의 나는 전자에 쏠리고, 여자애로서의 나는 후자에 쏠린다.

으으음……, 흔들린다.

"……알겠습니다. 일단 마음에 담아둘게요."

눈에 보이는 형태로 보답할 필요가 있다는 로체 가문의 체면도 생각하면 완고하게 반대하는 건 바람직하지 못할 테고, 지금 당장 뭔가 하자는 것도 아니다.

빚을 더 갚다 보면 상황도 바뀔 테니 일단은 미뤄두어도 되겠지?

나 자신도 한동안은 연금술사로서 일에 전념할 생각이고, 지금 시점에서 누군가 좋아하는 사람이 있는 것도 아니니까.

"그건 그렇고, 아까 나온 말이 신경 쓰이네요. 피르무스 후작 가문이라고 했나요?"

"아, 그거? 사실 피르무스 후작 가문의 현재 당주는 여자들끼리 결혼했거든."

""……네?""

지식으로 알고 있긴 했지만, 나는 귀족 사회를 자세히 아는 게 아니며 그런 지인도 없다. 그래서 실제로 동성 간 결혼을 한 귀족이 있고, 게다가 후작이라는 높은 지위에 있다는 사실로 인해 나와 로레아는 동시에 눈을 동그랗게 떴다.

"정부나 첩이 아니고요?"

뭐니 뭐니 해도 고위 귀족의 밤 사정.

그런 거라면 그나마 이해가 되니 물어보았지만, 케이트 씨는 진지하게 고개를 저었다.

"본처. 게다가 측실 같은 것도 없다는 모양이야. ───여당 주니까 측실이라고 하는 게 정확한 표현인지는 모르겠지만."

"귀족치고는 신기하네요."

"그렇지. 귀족이라면 여러 명을 거두는 게 일반적인데. 동성 간 결혼일 경우에 뭐가 일반적인 건지는 나도 모르지만 말이야."

"그러게요. 사례가 적으니까."

실제로 어떻게 되는 건지는 제쳐두고, 나와 아이리스 씨의 약혼 이야기가 나온 이후로 케이트 씨는 그런 쪽에 대해 여러모로 조사해본 모양이었다.

그래서 나온 이름이 작위를 물려받은 다음 동성 간 결혼을 한 피르무스 후작.

동성 간 결혼을 한 사람이 작위를 물려받은 거라면 모를까, 이미 작위를 물려받은 귀족이라면 그 결혼에는 많은 제약이나 이권이 얽히게 된다.

피르무스 후작의 결혼에도 당연히 많은 간섭이 들어왔고 장애물이 앞을 가로막아서───, 실제로 결혼할 때까지 여러모로 우여곡절이 있었던 모양이다.

그 결과, 피르무스 후작은 비슷한 처지인 상대에게는 동정적인 모습을 보이며 필요하다면 동성 커플에게는 지원을, 방해나 모독하는 상대에게는 거센 압력을 가한다고 한다.

"귀족 사교계에서는 꽤 유명한 모양이야. 그 녀석도 알고 있어서 다행이네."

"어차피 준남작이잖아. 후작 가문의 당주를 모욕하는 거나 마찬가지인 말을 했다는 소문이 퍼지면 박살 날 수도 있으니."

"아이리스뿐만이 아니라 **여자끼리 결혼하는 것**을 모욕하는 듯한 말을 했으니까."

"그래서 '목 상태가 안 좋으니까 제대로 말할 수가 없었다' 같은 형태를 취한 건가요?"

그런 이유라면 어떻게든 둘러대고 싶긴 했겠지만…….

한숨을 쉬는 나를 보고 아이리스 씨도 쓴웃음을 지었다.

"너무 억지스럽지. 그렇게 딱 잘라 말해놓고."

"뭐, 제3자가 없으니까요. 잘못 들은 거라고 주장하면."

"흐에에, 정말로 여자들끼리 결혼하는 사람이 있군요."

약간 어이없어하는 것 같기도 하고 당황한 것 같기도 한 로레아. 복잡한 표정을 지은 로레아의 말에 케이트 씨가 으흐흐, 웃었다.

"남자들끼리 결혼하는 사람도 있거든? 여자들끼리 결혼하는 경우보다 드물긴 하지만."

"귀족은 대단하네요……. 그래도 그런 분이 계신다면 만약의 경우가 생기더라도 조금 안심할 수 있겠어요. 도와주실 것 같네요."

"뭐, 그렇지. 하지만 힘을 빌려버리면 나와 점장님의 결혼이 확정되는데."

"……어? 그런가요?"

"아니, 그렇잖아? 결혼하고 싶다면서 도움을 요청해놓고 사실 결혼할 생각이 없었다고 하면 로체 가문이 박살 날지도 몰라."

"당연히 그렇게 되겠지. 일단 결혼을 하고 나서 파국을 맞이한다면 모를까, 결혼조차 하지 않는다면."

사실은 어찌 됐든, 말만 늘어놓으면서 후작 가문을 잘 이용해 먹었다고 간주할지도 모른다.

그런 시비 걸기나 마찬가지인 짓을 했다간 기사작 가문 따위는 '뿌직', 뭉개지겠지.

그 정도로 후작 가문과 기사작 가문 사이에는 힘의 차이가 있다.

내가 납득한 듯이 고개를 끄덕이자 로레아가 초조하게 고개를 저었다.

"그, 그러면 안 되겠네요. 힘을 빌리지 말고 어떻게든 해요! 힘내세요, 사라사 씨, 아이리스 씨."

"괜찮아. 이름을 언급하면서 견제하는 것만으로도 충분하니까. ……그런데 커크 준남작은 좀 더 교활한 사람인 줄 알았는데……, 왠지 밑바닥이 뻔히 보이는 사람이었네요?"

영주라면 연금술사에 관한 법을 알고 있는 게 당연할 텐데, 전혀 몰랐고.

로체 가문의 차용증에서 엿보인 교활함이 전혀 느껴지지

않았다.

그걸 감안하면 귀족이라기보다는———.

"건달 두목이나 뭐 그런 느낌이었는데."

"아! 진짜 그거예요!"

아이리스 씨의 말에 내가 무심코 손을 탁 치자 로레아도 고개를 연달아 끄덕였다.

"그리고 하는 말도 왠지 지리멸렬했어요."

"응, 나도 그렇게 생각해. 진짜로 귀족 맞나? 그 녀석이."

거만하게 나가보려던 건지는 모르겠지만, 조금만 흥분해도 본심을 드러냈기에 그냥 건달처럼 보일 뿐이었다.

지위를 제쳐두더라도 거친 목소리로 윽박지르는 커크 준남작보다 무슨 생각을 하는 건지 알 수가 없는 미소를 드리우던 페리크 전하가 훨씬 더 무섭다.

준남작이 그런 태도를 보인 건 우리를 깔보고 있기 때문이겠지만, 그렇다 해도 수준이 뻔히 보인다.

"그는 전형적인 3대째 귀족이야, 로레아."

"그래. 시골 마을이었던 사우스 스트러그를 크게 발전시킨 사람이 선선대. 그걸 무난하게 운영한 사람이 선대. 그리고 잘 봐줘도 평범한 게 현재 커크 준남작."

"잘 봐줘도 '평범한' 건가요?"

"그래. 선대 시절, 10년 정도 전인데, 선선대의 공적을 칭송하며 작위를 올려주자는 이야기가 나왔대. 하지만 그걸 망친 게 지금의 준남작이야. 그 시점에서 후계자로 정해져 있던 그가 문제를 일으켜서 폐적당하기 직전까지 갔다고 하던데. 잘 봐주지 않으면 정말 어리석은 사람이지."

"그, 그래요……."

케이트 씨가 욕설이라도 뱉듯 그렇게 말하자 나는 머쓱해졌다.

하지만 그런 평가도 어쩔 수 없을지도.

직접 만난 건 이번이 처음이지만, 아무리 봐도 생각이 없는 것 같다.

아이리스 씨처럼 마음씨가 올곧고 착한 사람이라면 모를까, 삐뚤어진 사람이 그런 짓을 하고 다닌다면……, 용케도 계속 귀족으로 있었네.

서로 발목을 잡아대는 경우가 많은 귀족 사회에서.

"뭐, 간단히 말하자면 생각이 없는 바보고, 인간쓰레기고, 어리석은 후계자라는 거야. 영지가 인접해 있어서 관계를 맺을 수밖에 없긴 하지만, 가능하다면 엮이고 싶지 않은 상대지."

케이트 씨는 거친 콧김을 내뿜으며 정말로 사정없이 말을 토해냈고, 아이리스 씨도 마찬가지로 쓴웃음을 지으며 어깨를 으쓱였다.

"그렇다면 더더욱 로체 가문의 차용증이 이상하네요. 실제로 서면을 작성한 사람이 전문가라고 해도 누가 그 계획을 짰을지."

내가 손을 쓰지 않았다면 로체 가문은 실질적으로 빼앗겼을 테고, 손을 대고도 커크 준남작 가문에는 피해가 없게끔 교묘한 계약이 이루어져 있었다.

전문가에게 맡기면 지시한 대로 차용증을 만들어주긴 하겠지만, 그 전문가가 설마 '이런 식으로 해서 속이시죠'라는 조언을 할 것 같진 않았다.

"누군가가 가르쳐준 건지, 아니면 실력이 좋은 참모가 있는 건지……. 사우스 스트러그가 쇠퇴하지 않은 걸 보면 후자려나?"

"아마 그렇겠지. 그 녀석은 척 보기에도 성격이 급한 바보야. 이번 일은……, 그 참모에게 의논도 하지 않고 독단으로 행동했거나 그런 느낌 아닐까?"

커크 준남작의 어리석은 아이디어를 능숙하게 실현해내는 유능한 참모의 존재.

준남작과 직접 대면해서 느낀 인상으로 보아 정말 그럴싸한 생각인 것 같았다.

우리가 보기에는 매우 골치 아프지만.

"그렇게 되면 좀 걱정되네요. 우리가 오랫동안 이곳을 비우는 게."

물건을 사러 며칠 비우는 정도라면 모를까, 미사논 뿌리를 채집하려면 아무리 짧아도 1주일 이상, 자칫하다가는 한 달 이상에 걸쳐 로레아 혼자서 이곳을 지키게 된다.

연금술사의 가게를 습격하는 행위는 나라의 정책에 시비를 거는 거나 마찬가지다.

습격을 지시한 본인은 처벌받을 것이고, 자칫하다가는 가문 자체가 박살 나게 된다.

만약에 은폐하려 해도 채집자가 많이 있는 이 마을에서는 거의 불가능하다.

조금이라도 생각할 만한 머리가 있다면 실행하려 하지 않겠지만, 그 커크 준남작의 머리에 기대해도 되는 건가……? 만에 하나, 로레아가 다치거나 인질로 잡히는 일이 생겨선 안 된다.

"그렇군……, 점장님? 로레아도 데리고 가는 건 어떨까?"

"데리고 간다니, 겨울 산에 말인가요?"

그러면 걱정할 필요가 없어지긴 하지만———.

"아이리스 씨, 겨울 산을 얕보시는 거 아닌가요?"

"나도 겨울 산을 경험해본 적이 없으니 인식이 어설프다고 해도 어쩔 수 없다만, 점장님과 함께 가는 겨울 산과 로레아 혼자 남게 되는 이 가게, 어느 쪽이 더 위험할까?"

"으음……."

당연하지만 습격만 당하지 않는다면 가게에 남는 쪽이 더 안전하다.

하지만 만약에 습격당하게 되면 꽤 위험하다.

그 리스크와 겨울 산에서 사고를 당할 리스크.

어느 쪽이 더 높은가 생각해 보자면……, 상대가 **그거**니까 겨울 산이 좀 더 나으려나?

"점장 씨, 본인에게 물어보지 그래? 로레아 일이니까."

"……그렇긴 하네요. 로레아, 어떻게 생각해?"

잘 생각해보니 로레아가 가고 싶지 않다고 하면 그만이다.

그럴싸한 의견이라 생각하며 로레아를 보니 뜻밖에도 그녀의 얼굴이 빛나고 있었다.

"저, 가보고 싶어요!"

"……어?"

나는 '위험한 행동은 하고 싶지 않다'고 할 줄 알았는데.

"정말로? 꽤 위험한데? 겨울 산은 춥거든? 무리할 필요도 없는데?"

나를 배려해서 그렇게 말하는 거 아니야? 그렇게 물었지만 로레아는 단호히 고개를 젓고는 내 얼굴을 진지한 표정으로 빤히 바라보았다.

"저, 사라사 씨가 오기 전까지는 이 마을에서 잡화점을 꾸려나가면서 일생을 마칠 거라 생각했어요. 하지만 사라사 씨가 온 이후로는 완전히 바뀌었죠."

그리고 미소를 지으며 계속 말했다.

"이 가게에서 일할 수 있게 되었고. 새로운 것들을 잔뜩 알 수 있게 되었어요. 마법도 배웠고, 조금이나마 쓸 수 있게 되었죠. 그러니까 좀 더 새로운 것에 도전하고 싶어요!"

"그렇구나……."

본인이 그렇게 말하니 나도 부정할 수가 없다.

일단 제자이긴 하지만, 이것저것 참견하지 않고 칭찬하면서 키워주자는 방침이니까. 하고 싶어 하는 건 하게 해주고 싶다.

"알겠어. 그럼 다르나 씨에게도 설명하러 가야겠네."

잡화점보다 위험하지 않다면서 고용했는데 위험한 짓을 시키려 하는 거니까.

———그렇게 생각했는데.

"사라사 씨!"

"네, 네!"

거의 들은 적이 없는 로레아의 큰 목소리 때문에 몸이 긴장했다.

"저희 부모님을 배려해주시는 건 기뻐요. 하지만 너무 어린애 취급하지 말아주세요! 저는 이미 이 가게의 정식 점원이에요. ……그렇죠?"

딱 잘라 말한 다음 약간 불안한 듯이 물어보는 로레아. 나는 고개를 힘차게 끄덕였다.

"으, 응, 물론이지!"

"그렇다면 가게 업무에 대해 일일이 부모님께 여쭤볼 필요는 없어요. 부모님께 말씀드린다 해도 그건 제가 해야 할 일이에요!"

말은 그렇게 해도 로레아를 고용한 건 나니까.

고용주의 책임으로서 제대로 말을 해둘 필요가 있지 않을까?

"……아이리스 씨하고 케이트 씨는 어떻게 생각하시나요?"

이곳에 있는 어른이라는 점에서 두 사람의 의견을 물어보았다.

"이번에는 로레아 말이 맞겠지. 뭔가 업무를 진행할 때마다 부모님의 의향 같은 걸 물어보다가는 아무것도 하지 못해. 일단 로레아는 아직 미성년자니까 약간 미묘하긴 하지만……."

"취직을 허락한 이상, 다르나 씨도 그 사실은 이해하고 있을 거야. 집을 떠난 뒤에는 스스로 생각해서 살아가는 거니까. 점장 씨는 고아원을 떠난 뒤에 누군가의 허락을 받고 진로를 정했어?"

"아뇨, 그러진 않았네요."

부모님과 사별하고 고아원에 들어간 이후로는 전부 스스로 정해왔다.

연금술사 양성학교의 입학시험을 치르는 것에 대해서는 원장 선생님과 의논했지만, 그건 다른 아이들의 협력이 필요하다는 이유가 있었기 때문이다.

그때도 원장 선생님은 격려해주기만 할 뿐, 허락을 받느니 마느니 하는 이야기는 없었다.

그렇게 따지면 내가 잘못 생각한 건가?

……으음, 나는 머리가 굳은 꼰대가 아니다.

다른 사람의 의견을 받아들일 수 있는 유연성을 가지고 있다.

"알겠습니다. 그럼 앞으로 로레아는 어른으로 대할 거고, 제가 다르나 씨에게 따로 뭔가 말하진 않겠어요."

"사라사 씨! 감사합니다!"

"하지만!"

밝은 표정을 짓고 있는 로레아에게 내가 손가락을 들이댔다.

"갑자기 안 보이게 되면 걱정을 끼칠 테니 이번뿐만이 아니라 멀리 나갈 때는 로레아가 말씀드려야 해."

"네, 그건 물론이죠. 안심하세요."

"응, 부탁할게. ──그럼 아이리스 씨, 방해를 좀 받긴 했지만, 내일을 대비해서 오늘은 일찍 자도록 할까요."

제대로 달려주지 않으면 곤란하니까.

◇ ◇ ◇

사우스 스트러그는 오늘도 번창하고 있었다──. 우두머리가 그 녀석이라고는 생각하기 힘들 정도로.

그 사실에 왠지 복잡한 듯한 표정을 보이는 아이리스 씨를 데리고 레오노라 씨 가게로 가보니 레오노라 씨와 피리오네 씨가 맞이해 주었다.

"안녕하세요, 레오노라 씨. 오늘은 신세 좀 질게요."

"어서 와. 잘 왔어."

"오랜만이야, 사라사. 그리고 그쪽이 아이리스라는 애구나."

"애, 애……, 자, 잘 부탁하네, 피리오네 님, 레오노라 님."

친숙한 호칭이 뜻밖이었는지 아이리스 씨가 당황한 듯이 눈을 깜빡였다.

하지만 방긋방긋 사람이 좋아 보이는 피리오네 씨의 미소에, 그녀는 호칭에 대해서 아무런 말도 하지 않고 인사를 건

넸다.

"직접 만난 건 이번이 처음이지, 아이리스. 여러모로 사라사를 도와주고 있다면서?"

"아니, 도움을 받고 있는 건 오히려 나다. 그리고……, 그건 레오노라 님도 마찬가지일 텐데?"

"후후후, 그래? 그럼 가지고 온 물건을 보여주겠어?"

"네. 그럼———."

스승님에게 받은 가방에 담아 가지고 온 것은 포션이나 비교적 크기가 작은 아티팩트.

그것들을 카운터에 늘어놓자 레오노라 씨가 하나씩 들어보면서 확인했다.

"흐음, 흐음, 그래……, 이 정도면 어떨까?"

"……레오노라 씨, 너무 비싸게 사주시는 거 아닌가요?"

그녀가 제시한 매수 가격은 가게에서 파는 가격과 거의 같았다. 이래선 내게서 사들인 물건을 전부 팔더라도 이익은 얼마 되지 않는다. 팔다가 남기라도 하면 확실히 적자다.

그래서 '좀 더 싸게 사주셔도'라고 하는 내게 레오노라 씨가 곤란하다는 듯이 쓴웃음을 지었다.

"이번에는 내가 소개한 노르드가 원인을 제공했잖아? 조금이나마 지원하게 해줘. ……아, 노르드에게는 확실하게 벌을 주었으니까 안심하고."

그렇게 말하면서 주먹을 휘두르는 레오노라 씨.

소개장에 적혀 있던 '벌'이라는 건 역시 주먹이었구나, 그렇게 생각하며 피리오네 씨 쪽을 힐끔 보니 그녀가 곤란하다는 듯이 웃으면서 '몇 방 정도, 제대로'라고 말하며 고개를 끄덕였다.

이야기를 들어보니 노르드 씨가 왕도로 돌아가기 전에 이 가게에 들러서 '소개받은 곳에서 일어난 일이니까'라며 저번 일에 대해 확실하게 보고한 모양이었다.

그 정도는 잘 신경 써주니 '능력 있는 어른' 같단 말이지———, 척 보기에는.

아니, 일부를 제외하면 실제로 그러니 더 골치가 아프지.

폐만 끼치는 사람이었다면 쳐낼 수 있겠지만, 나쁜 사람이 아니기 때문에 그러기도 힘들다.

레오노라 씨도 그런 느낌으로 계속 알고 지내는 건지도 모르겠는데?

"……그럼, 죄송하지만 그 가격으로 부탁드릴게요."

"그렇게 해, 그렇게 해. 안 그러면 내 마음이 안 좋으니까. 아이리스도 미안해. 꽤 힘들었지? 그 녀석하고 같이 다녔던 거."

"그렇지는 않다……라고 말하고 싶지만, 솔직히 말하자면 힘들었지. 조난당한 것도 그렇지만, 용암 도마뱀을 몇 마리나 사로잡아야 했던 게 은근히 괴로웠다."

그때 있었던 일이 떠오른 건지 먼 산을 보는 아이리스 씨.

나도 이미 듣긴 했지만, 힘으로 용암 도마뱀을 제압했다는 노르드 씨의 터무니없는 행동 이야기에 나도 모르게 눈가가 뜨거워졌다. 다른 방법이 없었다고는 해도 포기하지 않고 억지로 밀어붙인 노르드 씨는 정말 지독하다.

그런데 레오노라 씨는 그 이야기를 듣지 못했던 건지 눈썹을 치켜뜨며 입가를 일그러뜨렸다.

"그런 짓까지 했다고?———몇 방 더 때려둘 걸 그랬나."

"그러게. 좀 더 자중하는 법을 배워야겠어."

미소를 짓고 있긴 하지만 눈이 웃고 있지 않은 피리오네 씨.

온화한 것처럼 보이지만 요크 바루의 채권 관련으로 레오노라 씨와 함께 터프한 교섭을 해낸 것 같은 그녀의 실력은 겉치레가 아니다.

"하하하, 그런 부분은 맡길게요……."

우리가 노르드 씨와 엮이게 될 일은 이제 없을 테니까.

———없겠지? 분명히 없겠지?

……응, 경계만은 해두자.

불행인지 다행인지, 페리크 전하하고도 관계가 생겨버렸으니까.

"그런데 요즘 이 마을은 딱히 달라진 게 없나요?"

"……? 그러게, 이렇다 할 건 없는 것 같네. 바루 상회가 어느 정도 주춤하는 것 같던데, 그 정도? 그거, 아이리스네 친가 쪽하고 연관이 있는 거지?"

"잘 알고 있군그래? 그다지 떠들고 다니진 않았다만……."

조정을 맡은 이상 어느 정도 정보가 흘러나가는 건 필연적이지만, 꼴사나운 이야기이기에 로체 가문은 입을 다물었다. 애초에 무명에 가까운 귀족이기 때문에 정보가 퍼질

여지도 없다.

커크 준남작 가문도 명분은 어찌 됐든 조정 내용은 실질적인 패배다.

떠들고 다니지 않았을 텐데도 불구하고 확실하게 파악하고 있는 걸 보니 레오노라 씨의 정보 수집 능력은 꽤 뛰어나다고 할 수밖에 없다.

"이런 마을에서 장사를 하려면 정보는 중요하니까. 애초에 요크 바루가 사라져서 내리막길을 걷고 있던 바루 상회도……."

레오노라 씨의 말을 피리오네 씨가 이어받았다.

"후계자가 된 호우 바루가 이곳저곳에 공수표를 끊어주고 다녔던 모양이야. 얼마 전에 그게 부도 처리가 된 게 확실해져서 꽤 많은 이권을 빼앗긴 것 같아."

아, 그거 때문이네. 조정이 성립되어서 아이리스 씨와 혼인할 수 없게 된 거.

아무리 약소하다고 해도 귀족의 지위가 있고 없고는 큰 차이가 있다.

그 간판을 내걸고 바루 상회를 다시 일으켜 세우려 했겠지만, 거기에 의존해서 무리를 하다가는 실패했을 때 예전보다 더 심한 상태가 되는 것이 불을 보듯 뻔하다.

"그럼 지금 바루 상회는요?"

"망하지는 않았을걸? 규모가 작긴 하지만 어떻게든 살아남은 느낌이야. ──1년 전에는 대상회였지만 말이지~."

아하하, 피리오네 씨가 신나게 웃었고 레오노라 씨도 어깨를 으쓱였다.

"사라사에게 손을 댄 것이 몰락의 시작이었던 거야."

"그런가요? 저 혼자만으로는 약간 흔들어놓는 게 전부였을 것 같은데요. 떨어뜨린 건 두 분의 공적이에요."

나 혼자만이었다면 요크 바루를 마을에서 쫓아내는 게 한계였다.

돈을 잔뜩 벌 수 있었던 것은 레오노라 씨의 협력이 있었던 덕분이었고, 그를 **퇴장**시켜서 바루 상회의 대들보를 부러뜨린 건 두 사람의 힘이다. 거기에 나는 기여한 게 없다.

"그러게. 산전수전 다 겪은 쓰레기들을 상대하기에 사라사는 아직 경험이 부족하니까."

"그래도 우리가 떨어뜨렸다면 물에 빠진 바루 상회를 막대기로 때려서 가라앉힌 건 아이리스인가?"

갑자기 이야기가 자신에게 넘어오자 아이리스 씨는 눈썹을 치켜뜨고 두 손을 내민 다음 마구 흔들었다.

"내, 내가?! 나는————, 아니, 우리 가문은 아무것도 못 했다고? 전혀 자랑할 게 아니다만, 점장님이 전부 해줬는데?!"

"다시 말해서, 마무리는 사라사가 했다는 거구나."

"마무리라고 할 정도는 아니죠. 아이리스 씨 발목에 얽혀 있던 족쇄를 풀어준 정도밖에 안 돼요. 그 상태까지 몰아넣으신 두 분하고는 비교도 안 되죠."

"그렇지 않아~. 사라사는 커크 준남작도 확실하게 궁지에 몰아넣었잖아? 귀족 상대로 그렇게 할 수 있는 사람은 별로 없어."

"그건 제가 그랬다기보다 사람을 소개했을 뿐이라서———."

그렇게 우리 세 사람이 이야기를 나누었다. 한 발짝 물러선 아이리스 씨가 곤란하다는 듯이 조용히 중얼거렸다.

"내가 보기에는 속이 시꺼먼 사람들이 서로 겸손 대결을 벌이는 모습으로만 보이는군……."

미묘하게 부정하기 힘든 아이리스 씨의 감상을 듣고 우리는 서로 얼굴을 마주 보았다.

내가 먼저 손을 댄 게 아니라 상대방이 먼저 건드렸기에 어쩔 수 없이 응전한 것뿐인데……, 다른 사람이 보기에는 그런 느낌이더라도 어쩔 수 없는 건가?

결과가 나와버렸으니까.

"어머, 아이리스. 딱히 속이 시꺼멓게 되라고는 하지 않겠지만, 좀 더 주의 깊게 행동하지 않으면 또 속을걸? **이것저것** 모색하고 있는 모양이지만 말이지?"

미소를 지은 피리오네 씨가 의미심장한 말을 하자 아이리스 씨는 말문이 막혔다.

"으윽. 그, 그것까지 파악하고 있는 건가. 역시 우리 가문에는 점장님이———."

"그, 그러고 보니 저번에 저희 가게에 쳐들어왔거든요. 그 커크 준남작이."

이미 늦은 것 같긴 하지만, 바람직하지 않은 방향으로 이야기가 흘러갈 것 같았기에 급하게 궤도를 수정했다.

레오노라 씨에게 물어보고 싶었던 것으로 화제를 넘겼다.

"사라사 가게에? 본인이?"

뜻밖이라는 듯이 고개를 갸웃거리는 레오노라 씨에게 나는 고개를 끄덕이고는 계속 말했다.

"네 갑자기 와서 시비를 걸던데요……, 뭐라고 해야 하나, 건달 같았어요. 로체 가문을 함정에 빠뜨렸을 때 느껴졌던 교활한 모습은 전혀 없었거든요."

"그 녀석이 직접……, 그러고 보니 지금 그 영감님은 없던가?"

"그러게, 나가 있었던 것 같아. 그래서 그랬겠지."

뭔가 납득한 듯이 서로 마주 보며 고개를 끄덕이는 레오노라 씨와 피리오네 씨.

하지만 나와 아이리스 씨는 무슨 이야기인지 전혀 알 수가 없었다.

"'그 영감님'이라뇨?"

"커크 준남작의 참모……라고 해도 되는 건지 약간 미묘하긴 하지만, 선대 때부터 모셔왔던 영감님이 있거든."

"그 영감님이 정말 능력이 좋아. 준남작 가문을 실질적으로 도맡아서 움직이고 있는 게 그 영감님이고, 바보 같은 커크 준남작을 적당히 제어하고 있다는 느낌이려나?"

"그럼 흑막 같은 사람인가요?"

"으음~, 굳이 말하자면 억누르고 있다고 해야겠지? 커크 준남작이 헛소리를 하면 어떻게든 현실적인 범위 안으로 끌어들이는 식으로."

"맞아, 맞아. 그 영감님이 있으니까 이 마을이 번창하고 있다 해도 과언이 아니지."

커크 준남작에 대한 두 사람의 평가가 너무 심하다.

물론 실제로 만나보고 느낀 바로는 나도 비슷하게 생각한다. 그것보다———.

"아이리스 씨, 알고 계셨어요?"

"아니, 처음 듣는 이야기다. 현재 커크 준남작의 능력이 부족하다는 건 알고 있었지만……, 아, 그러고 보니 조정하는 자리에 나온 사람이 나이든 남자였다는 이야기를 아버님께 들은 것 같군."

"아마 그 사람일 거야. 평소에는 모습을 잘 드러내지 않으려 하고 있으니까, 그 영감님."

"그런가요?"

"이번처럼 자리를 비운 적도 있지 않을까? 감시하는 사람이 없는 상황은 커크 준남작의 적이 보기에는 절호의 기회지."

"커크 준남작만 있을 때는 적당히 부추겨주기만 해도 간단히 약점이 드러날 테니까. 이번에도 혼자서 폭주한 거겠지 뭐."

"영감님의 지시였을 가능성도 전혀 없는 건 아니지만……."

그렇게 말한 레오노라 씨는 잠시 생각하다가 바로 고개를 저었다.

"아마 아닐 거야. 이익이 없어. 사라사에 대한 승산이 안 보이는데."

"아니, 무슨, 제가 괴물인 것처럼……."

살짝 마음이 찜찜하다.

"저는 귀엽고 연약하고 평범한 여자애인데요?"

"그건 거짓말이다."

아이리스 씨에게 곧바로 부정당했다.

"으으."

"귀여운 건 부정하지 않겠다만, '평범한' 여자애는 아니지 않나?"

───음. 그걸 부정하지 않는다면 용서하지.

우리의 대화를 보고 피리오네 씨가 웃었다.

"그야 앞날을 생각하지 않는다면 승산도 있긴 하겠지? 하지만 그렇게 되면 아무리 생각해도 커크 준남작가는 망할 거야. 정당성도 없이 연금술사를 공격하는 것만으로 치명적인데, 사라사는 오필리아 님의 제자잖아. 어떻게 될지 정도는 사라사라면 알 수 있지 않을까?"

"……뭐, 스승님은 인정사정 봐주지 않겠죠. 게다가 준남작 가문 정도라면."

더 지위가 높은 귀족이라 해도 불쾌한 말을 하면 엉덩이를 걷어차며 가게에서 쫓아내는 스승님이다. 제자인 내게 무슨 일이 생기면 확실하게 보복할 것이다.

기쁘게도, 그 정도로는 나를 소중히 여겨주고 있다.

"그러니까 영감님이라면 걱정할 게 없지만, 오히려 커크 준남작 본인이라면 충동적으로 무슨 짓을 할지 모르니……, 주의하는 게 좋을 것 같아."

"그러게. 지금까지 저지른 짓이 정말 많으니까."

피리오네 씨와 레오노라 씨는 그렇게 말하며 이것저것 가르쳐주었다. 응, 정말 지독하네. 평민이 상상하는 '나쁜 귀족' 그 자체다.

"선대는 좋은 영주였는데. 이대로 가다가는 이 마을의 장래가 걱정돼."

"응. 어떻게 해볼 수는 없을까 하는 생각에 정보를 모으고 있긴 한데……, 아, 뭔가 도움이 될지도 모르니까 사라사에게도 그쪽 자료를 정리해서 줄게."

"활용할 수 있을지는 잘 모르겠지만……, 감사합니다. 그리고———."

은퇴한 채집자에 대해 물어보려던 참에 가게 안쪽에서 어떤 여자 한 명이 나왔다.

"스승님, 시키신 일을 마쳤답니다. ———누구죠?"

나이는 케이트 씨와 비슷한 정도, 키는 나보다 조금 작고 약간 드센 듯한 느낌이 드는 째진 눈으로 나를 보고 있다. 아마 이번이 첫 만남, 같은데?

"이봐, 인사 정도는 제대로 하렴. 이 녀석은 마리스. 일단은 내 제자야."

"처음 뵙겠습니다, 사라사예요."

"어? 그 사라사? 이런 어린애가⋯⋯?"

눈을 동그랗게 뜬 마리스 씨는 내 온몸을 바라보다가 가슴 위치에 시선을 고정시켰다.

열받네~. 키가 조금 작긴 하지만 가슴 쪽은 그렇게까지 차이가⋯⋯, 케, 케이트 씨만큼은 아니고?

"마리스, 말조심하는 게 좋을걸? 사라사의 기분에 따라서 내일부터 창관에서 손님을 받게 될지도 모르는데? 네 빚, 절반은 사라사에게 빌린 거니까."

"으윽! 조, 조심할게요⋯⋯. 죄송합니다, 마리스예요. 잘 부탁드립니다."

마리스 씨는 불만스러운 기색을 얼굴에 드러내면서도 고개를 숙였다. 그리고 머리에 레오노라 씨가 꿀밤을 먹이자 '으갸악!', 하는 비명을 지르며 땅바닥에 쓰러졌다.

"태도가 안 좋네. 엎드려서 절을 해도 될 만한 상황이라니깐? 미안해, 버릇을 제대로 고쳐주지 못해서."

"빚⋯⋯, 아, 그 빚 말이죠. 제자로 받으셨군요. 괜찮은 구석이 있던가요?"

"아니, 오히려 너무 없지. 평범하게 해나가면 문제없이 갚을 수 있게끔 해줬는데⋯⋯, 이대로 가다가는 사라사에게도 폐를 끼칠 것 같길래 어쩔 수 없이 거두었어."

"너무하세요! 스승님!!"

"입 다물어, 세상 물정도 모르는 게! 처음 체크 때 낙제해놓고!"

"감시하고 있으면 괜찮을 줄 알았는데, 더 근본적인 문제였단 말이지."

레오노라 씨는 두통이 생긴 것처럼 미간을 눌렀고, 항상 온화하던 피리오네 씨도 곤란한 표정을 보이고 있었다.

"원래는 그냥 쫓아냈겠지만, 돈을 빌려줬으니까. ……마리스, 마침 잘 됐으니 사라사하고 같이 미사논 뿌리를 채집해 와. 힘든 것도 좀 배우렴."

"네? 제가요? 소재 채집은 채집자가 할 일이잖아요?"

"응석 부리지 마. 내가 젊었을 때는 직접 채집하러 가는 게 보통이었어."

레오노라 씨는 어이없다는 듯이 한숨을 쉬었지만, 마리스 씨 역시 어깨를 으쓱이고는 어쩔 수 없다는 듯이 한숨을 쉬었다.

"에휴……, 이래서 나이 든 사람은 안 돼. 연금술사는 지적 노동자거든요? 사고방식이 너무 낡았네요."

"……마리스? 내일부터 창관에서 일하는 걸로 알고 있으면 되는 거지?"

"돈을 많이 벌 수 있는 가게를 찾아둘게요. 몸이 좀 망가져 버릴지도 모르겠지만."

두 사람의 싸늘한 시선을 보고 진심이라는 걸 느꼈는지 땀을 뻘뻘 흘리는 마리스 씨.

"열심히 하고 오겠습니다. 겨울 산……, 죽을지도 모르겠네……."

"죽지 않게끔 장비를 만들어. 연금술사잖아?"

레오노라 씨의 무자비한 말에 마리스 씨는 얼굴이 새파랗게 질렸다. 나와 아이리스 씨도 당황하며 서로 얼굴을 마주 보았다.

"……레오노라 님, 우리가 데리고 가야 하는 건가?"

"이런 거라도 미끼 정도로는 써먹을 수 있을 테니까, 데리고 가주지 않을래?"

"정말 실례네요! 저는 연금술사 양성학교를 졸업한 엘리트인데! 그쪽에 있는 사라사하고 마찬가지인데!"

"뻔뻔하기는! 실질적인 수석인 사라사와 아슬아슬하게 졸업한 너를 나란히 두고 비교하는 것 자체가 뻔뻔해! ……에휴. 보다시피 응석꾸러기거든. 겨울 산의 싸늘한 바람을 쐬게 해주면 어느 정도는 마음을 다잡으———려나? 힘들 것 같으면 버리고 와도 돼."

"저기……, 버릴지 여부는 제쳐두고, 알겠어요. 마리스 씨, 잘 부탁드립니다."

어느 정도 부족한 점이 있다 하더라도 연금술사 양성학교를 졸업했다는 건 틀림없으니까.

적어도 방해는 되지 않을 거라 생각해 미소와 함께 손을 내밀자 마리스 씨는 팔짱을 끼고 가슴을 펴며 당당하게 웃었다.

"흥, 발목이나 잡지———, 으갸악!"

하지만 말하던 도중에 레오노라 씨의 꿀밤을 맞고 다시

바닥에 쓰러졌다.

레오노라 씨네 집에서 하룻밤 머무른 우리는 다음 날 아침, 머레이 씨를 찾아 사우스 스트러그를 걸어가고 있었다.

그런데 역시 레오노라 씨의 정보망은 대단하다. 장소까지 어느 정도 알아내 주었기에 근처에서 물어보니 그 집을 찾아내는 것도 그리 어렵지 않았다.

"실례합니다~. 머레이 씨 계신가요~?"

작은 뜰이 있는 아담한 단독주택. 그 집 문을 노크하고 잠시 기다리자 맨들맨들한 머리에 하얗고 멋진 수염을 기른 영감님이 고개를 내밀었다.

지나간 세월은 주름이 되어 얼굴에 새겨져 있었지만, 쭉 뻗은 등과 허약함이 느껴지지 않는 몸은 채집자로서 살아온 과거를 느끼게 해주었다.

정정한 영감님은 갑자기 찾아온 우리를 수상쩍어하는 눈빛으로 보았다.

"뭔가? 아가씨들."

"저기, 요크 마을에서 채집자 일을 하시던 머레이 씨신가요? 저, 그 마을에서 연금술사를 하고 있는 사라사라고 합니다. 이쪽은 채집자인 아이리스 씨고요."

"호오, 그리운 마을 이름이군 그래. 내가 머레이다만."

"그러시군요! 혹시 괜찮으시다면 이야기를 좀 해주십사 해서……."

내가 자기소개를 하고 용건을 말하자 머레이 씨가 수상쩍어하던 표정을 기쁜 듯한 미소로 바꾸고는 문을 활짝 열었다.

"오오, 좋다, 좋아. 자, 들어오도록 해."

"실례합니다."

"실례하지. (―――왠지 좋은 사람 같은데?)"

조용히 속삭인 아이리스 씨에게 나도 살짝 긍정했다. '은 퇴한 채집자'라는 말에 멋대로 '까다로운 영감님'이라고 상상했었는데, 그 상상과는 전혀 달랐다.

그래도 잘 생각해보면 성격이 싹싹한 건 당연할지도 모르겠네?

채집자도 혼자서 활동하는 건 아니다. 다른 사람들과 잘 지내지 못할 정도로 문제 있는 사람이라면 주위 사람들의 도움도 바랄 수 없어서 채집자를 은퇴하기 전에 인생을 은퇴하게 된다.

그렇다고 해서 혼자서 할 수 있는 일만 하며 성공할 수 있을 정도로 채집자 일은 만만하지 않다.

다시 말해 은퇴한 뒤에 이 마을에서 유유자적하게 살고 있는 시점에서 제대로 된 사람이라는 건 거의 확정이었다고 할 수 있을지도 모르겠다.

"죄송합니다. 갑자기 찾아뵈어서."

"상관없다. 미리 연락을 받을 만한 입장도 아니고, 나도 한가했으니까."

머레이 씨는 허허허 웃으며 우리에게 의자를 권하고는 자기도 앉았다.

"그래서, 무슨 이야기를 듣고 싶은 건가?"

"미사논 뿌리에 대해서요. 안타깝게도 마을에는 채집 경험이 있는 사람이 없어서……."

"호오, 호오, 이 시기에 온 걸 보니 겨울 산에 들어가서 채집하겠다는 거겠지? 그건 좀 위험하다만. 지금 세대면……, 안드레네 애들은 아직 있는가?"

"네. 머레이 씨 이야기도 그쪽에서 들었어요. 저도 일반적인 지식은 있긴 하지만요……."

실제 현장을 경험한 적이 있는 분에게 이야기를 듣고 싶다고 덧붙이자, 머레이 씨는 무의식적인 행동인지 머리카락이 없는 머리를 쓰다듬으며 '그렇구먼. 그 녀석들이' 하고 고개를 끄덕였다.

"그 녀석들에게도 겨울 산에서 채집하는 방법은 가르쳐주지 않았었지. ———잠깐만 기다리거라."

잠시 자리를 비운 머레이 씨가 가져온 것은 커다란 종이 한 장이었다.

"이것은 내 인생의 집대성———이라고 하면 호들갑인가. 뭐, 채집자 시절에는 목숨 다음 정도로 소중히 여기던 거다."

테이블 위에 펼쳐진 것은 대수해 주변이 자세히 나온 지도.

얻을 수 있는 소재, 위험한 곳, 마물의 종류 등, 꽤 자세히 적어넣은 부분이 많았다.

내가 가지고 있는 대수해에 관한 책보다 현장에 더 적합한 것들이 많아서 가치가 있었다.

───아, 샐러맨더가 있던 산도 있네.

여기엔 '헬 플레임 그리즐리가 서식'이라고 적혀 있지만.

"나도 은퇴한 지 꽤 오래되었어. 정보가 좀 낡긴 했지만, 어느 정도는 써먹을 수 있을 게야. 미사논 뿌리를 채집할 수 있는 건 이 근처지. 하나───."

머레이 씨는 지도 한 군데를 가리키고는 그곳에서부터 손가락을 움직여 붉은 원으로 둘러싸인 지역으로 가져갔다.

"문제는 여기다. 이 근처에는 스노우 글라이드 센티피드 (활설거충)가 나오니까."

"센티피드라……. 음~, 그거 골치 아프네요."

"으음. 그래서 내가 현역이었던 시절에도 겨울에 채집하러 갈 때는 목숨을 걸어야 했지. 실력이 좋은 채집자가 모였을 때 몇 번 간 적이 있다만……, 대가를 치러야 했어."

머레이 씨가 그렇게 말하며 인상을 찌푸렸고, 나도 마찬가지로 상상했던 것보다 더 큰 장애물 때문에 끙끙댔다.

하지만 옆에서 이야기를 듣고 있던 아이리스 씨는 의문을 얼굴에 드러내며 고개를 갸웃거렸다.

"점장님, 그 센티피드라는 게 뭐지?"

"아이리스 씨는 모르시나요? 마주칠 기회가 없으면 그럴지도 모르겠네요."

센티피드(거충)란 말 그대로 거대한 벌레 전반을 일컫는 말이다. 사람들이 사는 마을에서 마주칠 기회는 거의 없고, 대부분 사람들의 손길이 닿지 않는 숲속 깊은 곳에 서식한다.

작은 것은 갓난아이 정도의 크기지만, 거대한 것은 집보다 더 크다.

그나마 다행인 것은 전부 공격적이지는 않다는 점이려나?

그래도 벌레는 벌레니까 가능하다면 마주치고 싶지 않은 존재란 말이지.

"스노우 글라이드 센티피드라면 오두막 정도 크기는 되고, 눈 위를 미끄러지듯이 이동하면서 공격해오니 꽤 골치 아픈 상대예요. 영역 안에 들어가지 않으면 습격당할 일도 없지만, 한번 적대시하면 끈질기게 쫓아와서 도망치는 게 힘들다고 하죠."

"아가씨 말이 맞아. 우리가 마주쳤을 때도 희생을 감수하면서까지 쓰러뜨릴 수밖에 없었지."

그 '희생'이 떠오른 건지 머레이 씨가 무거운 한숨을 내쉬었다.

"……혹시 꽤 위험한 건가?"

"그렇다고 했잖아요. ———뭐, 센티피드 자체는 샐러맨더 같은 것과 비교하면 비교할 의미도 없을 정도지만요."

"흐음, 그렇게 말하니 왠지———."

"이봐, 이봐, 그건 애초에 비교할 만한 것도 아닐 터인데?"

약간 안심했는지 표정이 부드러워진 아이리스 씨를 보고 머레이 씨가 어이없다는 듯이 고개를 저었다. 하지만 아이리스 씨의 다음 말에 이번에는 깜짝 놀랐다.

"아니, 점장님은 샐러맨더를 쓰러뜨렸으니까."

"이럴 수가! 흐음~, 역시 연금술사로군. 내가 알던 사람은 나이 든 사람이었으니……, 걱정할 필요도 없었나. 그럼 자네, 이 지도는 가지고 가도 된다네."

뜻밖의 제안에 나는 무심코 머레이 씨의 얼굴을 빤히 바라보았다.

"그래도 되나요? 소중히 간직하셨던 것 아닌가요?"

"상관없어. 내 인생을 투자해서 만들어낸 물건이긴 하다만, 안 쓰고 놀려두는 게 더 아깝지. 사실 안드레 쪽에 물려주는 것도 생각해 보았다만……, 현지에서 가르쳐줄 기회가 없었으니 말이다."

어설프게 정보만 줘버리면 별로 위험하지 않다고 생각하며 터무니없는 짓을 할지도 모른다.

직접 지도하지 않으면 사고가 일어날지도 모른다는 생각에 그냥 가지고 있었던 모양이다.

"감사합니다, 정말 많은 도움이 되겠어요. 이 보답은 어떻게……?"

"응? 나는 필요 없다만? 우리 할멈도 이제 신경 쓸 만한 나이도 아니고 말이다."

내 시선이 그쪽으로 슬쩍 간 것을 느낀 건지, 머레이 씨는 머리카락이 없는 머리를 찰싹 때리며 껄껄 웃었다.

"그래도……, 그래, 아가씨가 필요하다고 생각한 범위 내라도 상관없으니 이 정보를 그 마을에 있는 채집자들에게 가르쳐다오. 이런저런 일 때문에 경험을 물려주지 못했으니……,

115

안드레 일행이 있는 게지?"

"네, 베테랑으로 활약해주고 있어요."

"허허, 그 녀석들이 베테랑이라……, 세월이 정말 빠르게 가는구먼."

내가 고개를 끄덕이자 머레이 씨는 즐겁게 웃다가 살짝 눈살을 찌푸리며 계속 말했다.

"하나, 아가씨들이 나를 찾아온 걸 보니 경험 쪽으로는 아직 미숙한 거겠지. 내가 열 살만 젊었다면 단련시켜주러 갔겠지만……. 아가씨, 여유가 있을 때라도 상관없으니 그 녀석들도 좀 단련시켜줄 수 없겠나?"

안드레 씨 일행이 채집할 수 있는 물건이 늘어나는 건 내 이익으로도 이어진다.

당연히 거절할 이유도 없었기에 나는 '알겠습니다'라며 고개를 끄덕였다.

연금술 대사전 : 제5권 등재
제작 난이도 : 노멀
표준 가격 : 28,000 레어~

〈 포박 로프 〉

AfifHƗʊʀʜffl ʦʌʀʜffl

사랑스러운 그 아이도 이게 있으면 간단히 사로잡을 수 있습니다.

……어? 단어의 의미가 다르다고요?

괜찮습니다. 고급품은 뭘 포박할지도 선택할 수 있으니까요.

단, 체포당하지 않게끔 조심합시다.

※ 이것을 사용한 결과에 대해 저희는 책임을 지지 않습니다.

Episode 3

Ahfillflnoqino
fhfl Winffhy Qfflfiq

겨울 산에 도전하자

머레이 씨에게 이야기를 듣고 나서 열흘 정도 뒤.

우리는 눈이 약간 쌓인 산길을 오르고 있었다.

동행자는 쿠루미를 끌어안고 있는 로레아, 아이리스 씨, 케이트 씨, 그리고 또 한 사람.

"히익, 히익……, 자, 잠깐만 기다려 주실 수 없나요?!"

"마리스 씨, 힘내세요! 이제 곧 능선을 넘을 거예요!"

로레아에게 격려를 받으며 걸어가고 있는 사람은 레오노라 씨 가게에서 데리고 온 마리스 씨. 숲속은 어떻게든 뚫고 왔지만, 산에 오르기 시작한 이후로는 계속 이런 느낌이다.

"저 규격에서 벗어난 사람이나 채집자 두 명은 그렇다 치고, 당신은 일반인이잖아요?!"

"피곤하긴 하지만 휴식을 자주 하니까……, 마리스 씨 덕분에."

마리스 씨는 옆에서 나란히 걷고 있는 로레아를 믿기지 않는 것을 보는 듯한 눈으로 보고 있다. 로레아도 건강한 우량아니까.

요즘은 어느 정도 마법도 다룰 수 있게 되었고, 마력을 이용한 신체 강화도 조금이나마 쓸 수 있게 된 것 같다. 제일 연하지만 체력이 없는 마리스 씨에 맞춰서 휴식을 하니 충분히 따라오고 있다.

"그런데 규격에서 벗어난 사람이라는 건 제 얘기인가요? ───잠깐 쉴까 했는데, 능선까지는 그냥 갈까요."

"히익~~. 괜한 말을 했습니다!"

비명을 지르는 마리스 씨에게 나는 로레아가 만든 달콤한 행동 식량을 내밀었다.

"이거라도 드시고 힘내세요. 너무 자주 쉬면 일정이 어긋나니까요."

"감사합니다……. 아아, 달콤하고 맛있네요……."

울상을 지은 마리스 씨는 행동 식량을 씹으면서 열심히 다리를 움직였다.

안타까운 구석이 많긴 하지만, 나름대로 끈기는 있단 말이지.

"사라사 씨는 멀쩡해 보이는데……, 연금술사도 각자 다르군요."

"당신, 저게 규격에서 벗어난 사람인 거예요. 자격을 따는데 온 힘을 기울이고, 연금술사가 된 이후로는 가게를 내기만 해도 돈을 벌 수 있다. 연금술사는 그런 직업이랍니다. 보통은 소재가 없다고 해도 채집하러 가지는 않거든요?"

뭐, 그런 연금술사가 많긴 하다. 무리하지 않으면 나름대로 괜찮은 생활을 할 수 있으니까.

"그런가요? 하지만 마리스 씨는 돈을 벌지 못해서 빚을 지신 거죠?"

로레아의 소박한 질문이 마리스 씨에게 꽂혔다.

"으윽! 그, 그건, 지적 탐구심의 발로라고 해야 하나……."

"흐음. 탐구심과 돈 계산을 양립하진 못했다는 거네요."

"좋은 소재가 있으면 사버리는 게 연금술사의 본능이라

고요! 단 한 번뿐인 인연이죠!"

"그런 거야? 점장 씨."

"그런 경향이 있긴 하지만, 보통은 계획적으로 사잖아요? 팔 예정이 없는데 들여와도, 연성에 실패해도 인생이 끝장나니까요. ———마리스 씨처럼."

"으으윽! 부정할 수가 없는데요?!"

"실질적으로 두 번이나 그랬으니까요……, 슬슬 능선을 넘을 거예요."

"이, 이제야 넘는군요———, 어머……!"

능선을 넘은 순간, 경치가 완전히 바뀌고 눈이 잔뜩 쌓인 경사가 나타났다.

그 경사를 끝까지 내려간 곳에 우뚝 솟아 있는 목적지는 눈보라가 치는 건지 완전히 새하얗게 가려져 있어서, 그곳에 도착하는 것이 얼마나 어려운지 암시해주고 있었다.

"대, 대단하네요. 이것이 겨울 산……, 뒤쪽하고는 전혀 달라요……."

"산을 넘으면 이런 경우도 있다는 이야기를 듣긴 했는데……, 그래도 대단하네."

우리가 올라온 경사는 눈이 7에 흙이 3 정도. 그에 비해 눈앞에 있는 내리막 경사는 파묻힌 나무들로 보아 적어도 1미터 정도는 눈이 쌓여 있다.

"이 정도라면 스키를 충분히 써먹을 수 있겠어요. 시간을 절약하기 위해서라도 타도록 하죠."

이번에 준비한 스키는 휴대성을 우선시해서 길이가 신발 두 개 정도로 짧긴 하지만, 일단은 아티팩트이기 때문에 뒤쪽으로는 미끄러지지 않는 편리한 기능이 있다.

어느 정도 오르막이라 해도 스노우 부츠(설산화)보다 빠르게 이동할 수 있는 이 아티팩트를 쓰지 않을 이유는 없다.

아이리스 씨와 다른 사람들에게도 스키를 타는 법을 어느 정도 가르쳐주었으니 운동신경이 좋은 그녀들이라면 이 정도 경사는 문제없이 타고 내려갈 수 있을 것이다.

"지금부터는 스노우 글래스(설산 안경)를 제대로 끼고 자외선 차단제도 다시 바르고 가죠."

우리가 준비를 하고 있자니 마리스 씨가 조심스럽게 말을 걸었다.

"저기, 사라사 양? 저, 스키를 가지고 오지 않았는데요?"

"네? 설산에 오면서요? 가지고 오라는 말은 안 했지만……, 로레아, 스키를 마리스 씨에게 빌려줘도 될까? 로레아는 내가 업고 내려갈 테니까."

"조금 불안하기도 했으니까 저는 상관없는데……, 사라사 씨는 괜찮으신가요?"

"아, 아뇨, 저는 걸어서 내려갈 테니……."

"그러면 시간이 너무 오래 걸리고, 로레아 한 명 정도는 가벼워요. 자, 받으세요."

사양하려 하는 마리스 씨의 손에 거의 억지로 스키를 떠넘기자 그녀는 약간 곤란하다는 듯한 표정으로 그것을 받아

들고는 느릿느릿 발에 장착했다.

아이리스 씨하고 케이트 씨도……, 응, 준비가 다 끝났구나.

"그럼 마리스 씨부터 가주세요. 저는 제일 뒤에서 따라갈게요."

내가 그렇게 말하자 마리스 씨가 약간 겁먹은 듯이 눈을 이리저리 굴렸다.

"아뇨, 이번엔 양보하겠어요. 그 왜, 아티팩트의 기능이 제대로 발휘될지 불안하잖아요?"

으음. 이 정도 연성을 실패할 거라고 생각하다니, 마음에 안 드는데요?

"테스트는 마쳤으니까 걱정 마시고 시범을 보여주세요. 자, 어서요."

"어, 어, 어어~! 흐아아아아아아아~~~~!!"

내가 등을 밀어주자 마리스 씨가 환호성을 지르며 미끄러져 내려가기 시작했다.

이 근처 경사는 그렇게 가파른 편이 아니고, 눈이 푹신푹신하게 쌓여서 스키를 타고 내려가기만 해도 기분이 좋을 것이다. 일만 아니었다면 한동안 놀고 싶은데……, 아쉽다.

"오~, 직활강인가요? 저건 속도가 빨라서 상쾌하긴 하지만 초보에게는 추천할 수가 없어요. 너무 빠르면 멈추는 게 힘드니까요."

"아니, 갑자기 그게 될 것 같진 않다만……, 아, 넘어졌군."

어딘가에 발이 걸렸는지 마리스 씨가 균형을 잃고 넘어진

다음 눈가루를 흩날리며 잠시 굴러가다가 엎드린 상태로 멈췄다.

"……저거, 괜찮은 거야?"

"괜찮아요, 이 정도 눈이면. 아, 두 분은 지그재그로 타고 내려가시는 게 좋을걸요?"

"으음, 알고 있다. ———영차!"

아이리스 씨와 케이트 씨는 약간 신중하게 스키를 타고 내려가기 시작하긴 했지만, 타고난 운동신경이 꽤 대단했다. 금방 요령을 터득했는지 전혀 위태로워 보이지 않았다.

"그럼 나도 가볼까. 로레아, 꽉 잡고 있어."

"네! ———와아아아아아!!"

약간 속도를 내며 스키를 타고 내려가기 시작한 나는 금방 아이리스 씨와 케이트 씨를 추월한 다음 마리스 씨가 있는 곳에서 일단 멈췄다. 아직 눈 위에 엎드려 있던 그녀에게 말을 걸었다.

"괜찮으신가요?"

"괜찮지 않답니다! 죽는 줄 알았다고요?!"

마리스 씨는 재빨리 몸을 일으키며 나를 흘겨보았다.

"무슨 호들갑을……, 절벽이 있는 것도 아니고 눈이 딱딱하게 굳은 것도 아닌데요."

만약 급경사였거나 길에서 벗어나기만 해도 절벽에서 곤두박질치는 곳이었다면 나도 등을 밀지는 않았을 것이다. 말하자면 이곳은 초보 코스다.

어지간히 묘기를 부리려 하는 게 아니면 위험할 리가 없다.

"호들갑이 아니랍니다! 저, 스키는 못 타거든요?!"

"……그러셨나요? 겨울 산 실습 때도 배우잖아요?"

"눈치채고 있었잖아요?! 전 잘하는 것만 온 힘을 다해 배웠다고요!"

응, 사실은 그렇지 않을까 생각하고 있었지.

그래도 어쩔 수 없잖아? 내 아티팩트를 깔보듯 말했으니까.

그건 그렇고 양성학교에서는 연성 쪽으로만 열심히 공부했다는 거구나.

뭐, 나처럼 보수금을 노리는 게 아니라면 모든 과목에 온 힘을 다할 필요는 없으니까.

오히려 대부분은 졸업에 필요한 강의에만 힘을 쏟는다. 확실하게 졸업하기 위해서.

"저기, 어떻게 하실래요? 혼자서 걸어가실래요? 아니면……."

나와 내게 업혀 있던 로레아를 번갈아 가며 보던 마리스 씨는 잠시 침묵하고 나서 결심했는지 약간 창피하다는 듯 입을 열었다.

"으…………, 여, 연습할게요. 그런데, 저기……, 가르쳐 주실 수 있을까요?"

"휴우~~. 겨우 넘어지지 않고 내려왔답니다!!"

"마리스 씨, 대단하세요! 이렇게 금방 타게 되시다니."

로레아에게 칭찬을 받고 자신감을 되찾은 마리스 씨는 으스대는 표정으로 말했다.

"당연하죠! 저는 엘리트니까요!"

이러쿵저러쿵해도 양성학교를 졸업한 연금술사다. 특기가 아니었다고 해도 전투 훈련 같은 과목에서도 합격점을 받았으니 기본 스펙은 높다.

"점장님, 스키는 편리하군! 이 정도로 먼 거리를 이렇게 금방."

"그러게. 그리고 경사가 아니더라도 간단히 앞으로 나아갈 수 있으니까."

"후퇴 방지 기능, 은근히 편리하죠? 앞으로 타고 가기만 하면 되니까요."

올려다보니 우리가 스키를 타고 내려온 능선이 희미하게 보였다.

저렇게 멀리 떨어져 있으니, 걸어오면 스노우 부츠를 신더라도 한참 걸리지 않을까?

"하지만 목적지까지는 한참 남았거든요. 자, 열심히 가볼까요."

"아, 사라사 씨, 저는 걸어갈게요. 이제 평지니까."

그렇게 말하면서 내 등에서 내려오려 하는 로레아를 말렸다.

"괜찮아, 여기에서도 걸어가는 것보다는 스키를 타고 가는 게 빠르니까 로레아만 뒤처져버릴 거야."

"그런가요? 피곤해지면 말씀하세요. 언제든 걸어갈 테니까."

"으, 죄송해요. 제가 준비를 제대로 해오지 못해서."

"저도 연락을 제대로 하지 못했으니까요. ──그럼, 가 볼까요."

나는 눈을 내리깔고 있던 마리스 씨의 등을 툭, 두드려 주고 나서 스키를 타고 눈밭을 나아갔다. 아이리스 씨, 케이트 씨, 그리고 마리스 씨도 금방 따라왔다.

후퇴 방지 기능과 비교하면 수수하지만, 마찰도 매우 적은 이 스키의 효과는 꽤 대단해서 조금만 속도를 내면 쉽사리 앞으로 나아가기 때문에 빠르게 움직일 수 있었다.

그리고 눈밭 한복판까지 갔을 때, 로레아가 먼 곳을 손가락으로 가리키며 살짝 외쳤다.

"와아! 보세요, 토끼가 있어요!"

그녀가 손가락으로 가리킨 곳엔 눈 위를 폴짝폴짝 뛰어다니는 새하얀 토끼가 있었다.

그렇게까지 큰 토끼는 아니지만, 푹신푹신한 털로 감싸인 그 몸은 동글동글했다.

"응? 오늘 저녁 식사는 토끼 고기 소테인가?"

아이리스 씨가 왠지 기쁜 듯이 대답하자 로레아가 당황하며 고개를 저었다.

"아, 아니에요! 새하얗잖아요? 귀엽지 않나요?"

동의를 요구하는 그녀 뒤에서 살며시 활을 내리는 케이트 씨.

응, 사냥꾼으로서 그 행동은 잘못된 게 아니지.

그래도 '귀여워!'라고 기뻐하는 로레아 눈앞에서 쏴죽일 정도로 뻔뻔하진 않았던 모양이지만.

"로레아는 흰토끼를 처음 봐?"

"네. 제가 본 토끼는 갈색이나 거무스름한 토끼였어요. 가끔 재스퍼 씨가 사냥해 오시거든요. ——맛있긴 하죠."

그렇게 말하며 눈을 살며시 내리까는 로레아.

귀엽기는 하지만, 고기는 고기다. 그런 점은 마음속에서 잘 구분을 해둔 건가?

"……사냥할까요?"

다시 자기 차례가 온 건가 하는 생각에 활을 드는 케이트 씨와 고민하는 로레아.

잠시 후 내린 결론은——.

"마, 맡길게요. 사냥하시면 제가 요리할게요."

"그래? 그럼——."

사냥꾼 케이트 씨는 자비심이 없었다. 로레아가 고개를 돌린 그 한순간에 날린 화살은 확실하게 토끼를 맞추고 목숨을 앗아갔다.

털썩, 눈 위에 쓰러진 토끼와 그것을 회수하러 가는 케이트 씨.

주워든 토끼의 목을 베어서 곧바로 피를 빼자 하얀 눈밭이 붉은색으로 물들었고, 좀 전까지 느긋하던 분위기가 사라졌다.

"무시무시한 솜씨네요……. 그야말로 사냥꾼이에요……."

"으으……."

내 등 위에서 그 모습을 슬쩍 본 로레아가 끙끙댔다. 내 몸에 두르고 있던 팔에 힘이 들어갔다. 그런 그녀를 보고 돌아온 케이트 씨가 미묘한 표정을 지었다.

그녀의 두 손에는 재빠르게 해체되어 모피와 고기로 나뉜 토끼가 있었다.

"……왠지 내가 나쁜 짓을 한 것 같은 기분인데."

"아뇨, 케이트 씨는 전혀 잘못하신 게 없어요."

보기에는 좀 그렇지만, 사냥꾼으로서는 올바른 모습. 평소에도 사냥을 하는 케이트 씨와 사냥해 온 것을 받는 로레아, 그 차이일 뿐일 것이다.

하지만 귀엽다고 보고 있던 동물에 칼질을 하라는 건 너무 가엾을 수도?

"로레아, 껄끄러우면 내가 요리할까?"

"그게 낫겠군요. 저도 처음에는 속이 안 좋아졌으니까요. 아이에게 시킬 일은 아니죠. 제가 해도 되거든요?"

연금술 양성학교는 그런 걸 넘어서지 못하면 1학년 때 낙제하게 되니까.

지금 로레아는 그 무렵 우리보다 연상이긴 하지만.

"윽……, 아뇨, 제가 할 수 있는 일은 요리 정도밖에 없으니까, 할게요. 그리고 사냥한 이상, 맛있게 먹는 게 예의라고 생각하니까요."

잠깐 말문이 막혔던 로레아는 그렇게 말하며 고개를 저었다.

그 말은 내가 요리를 하면 맛있게 먹을 수 없다는 뜻이야?

일단 요리할 수 있거든? 평소에는 전혀 안 하지만.

───그래도 로레아가 요리한 토끼 고기는 정말 맛있었지만 말이지.

우리가 미사논 군생지에 도착한 것은 그로부터 닷새 정도 지난 뒤였다.

중간에 눈보라도 마주쳤지만, 그 정도는 예상 범위 안이었다. 머레이 씨에게 들은 표식도 있으니 분명 목적지에 온 건 맞을 텐데…….

"……점장님, 아무것도 없는데?"

"그러게요. ───얼마 전에 눈이 와서 그런 걸까요?"

우리도 이동을 멈춰야 했던 그 눈보라는 대량의 눈을 이 산에 가지고 왔다.

그 결과, 미사논 군생지가 있다고 하는 장소에 펼쳐진 것은 온통 하얗기만 한 세계.

지면은커녕, 식물의 흔적조차 보이지 않을 정도로 눈이 잔뜩 쌓여 있었다.

시험 삼아 막대기를 꽂아보니 깊이가 1미터 이상이었다.

위치는 분명히 이곳이 맞을 텐데, 눈을 대충 치우고 찾는 것……은 힘들 것 같다.

"불행 중 다행으로 얼지는 않은 것 같지만요."

기온이 어설프게 올라가면 꽁꽁 얼어붙기도 하지만, 한동안은 꽤 추운 날이 계속 이어져서 그런지 쌓여 있는 것은 부슬부슬한 눈뿐이었다.

곡괭이를 준비할 필요는 없을 것 같다.

"그래도 이렇게 많이 쌓여 있으니 눈을 파내고 찾는 건 힘들 것 같은데?"

"다른 방법이 없다면 할 수밖에 없겠지만……, 점장님, 보통은 어떻게 찾지?"

"마른 줄기를 표식 삼아 찾는 거예요. 그 끄트머리를 꺾어서 냄새를 맡으면 미사논 특유의 자극적이고 약간 시원한 듯한 향기가 나거든요. ———뭐, 식물보다 눈이 더 높게 쌓이면 이렇게 되지만요."

보통은 얇은 막대기를 꽂아놓은 것처럼 마른 줄기가 보일 텐데, 그런 게 전혀 없다. 눈앞에 펼쳐져 있는 것은 매우 평평하고 새하얀 눈밭뿐이었다.

눈이 많이 오는 지역에서는 여름에 미사논이 자라는 곳을 확인하고 표식으로 긴 막대기를 세워둔다고 하는데……, 필요하게 될 줄은 예상하지 못했으니까.

"사라사 양, 탐지는 할 수 없나요?"

"어? 그런 마법이 있나요?"

소재를 찾아내는 마법 같은 게 있다면 연금술사들이 정말 기뻐할 텐데요?

"아뇨, 저는 잘 모르지만요, 사라사 씨는 비상식적이잖아요?"

"뭐야, 아쉽네……. 그리고 마리스 씨, 비상식적이라니,

너무하시네요. 애초에 저는 마법을 그렇게 잘 쓰는 편도 아니고요."

"""그건 거짓말이다(이죠)(이잖아요).""""

"에엥! 다들 그러기예요?! 거짓말 아닌데……, 저 같은 건 스승님하고 비교하면———."

"비교 대상이 이상한데요?! 오필리아 님과 비교하면 거의 모두가 초보랍니다!"

"아, 마리스도 오필리아 님을 알고 있는 건가."

"당연하죠! 거만함이 용납되는 실력! 사상 최연소……같은 외모의 마스터 클래스! 모든 여성 연금술사들이 동경하는 대상! 약삭빠르게도 그런 분의 제자가 되다니, 사라사 씨는 칼에 찔리더라도 불평할 수는 없을 거예요."

아, 다들 나이를 알아볼 수가 없다고 생각하는구나———, 아니, 잠깐만!

"어? 제가 그렇게 위험한 상태예요?!"

"그 오필리아 님이시잖아요? 질투를 사는 게 당연하죠. 모든 재산을 내놓더라도 제자가 되고 싶어 하는 연금술사가 차고 넘칠 정도로 많답니다. 그분께서 제자를 받았다는 소문이 퍼졌을 때는 업계에서 소동이 일어나기도 했고요."

"그랬구나?! 학교에서는 부럽다는 사람도 있긴 했지만……."

"그곳은 세간에서 격리되어 있으니 그 정도로 그쳤을 뿐이랍니다. 졸업하고 나서 제자가 되었다면 더욱 큰 소동이 벌어졌을 거예요. ———그분께서도 그렇게 생각하셨겠지만요."

그러고 보니 내가 제자가 된 계기인 아르바이트, 신입생 한정이었지.

조건을 내걸지 않으면 다른 연금술사가 몰려드니까……?

"혹시 사라사 씨, 꽤 위험한 상황이었나요?"

"아무리 그래도 오필리아 님께서 지켜주시는 사라사 양에게 직접 손을 댈 정도로 성격이 급한 연금술사는 없을 거예요……, 아마도."

"아마도?! 어, 그래도, 레오노라 씨 같은 사람은 사이좋게 지내주는데……."

"그 사람은 이성이 있고 배포가 큰 어른이니까요. 저를 받아주실 정도로."

"아, 자각하고 있긴 했구나."

케이트 씨가 고개를 끄덕이자 마리스 씨가 발끈하며 입가를 일그러뜨렸다.

"시끄럽다고요. 그래도 그 사람은 굳이 말하자면 예외랍니다. 사라사 씨의 가게가 이런 변경이 아니라 큰 마을에 있었다면 분명 괴롭힘 같은 걸 당했을걸요?"

"연금술사도 힘들겠군……, 아니, 연금술사뿐만이 아닌가."

"그러게요, 아이리스 씨도 고생하고 계시고. 저 같은 평민이 제일 마음이 편해요."

아이리스 씨가 쓴웃음을 짓고, 로레아가 동정하는 듯한 표정을 보이고 있지만……, 로레아는 이미 이쪽에 가까운 것 같기도 한데?

연금술사의 가게에서 일하고, 마법을 쓸 수 있게 되고. 질투를 사는 쪽이잖아.

그만두면 곤란하니까 말하진 않을 거지만 말이지. 후후, 동료네⋯⋯.

"그건 그렇고, 점장 씨, 편리한 마법은 없다는 거지?"

"네, 찾을 만한 마법은요. 눈을 날려버리는 정도라면 못할 것도 없지만———."

"역시 사라사 씨는 대단해요!"

로레아가 눈을 반짝였지만, 나는 급하게 고개를 저었다.

"아니, 안 쓸 거거든? 그런 짓을 하면 눈사태가 일어나니까."

설산에서 큰 소리를 내는 건 엄금이다. 폭발로 날려버릴 수는 없고, 폭발이 일어나지 않게끔 온도만 높인다 하더라도 급격하게 눈을 녹이면 무슨 일이 생길지 모른다.

나 혼자라면 모를까, 로레아나 다른 사람이 있는 지금 상황에서 그런 위험을 무릅쓸 수는 없다.

아니, 그래도 미사논은 냄새가 강한 모양이니까 찾는 마법도 불가능하진 않은가?

내가 그렇게 생각했을 때, 로레아의 짐이 부스럭거리며 움직이다가 무언가가 튀어나왔다.

"가우!"

"인형이 움직였어요?!"

당연하지만, 인형이 움직일 리는 없고———.

"아니, 호문쿨루스인 쿠루미예요. 제가 만들었죠. 잘 보시면 알아보시겠죠?"

"———정말이네요?! 어? 사라사 양 나이에, 말인가요? 자작, 이에요?"

쿠루미를 빤히 바라본 다음에 깜짝 놀란 듯이 내게 시선을 보내는 마리스 씨.

그래도 호문쿨루스를 만드는 것 자체는 그렇게까지 어렵지가……, 아, 굳이 말하자면 돈인가? 필요한 소재가 꽤 비싸니까.

"다행히 소재하고 돈이 있었으니까요. 아니, 그럼 뭔 줄 아셨는데요? 가끔 로레아가 들고 있는 건 보셨죠? 이상하지 않았나요?"

마력을 절약하기 위해 최대한 움직이지 않게끔 해두었기에 인형처럼 보였다는 건 알겠지만, 연금술사가 의심을 갖고 잘 살펴본다면 눈치챌 수 있었을 텐데? 보통은.

"전혀 위화감이 없었답니다. 전 로레아 양이 인형이 없으면 밤에 잠을 못 자는 분인가 했어요."

"전 그렇게까지 어린애가 아닌데요?!"

"어른이 인형을 좋아한다고 해도 문제는 없답니다! ……만져봐도 되나요?"

따지는 로레아에게 마리스 씨가 대꾸한 다음, 쿠루미를 향해 손을 뻗었다.

"저기, 사라사 씨, 상관없나요?"

곤란한 듯이 이쪽을 보는 로레아와 기대하는 듯한 눈빛으로 나를 바라보던 마리스 씨에게 고개를 끄덕이자 쿠루미는 곧바로 마리스 씨의 손으로 넘어갔다.

"큭. 이렇게 귀여운 호문쿨루스를 만들 수 있다니……, 돈을 모아야만 하겠어요."

쿠루미를 만지작거리며 단단히 결심한 것처럼 중얼거리는 마리스 씨.

응, 이거 자칫하다가는 또 빚을 떠안게 될지도 모르겠네.

다음에 레오노라 씨를 만나게 되면 말해둬야겠다.

"우~, 가우가우!"

한동안 얌전히 마리스 씨가 쓰다듬게 내버려 두고 있던 쿠루미가 약간 불만스러운 듯한 목소리를 냈다. 쿠루미는 마리스 씨의 손에서 꿈지럭거리며 빠져나온 다음, 눈 위로 폴짝, 뛰어내렸다.

하지만 그곳은 푹신푹신한 눈이었다.

스노우 부츠를 신고 있지 않은 쿠루미는 곧바로 쑥 파묻혔고, 보이지 않게 되었다.

"아앗———! 사라사 양, 너무하세요!"

호문쿨루스는 보통 만든 사람이 움직이는 거니까 그렇게 말하는 것도 이해가 되지만———.

"어떤 의미로 말씀하신 건데요? 일단 말해두자면, 그거, 쿠루미가 자발적으로 행동한 거거든요?"

나를 노려보는 마리스 씨에게 변명하자 마리스 씨는 당황한 표정을 드러냈다.

"자립 행동……? 그렇게 고도의 호문쿨루스가———, 아, 구해야 해요!"

마리스 씨가 급하게 몸을 숙였다. 다음 순간, 무언가가 눈 속에서 '스스슥!' 이동하다가 눈을 뚫고 세차게 뛰쳐나왔다!

"가우가우~!"

———당연히 쿠루미다.

쿠루미는 착지와 동시에 다시 쑤욱 파묻혀서 자취를 감추었다. ———스노우 부츠가 필요할지도?

"쿠루미는 놀고 싶었던 건가?"

"아무리 그래도 그건……, 아니, 잘 생각해보니 쿠루미의 성격에는 아이리스 성분도 포함되어 있는 거지? 전혀 불가능하지는———."

아이리스 씨의 말에 쓴웃음을 짓고 있던 케이트 씨는 중간부터 회의적인 표정을 보였다. 그 모습을 본 아이리스 씨가 불만이라는 듯이 입을 꾹 다물었다.

"아니, 아무리 그래도 나는 일하는 도중에 놀지는 않는다만?!"

"그건 그렇긴 한데요……."

나는 쿠루미가 파묻힌 구멍이 있는 곳까지 가서 손을 집어넣고 쿠루미를 안아 들었다.

"그래서, 왜 그래?"

내가 묻자 쿠루미가 '가우가우'라며 제일 먼저 뛰어내렸던

구멍을 가리켰다.

"보라는 건가?"

"음……, 아, 사라사 씨, 여기, 뭔가가 나 있어요!"

"어? 정말로? ……아, 이건!"

로레아의 손짓에 우리가 그 구멍을 들여다보자 그곳에는 길고 가는 막대기 같은 것이 있었다. 끄트머리를 뜯어서 냄새를 맡아보니 특이하고 자극적인 냄새가 코를 찔렀다.

"이거, 미사논이네요."

"뭐라고! 그러니까 쿠루미가 이 눈 아래에 있는 미사논을 찾아낼 수 있다는 건가?!"

"가우!"

내 품속에서 자랑스럽게 소리를 낸 쿠루미에게 모두의 시선이 쏠렸다.

"어, 우리가 하던 이야기를 듣고 판단한 건가요? 그런 게 가능한 거예요?"

"이건 저도 놀랐네요. 마력하고 소재를 꽤 많이 들여서 만들긴 했지만……."

쿠루미의 후각이라면 가능하려나, 하는 생각이 들긴 했지만, 내가 명령을 내리지도 않았는데 알아서 행동하며 미사논을 찾아냈다는 게 놀라웠다.

가끔 집 안을 산책하는 모습을 보이긴 해도 호문쿨루스는 기본적으로 수동적이다.

주위 상황에 맞춰서 스스로 생각하고 행동하다니, 그런

이야기는 들어본 적이 거의 없다.

"쿠루미, 다른 것도 찾아낼 수 있겠나?"

"가우!"

아이리스 씨가 묻자 쿠루미는 그렇게 대답하고는 내 품속에서 뛰어내렸다.

눈속을 샤샤샤샥, 헤엄친 쿠루미가 몇 미터 떨어진 곳에서 다시 '가우!', 소리를 내며 뛰쳐나왔다.

그곳으로 케이트 씨가 달려가 눈 속을 확인했다.

"점장 씨, 여기에도 있어!"

"대단해요, 쿠루미! 귀엽기만 한 게 아니라 이런 능력까지 있다니!"

"가우~!"

이번에는 로레아가 쿠루미를 들어 올려서 꼬옥 안아주었고, 쿠루미는 쑥스럽다는 듯이 두 팔을 버둥거렸다. 그런데 있잖아, 로레아?

귀여운 건 부차적인 거고, 원래 호문쿨루스란 다양한 능력을 지닌 거거든?

───이 능력은 나도 예상하지 못했지만.

"질문을 이해하고 행동한다고? ……저기, 사라사 양. 어떻게 하면 이런 호문쿨루스를 만들 수 있는 거죠? 오필리아 님의 비전이나 그런 건가요?"

"아뇨, 방법만 따지면 교본대로, 그냥 평범하게 만들었는데요…… 굳이 말하자면 좋은 소재하고 대량의 마력, 그리고 우리 네 사람의 인자를 섞은 거?"

"네 사람……, 그래서 아이리스 씨가 한 이야기를 이해한
건가요? 저라면———."

역시 연금술사라고 해야 하나, 아니면 안타깝다고 해야 하
나, 마리스 씨가 혼잣말을 중얼거리며 생각에 잠겨버렸다.

아니, 이해는 되는데 말이지?

이걸 보고 아무런 생각도 하지 않는 연금술사는 절대로
성공할 수가 없다.

탐구심이야말로 연금술사의 본질이라 해도 과언이 아니
다———, 나는 그렇게 생각하니까.

오히려 나도 마리스 씨와 연금술에 대해 이야기꽃을 피우
고 싶지만, 그럴 수 없는 사정이 있으니까. 그리고 내게는
그걸 말려줄 존재가 있으니까.

"저기, 마리스 씨. 지금은 먼저 미사논 뿌리를 채집하면
안 될까요? 알고 계시겠지만, 이번 의뢰는 왕족에게 받은
거라서……, 실패할 수가 없어요."

"……그랬죠. 여기서 검증할 수 있는 게 아니었네요."

연하인 로레아가 그렇게 말하니 반박할 수도 없었는지,
마리스 씨가 어쩔 수 없다는 듯이 고개를 끄덕이면서 내게
손가락을 들이댔다.

"그래도 사라사 양! 여유가 생기면 꼭 좀 이야기를 해주셔
야겠어요!"

"네, 나중에요. 저도 흥미가 있으니까요. ———그럼 채

집을 계속 해보죠. 다행히 쿠루미 덕분에 쉽게 찾아낼 수 있게 되긴 했지만, 눈 속에서 파내는 건 중노동이에요. 여러분, 협력 부탁드립니다."

쿠루미의 탐색 능력은 완벽했다.

엇나간 적이 한 번도 없어서 우리가 찾아낼 수고는 전혀 들지 않았다.

쿠루미가 뛰쳐나온 곳에 있는 눈을 치우고 땅을 파서 미사논 뿌리를 파낸다.

얼어붙은 땅을 파는데 수고가 좀 들었을 뿐, 모두 함께 채집하자 하루도 걸리지 않아서 필요한 양을 확보하는 데 성공했다.

그렇게 된 이상 겨울 산에 머무를 이유가 없었기에 우리는 곧바로 돌아가기로 했다.

지금까지 일정은 매우 순조로웠다. 스노우 글라이드 센티피드의 서식지를 피해서 이동했기 때문에 멀리 돌아가게 된 것과 눈보라 때문에 이동하지 못했던 것을 감안해도 오차 범위 이내다.

만약 돌아가는 길에 다소 문제가 생기더라도 문제없이 의뢰를 달성할 수 있다.

하지만 방심은 금물이다. 마지막까지 긴장을 늦출 수는

없다. 그렇게 생각하고 있자니———.

"설산 채집, 별것 아니었네요!"

느긋한 소리를 하는 마리스 씨에게 모두의 시선이 집중되었다.

"마리스……, 그런 말을 하는 건가? 해버리는 거야?"

"어? 그러면 안 되나요? 이제 능선을 하나만 넘으면 설산을 빠져나갈 수 있는데요."

의아하다는 듯이 고개를 갸웃거리는 마리스 씨를 보고 아이리스 씨가 크게 한숨을 내쉬었다.

"보통 그럴 때 문제가 생기는 법이야. 소리 내어 말하면 특히 말이지."

"그건 착각이랍니다. 소리 내어 말한 것 정도로 사건에 변화가 일어나진 않아요."

응, 나도 그렇게 생각해.

아무 일도 없으면 기억에 남지 않는다, 그것뿐이다.

하지만 그 말을 한 사람은 꽤 잦은 빈도로 문제에 휘말린 아이리스 씨다.

최근 1년 동안에 있었던 일만 따져봐도 팔을 잃고 죽을 뻔했는 데다 샐러맨더 소굴에 갇히고, 빚 때문에 결혼할 뻔하고———, 응, 정말 험한 꼴을 당했네.

그런 그녀가 하는 말이니 어느 정도 설득력이 있다.

그리고 그 징크스는 이번에도 효과를 보인 모양이었다.

"역시 아이리스 씨네요. 이번에도 문제가 생겼어요."

˙ "어? 아니, 아니, 설마, 그럴 리가……, 안 그래? ───정
말로?"

처음에는 무슨 바보 같은 소리를 하냐며 웃고 있던 아이
리스 씨도 내가 진지한 표정을 계속 짓고 있자 믿기지 않는
다는 듯한 표정으로 물었다.

"네, 마물이 접근 중이에요. 그것 말고도……, 슬슬 보이
려나요."

"내가 확인할게."

근처 나무 위로 재빠르게 올라간 케이트 씨는 내가 손가
락으로 가리킨 방향을 보고 멍하니 입을 열었다.

"……저게 뭐야. 엄청나게 거대한 벌레가……, 그리고,
채집자? 다가오고 있어!"

"그건 아마 스노우 글라이드 센티피드일 거예요. 아이리
스 씨의 뽑기운은 역시 대단하네요."

계절이나 장소를 고려하면 다른 센티피드일 가능성은 거
의 없다.

"이게 내 책임인가?! 우연이잖아?!"

"그래도 실적은 충분하잖아요? 대수해에 간 첫날에 헬 플
레임 그리즐리, 그것도 광란 상태인 걸 뽑으시지 않았나요?"

"으윽. ───아니, 이번에는 마리스일지도."

"저, 마물하고는 인연이 별로 없는데요? 소문을 들어보니
아이리스 씨는 샐러맨더도 끌어들였다던데요?"

"그, 그건 노르드였고───."

아이리스는 계속 말을 늘어놓으려 했지만, 케이트 씨가 가로막았다.

"아이리스, 지금은 그런 걸 따질 때가 아니잖아. 점장 씨, 도망칠 수 있을까?"

"원래는 그렇게까지 공격적이지 않지만, 주위에 채집자가 있다면 공격했을 가능성이 크겠네요. 이렇게 되면 꽤 끈질겨져요."

우리가 공격한 건 아니지만, 구분해줄 거라고 기대하는 건 힘들겠지.

"그러니 따라잡히기 전에 도망치거나, 눈에 구멍이라도 파서 숨거나……."

스노우 부츠 덕분에 우리는 뛰어갈 수도 있긴 하지만, 눈 위를 미끄러지듯이 이동하는 스노우 글라이드 센티피드보다 빠르게 달릴 수 있냐 하면……, 나하고 아이리스 씨라면 가능하려나?

하지만 로레아 같은 사람도 있으니 그런 걸 따지는 건 무의미하다.

구멍을 파서 숨는 것도 들킬 가능성이 크고, 그렇게 되면 짓뭉개질 것이다.

그 광경을 상상한 건지, 아이리스 씨가 곧바로 고개를 저었다.

"안 되겠어. 이렇게 되면 싸우는 게 훨씬 낫고, 가능하다면 채집자들도 구하고 싶은데."

"아이리스, 구할 거야? 아는 사람이 아닐 것 같은데?"

기본적으로 채집자의 모든 행동은 자기 책임이다. 이상적으로 따지자면 곤란해하는 사람에게 손을 내밀어줘야겠지만, 위험을 무릅쓰면서까지 알지도 못하는 사람을 구하는 경우는 별로 없다.

특히 이런 설산에서는 다른 사람을 구해줄 수 있을 정도로 여유가 있는 사람은 거의 없다.

식량 같은 것들도 필요한 만큼만 가지고 다니는 게 보통이고, 함부로 손을 내밀었다가는 2차 피해가 발생할 뿐일 것이다.

"그건……, 점장님도 있으니 어떻게 안 될까?"

"미리 말씀드리는데, 저는 연금술사거든요? 싸우는 게 전문이 아니거든요?"

"아니, 나 같은 것보다 훨씬 강한 점장님이 그런 말을 해봤자 설득력이 전혀 없다만……."

이놈, 로레아, 고개를 크게 끄덕이지 마.

그야 필요하다면 싸우겠지만.

"가능하다면 아이리스 씨하고 케이트 씨에게 기대하고 싶은데요~. 아, 오네요."

내가 손가락으로 가리킨 직후, 스노우 글라이드 센티피드와 거기에 쫓기는 사람들이 모습을 드러냈다.

로레아가 그걸 보자마자 눈을 크게 뜨며 내 팔에 달라붙어서 소리쳤다.

"사, 사라사 씨! 저거! 저거, 너무 큰 거 아닌가요?!"

"센티피드(거충)니까. 작으면 그냥 벌레잖아. 살충제로 한 방이라고."

그 정도라면 굳이 경고도 하지 않았을 것이다.

"아니, 그래도! 샐러맨더보다 크지 않나?!"

형태로 따지면 거대한 하늘소라고 해야 하나. 긴 더듬이에 날카롭고 튼튼해 보이는 턱. 몸은 전체적으로 길고, 거기에 달려 있는 긴 다리 여섯 개는 끄트머리가 약간 평평했다.

몸은 금속 같은 광택과 함께 약간 녹색 기운이 도는 무지개색으로 빛나고 있어서 새하얀 눈밭에서는 매우 눈에 잘 띄는데, 마치 자신에게 적 같은 건 없다고 주장하는 것 같기도 했다.

그게 당연할지도.

다리 하나조차 내 몸보다 더 클 정도니까.

"그래도 괜찮아요. 샐러맨더만큼 강하지는 않으니까요."

"전혀 안심할 수가 없답니다?! ⋯⋯이거, 이대로 도망치는 게 낫지 않나요? 쫓기고 있는 사람들도 채집자 같지 않은데."

"열 명 정도 되는 것 같은데, 요크 마을에서 보던 채집자는 없군⋯⋯?"

어느 정도 얼굴을 알아볼 수 있게 되자 아이리스 씨도 고개를 갸웃거렸다.

대수해 근처에 있는 마을은 요크 마을뿐만이 아니다. 그

러니 다른 마을의 채집자일 가능성도 있지만, 그런 것치고
는 장비에서 왠지 위화감이 들었다.

"……도망칠까요?"

"아뇨, 잠깐만 기다려주세요. ———저 사람들, 사우스
스트러그의 경비병들인데요?!"

"사우스 스트러그의 경비병……? 정말이에요?"

"아마 틀림없을 거예요. 어느 정도 교류한 적이 있으니까요."

마리스 씨는 사우스 스트러그의 주민이다. 그녀가 한 말
의 신빙성은 높다.

"……더더욱 도망치고 싶어졌는데요."

아니, 평소였으면 구했을걸?

하지만 불과 얼마 전에 내게 시비를 건 사람이 그곳 영주
니까. 약간 억지로 쫓아냈더니 그 마을 병사들이 위험한 마
물을 끌고 우리 쪽으로 다가오는데.

우연이라고 생각하기에는 너무 뻔하잖아?

"살려줘~~~!!"

상대방도 이쪽을 알아본 건지 꽤 필사적인 표정으로 도움
을 요청했지만———.

"……수상하네."

"그런, 가요?"

"로레아, 도움을 요청하는 사람이 꼭 착한 사람일 거라는
보장은 없거든?"

예를 들어 길가에서 헤매고 있던 사람이 있다고 하자.

친절한 마음에 도와주려 했더니 도적의 함정이었다, 라는 경우도 있는 것이다.

알아서 자기 몸을 지킬 수 있는 우리라면 모를까, 싸울 수 없는 로레아에게 쉽사리 다가오게 하는 건 도저히 용납할 수 없다.

"사실은 여기서 강한 마법으로 양쪽 모두를 공격하는 게 안전하지만요……."

"나도 동의하고 싶지만, 적인지 아군인지 알 수 없는 상태에서 그건 좀……."

"역시 그런가요?"

난색을 드러내는 케이트 씨와 그 옆에서 고개를 끄덕이고 있는 로레아를 보니 강행할 수가 없다.

확실히 알아볼 수 있는 도적이었다면 망설일 필요도 없었을 텐데……, 조금 아쉽다.

"저기, 가능하다면 구했으면 좋겠어요. 그들은 성실한 경비병이니까요."

"그래도 그 커크 준남작의 부하잖아요? 아세요? 준남작."

"윽, 그렇게 말씀하시니 뭐라 말할 수가 없네요?!"

커크 준남작에 대해 알고 있는 모양이다.

씁쓸한 표정으로 말문이 막혔던 마리스 씨는 곧바로 진지한 표정으로 나를 바라보았다.

"그래도, 굳이 말하겠어요! 저도 협력할 테니 구해주세요!"

"그렇게까지 말씀하시니……, 죽게 내버려 두면 꿈자리

도 사나울 테고요."

케이트 씨와 아이리스 씨를 보자 두 사람도 고개를 끄덕였다.

안전을 우선시하자면 그냥 내치는 것도 선택지 중 하나겠지만, 안절부절못하면서 보고 있던 로레아 눈앞에서는 그걸 고르기가 조금 껄끄럽다……, 아, 한 사람이 더듬이에 맞아서 눈에 파묻혔네.

이거, 여유가 별로 없을 것 같은데.

"마리스 씨, 무기는 쓰실 수 있나요?"

"아예 문외한보다는 낫죠!"

다시 말해 그다지 잘 못 쓴다는 뜻이구나. 최소한이라도 학점은 딸 수 있으니까.

"마리스 씨는 여기에서 마법으로 공격해 주세요. 그럼, 가죠."

다른 세 사람에게는 지시를 내릴 필요도 없다.

곧바로 케이트 씨가 화살을 겨누었고, 아이리스 씨가 경고했다.

"너희들, 그 이상 이쪽으로 오지 마! 좌우로 도망쳐!"

그 말이 끝나자마자 화살이 날아갔다.

표적은 도망치는 수상쩍은 사람들———이 아니라 스노우 글라이드 센티피드의 긴 더듬이.

그 화살은 정확하게 왼쪽 더듬이에 꽂혔다. 적이 '기샤아아아아!'라는 귀에 거슬리는 울음소리를 냈지만, 케이트 씨는 그 소리가 아니라 결과 때문에 인상을 찌푸렸다.

"큭, 이 활로도 끊지 못한 거야?"

샐러맨더와 싸웠을 때 활이 전혀 통하지 않았던 반성점 때문에 케이트 씨의 활은 내가 약간 개량해서 마력을 담을 수 있게 되었다.

그로 인해 화살이 최대 두 배 정도의 속도를 발휘할 수 있을 텐데……, 결과는 보는 대로. 꽂히긴 했지만, 안타깝게도 더듬이를 잘라버리지는 못했다.

개량은 했어도, 비용 문제상 원본이 케이트 씨가 가지고 있던 활이니까 어쩔 수 없다.

"뚫기는 했으니까 위력을 올리려면 화살 쪽을 바꿔야 할지도 모르겠네요."

"으으, 돈이, 돈이……."

내가 지적하자 케이트 씨가 한심한 표정을 지었다.

샐러맨더에게 사용했던 빙결 화살은 별개로 치더라도, 특수한 화살은 매우 비싸다.

사용한 뒤에 회수하더라도 아티팩트라면 당연하고, 단순히 단조 기술만으로 만든 거라 해도 다시 이용하기 위해서는 정비할 필요가 있다.

금전적으로 여유가 없다면 쉽사리 사용할 수 있는 물건이 아니지.

적을 쓰러뜨려도 화살값 때문에 적자가 되면 의미가 없으니까.

"나중에 같이 의논해보죠———, 와요!"

화살을 맞은 직후에는 더듬이를 휘두르며 몸부림치고 있던 스노우 글라이드 센티피드도 그 공격을 가한 우리를 적으로 간주한 건지 이쪽을 향해 미끄러지듯이 이동하기 시작했다.

"다음은 제가 갈게요! ———'윈드 커터(풍인)'!!"

내 뒤에서 날아간 것은 마리스 씨의 마법이었다.

설산이라는 환경을 고려했는지 그 마법은 화려하지 않았지만, 스노우 글라이드 센티피드의 왼쪽 앞다리 가운데를 자르고 그 뒤에 있는 다리에도 깊은 상처를 내서 몸이 크게 기울어지게끔 만들었다.

"오오, 역시 연금술사로군! 이런 느낌으로 계속———."

그 위력을 본 아이리스 씨가 깜짝 놀랐다. 그러나 마리스 씨는 곧바로 고개를 저었다.

"바닥났어요~. 방금 그 마법에 마력을 거의 다 담았답니다."

"포기가 빠르시네요?!"

"시키는 대로 했는데요? 뒷일은 맡기겠어요~."

무책임한데?! 아니, 이런 상황이라면 잘못된 거라고는 할 수 없나?

스노우 글라이드 센티피드의 골치 아픈 점은 다리가 빠질 정도로 많이 쌓인 눈 위에서도 재빠르게 이동할 수 있는 기동력과 먼 곳을 공격할 수 있을 정도로 긴 더듬이다.

그것들을 빼앗을 수만 있다면 스노우 부츠가 있는 우리가 확실히 유리해진다.

그리고 싸우고 있는 도중에 익숙하지 않은 사람이 공격 마법을 날리면 꽤 위험하다.

그렇기 때문에 최초의 일격에 모든 것을 담은 마리스 씨의 공격은 매우 적합하다고 할 수 있다.

물론 숨통을 끊을 수 있는 전력이 따로 있다는 전제가 뒷받침되어야겠지만.

"점장님, 가자!"

"네!"

그 전력인 나와 아이리스 씨가 뛰어갔다. 노리는 곳은 더듬이와 다리.

우선 대미지가 큰 왼쪽. 그렇게 생각하며 그쪽으로 향하자 머리 위에서 더듬이가 내려왔다.

하지만 예비 동작이 큰 그 공격은 눈에 발이 빠지지만 않으면 피하는 것도 어렵지 않다.

앞서가던 아이리스 씨는 더욱 속도를 높여서 전방 위쪽으로 뛰어오르듯 피했고, 나는 속도를 약간 늦춰서 눈앞을 통과하는 더듬이를 그냥 보냈다.

화살이 꽂힌 더듬이가 눈 속에 파고들자 눈가루가 하얗게 흩날렸다.

나는 그 안에 뛰어들어 발을 내디디며 뽑아 들고 있었던 검을 휘둘렀다.

느껴진 것은 투욱, 하는 약간의 손맛.

그것만으로도 내 다리보다 두꺼운 더듬이 가운데 부분이 잘려 땅바닥에 떨어졌다.

그와 동시에 좀 전보다 훨씬 더 큰 울음소리가 귀에 울렸다.

더듬이를 잃어서 그런지, 스노우 글라이드 센티피드의 자세가 무너졌다.

"역시 점장님이군!"

그렇게 칭찬한 아이리스 씨의 움직임도 재빨랐다.

적의 움직임에 당황하지도 않고 움직이며 검을 내리쳤다.

따악!

딱딱한 소리와 함께 파괴된 것은 상처를 입었던 두 번째 다리 관절 부분.

그로 인해 다리 끄트머리의 스키 모양 부분이 떨어져 나갔고, 자세는 더욱 무너졌다.

스노우 글라이드 센티피드가 부드러운 눈 위에서도 거대한 몸집을 지탱할 수 있는 것은 그 끄트머리 부분이 있기 때문이다.

다리를 잃고 미끄러지지 못하게 된 데다 더듬이까지 잃었으니, 이제 스노우 글라이드 센티피드는 그냥 크기만 한 벌레일 뿐이다.

──아니, 충분히 위협적이지만 말이지, 커다란 벌레.

"아이리스 씨는 바로 왼쪽 뒷다리를!"

내가 무사한 오른쪽 더듬이 쪽으로 뛰어가기 시작하자 스노우 글라이드 센티피드는 눈앞에 있는 나를 우선시한 건지 더듬이로 내리쳤다.

———좀 전에 무슨 일이 있었는지 기억하고 있다면 경계할 줄 알았는데?

나는 당연히 그 더듬이를 피하고 검을 휘둘렀다.

가벼운 손맛과 함께 다시 잘려나간 더듬이.

곧바로 검을 휘둘러 눈을 노리자 스노우 글라이드 센티피드가 겁을 먹은 듯이 머리를 움직였다. 그러나 그때는 이미 아이리스 씨가 검을 내려치고 있었다.

"야앗!"

기합이 담긴 일격. 좀 전보다 힘이 더 들어간 그 공격은 확실하게 세 번째 다리를 갈랐다.

완전히 균형을 잃고 천천히 왼쪽으로 쓰러지는 스노우 글라이드 센티피드.

아이리스 씨가 급하게 피한 곳에 그 거대한 몸이 쓰러졌다.

털썩!

많이 쌓인 눈 때문일까.

크기로 상상했던 것보다는 훨씬 가벼운 소리와 함께 눈가루가 흩날렸다.

이렇게 되면 이제 반쯤은 작업이나 마찬가지다.

버둥거리며 휘두르는 다리를 피하며 나머지 다리 세 개를 자르고 움직이지 못하게 되었을 때 머리를 잘라내자 센티피드와의 첫 전투가 끝났다.

"고생 많으셨어요. 생각했던 것보다 간단히 쓰러뜨리셨네요. ……저는 보고 있기만 했지만요."

"그러게. 센티피드는 더 위험할 줄 알았어."

적이 움직임을 멈춘 것을 보고 다가온 로레아와 케이트 씨가 그런 감상을 말했지만, 아이리스 씨는 약간 복잡한 듯한 표정으로 절단된 머리를 가리켰다.

"충분히 위험하잖아? 저 날카로운 턱을 봐. 눈 위에서 느릿느릿 움직이다가는 저걸로 깨물어버릴 텐데? 점장님의 스노우 부츠 덕분에 어떻게든 쓰러뜨렸다만……."

"스노우 글라이드 센티피드는 눈 위에서 재빠르게 움직일 수 있기 때문에 위험하게 여겨지니까요. 그걸 어떻게든 해결하면 그렇게까지 무섭진 않아요."

"그렇구나, 스노우 부츠를 준비하지 않으면 여기처럼 된다는 말이지."

케이트 씨가 돌아본 것은 왠지 어쩔 줄 몰라 하며 우리를 보고 있던 몇 명———, 구체적으로는 세 남자들이었다. 제일 처음 발견했을 때 열 명 정도 있었던 그들은 대부분 스노우 글라이드 센티피드에게 당해서 눈밭 이곳저곳에 드문드문 쓰러져 있었다.

비틀비틀 일어서는 사람도 있었지만, 전혀 움직이지 못하는 사람도 있었다.

아무리 봐도 치료가 필요한 상황이지만…….

"그들의 신원은 제가 보증하겠어요!"

"아니, 보증이 된 상황이라 곤란한 건데……."

당당하게 말한 마리스 씨를 보자 그녀는 정신이 번쩍 든 듯이 우리와 그들을 번갈아 가며 보았다.

"그랬지요?! 곤란하네요……."

상대방이 채집자라면 고민도 하지 않을 것이다.

우리가 같이 쓰러지지 않을 범위 안에서 도와줄 뿐이다.

하지만 적일지도 모른다면———.

"우선 이야기라도 들어볼까요? ……신경 쓰이는 냄새도 나고요."

"그건……, 그렇겠네요. 들어볼 필요는 있을 것 같아요."

싸우던 도중에 눈치챈 그 냄새.

내가 그것을 지적하자 마리스 씨도 약간 인상을 찌푸리며 진지한 표정으로 고개를 끄덕였다.

"———그러고 보니 뭔가 냄새가 나네. 이게 어쨌다는 거야?"

"이건 벌레를 끌어들이는 포션이에요. 연금 소재로 써먹을 벌레를 모을 때 쓰곤 하는데……, 물론 센티피드에게도 효과가 있고요."

"어? 그런 게 있어? 쓰고 싶진 않은데."

"조금이라면 괜찮지만, 벌레가 잔뜩 모여들면……."

벌레가 우글우글 모여드는 광경을 상상한 건지, 케이트 씨와 다른 사람들이 동시에 인상을 찌푸렸다.

응, 나도 가능하면 쓰고 싶지 않으니까 만들기만 하고 엄중하게 봉인해서 창고에 보존하고 있거든.

실수로 집에 쏟기라도 하면 그런 대참사가 따로 없을 테니까.

　어지간한 독약 같은 것보다 더 조심스럽게 다룰 필요가 있다.

　"그 위험 물질의 존재도 신경 쓰이지만, 당연히 그걸 쓴 건———."

　"이 사람들이겠지요, 안타깝게도. ———당신들! 이쪽으로 오세요."

　"무기를 두고 말이야. 이상한 짓을 하면 이것처럼 될걸?"

　마리스 씨에 이어 아이리스 씨가 말을 걸면서 협박하듯 잘려나간 스노우 글라이드 센티피드의 머리를 걷어차긴 했지만, 그들은 전혀 망설이지 않았다.

　들고 있던 검을 곧바로 그 자리에 떨어뜨린 다음, 두 사람은 뒤쪽에 쓰러져 있던 사람들 쪽으로 다가갔다. 나머지 한 사람이 두 손을 들고 눈을 헤치면서 다가와 입을 열었다.

　"사우스 스트러그 제6경비 소대, 대장인 머디슨이다. 구조를 희망한다. 부탁이야, 부하들을 구해다오!"

　"그건 당신들이 하기 나름이죠. 커크 준남작 영지의 병사가 우연히 저희와 같은 시기에 겨울 산으로 와서, 우연히 스노우 글라이드 센티피드에게 습격당하고, 우연히 우리가 있는 곳으로 도망쳐 왔다———, 그럴 리는 없겠죠?"

　"이유를 숨기면 그만큼 시간이 걸릴 거다. 부하가 소중하다면 어서 말해."

우리는 스노우 부츠를 가지고 있고, 상대방은 허리 근처까지 눈에 파묻힌 상태다. 싸우면 이길 수 있긴 하겠지만 그들도 직업이 직업인만큼 경계를 늦추지 않았다. 그러나 반응은 약간 뜻밖이었다.

"커크 준남작이 거기 있는 연금술사에게 스노우 글라이드 센티피드의 습격을 받게끔 만들라고 명령했다. 영주 밑에 있는 연금술사에게서 벌레를 유인하는 약을 받았지."

원래는 반드시 숨겨야만 하는 내용을 둘러대지도 않고 확실하게 대답한 남자를 보고 아이리스 씨는 의아한 듯이 눈살을 찌푸렸다.

"……꽤나 쉽사리 인정하는군그래?"

"저걸 별로 고생하지도 않고 쓰러뜨린 너희와 싸우면 우리는 죽을 거다. 아니, 싸우지 않더라도 이대로 가다가는 부하들 중 대부분이 죽겠지. 나는 대장으로서 최선을 다할 필요가 있다."

머디슨이 그렇게 말하며 본 것은 지금 구조받고 있는 사람들이었다.

얼마나 심한 부상을 당한 건지는 모르겠지만, 제대로 걷지 못하는 사람도 많은 것 같았기에 만약 우리가 저버리고 간다면 무사히 귀환할 수 있는 사람은 극히 일부뿐일 것이다.

"현명하네. 그런데 어떻게 우리하고 스노우 글라이드 센티피드를 싸우게 만들 생각이었어? 유인한 뒤에."

"다른 약을 하나 더 받았다. 당신들에게 뿌리라더군."

머디슨이 꺼낸 것은 작은 약병이었다.

마리스 씨가 그것을 받아들고 뚜껑을 살짝 열어 냄새를 맡은 다음, 곧바로 인상을 찌푸렸다.

"이거, 센티피드를 흥분시키는 약이랍니다. 이런 걸 뿌리면 위험해요."

영주가 연금술사를 데리고 있다는 이야기는 들어본 적이 없는데……, 혹시 그 녀석인가?

사우스 스트러그에서 악독하게 장사하던 녀석.

가게는 **무사히** 망한 모양이니 영주 밑으로 들어간 건지도 모르겠다.

"하지만 이쪽으로 던질 낌새를 보이지 않던데요. 이유가 뭐죠?"

만약에 그랬더라도 지지는 않았겠지만, 위험도는 확실하게 올라갔을 거다.

내가 그렇게 생각하며 묻자 머디슨은 곤란하다는 듯이 쓴 웃음을 지었다.

"자기 딸만 한 어린애를 죽이고 싶어 할 것 같나? 이런 일은 영주의 사병이 감시하지 않았다면 중간에 내팽개쳤을 텐데……."

"저기, 당신들도 영주의 사병이죠? 아닌가요?"

로레아의 당연한 질문을 듣고 그는 마음에 들지 않는다는 듯이 입가를 일그러뜨렸다.

"영주에게 고용되었다는 의미로는 사병이지만, 우리를

감시하고 있던 녀석들은 영주와 좀 더 가깝고 더러운 일을 도맡아 하는 측근들이야. 우리 업무는 마을의 치안 유지라고. 마을을 순찰하고, 좀도둑을 잡거나 싸움을 중재하는 거지. 영주에게 직접 명령을 받을 일은 없고. ……없었는데 말이야."

크게 한숨을 쉬며 그렇게 말한 머디슨은 동정을 구하는 듯이 이쪽을 보았다.

"우리 가족은 그 마을에 있어. 거절한다면 어떻게 될지……, 알겠지?"

"……마음에 들지는 않지만, 이해는 되네요. 상대방은 귀족이고 영주니까요."

불만스러워하면서도 그 말을 듣고 가장 먼저 고개를 끄덕인 사람은 로레아였다.

"귀족이 전부 그런 건 아니다만……."

아이리스 씨는 복잡한 표정이고, 나도 귀족 친구가 있어서 알고 있지만, 제대로 된 귀족도 결코 적진 않다――, 아니, 오히려 그쪽이 더 많을 텐데.

하지만 슬프게도 평민에게 영향이 더 큰 것은 제대로 된 쪽이 아닌 귀족들이다.

숫자가 적긴 하지만 그쪽 인상이 강할 수밖에 없다.

그렇기 때문에 평민의 인식으로는 로레아 같은 느낌이 더 일반적인 것이다.

"참고로 감시하고 있다던 그 사람은요?"

다 이야기해버리면 위험하지 않나요? 그렇게 물어보니 머디슨이 살짝 웃었다.

"그래, 스노우 글라이드 센티피드를 건드렸을 때 사고로 죽었지."

"호오, 사고로."

"그래, 사고로."

아이리스 씨가 눈썹을 살짝 치켜 올리며 묻자 머디슨이 표정도 바꾸지 않고 고개를 끄덕였다.

그 사고는 우발적인 것일까 아니면 인위적인 것일까.

……굳이 추궁할 필요도 없겠구나. '사고로 위장해서 죽여버렸습니다!'라거나 '해치울 수 있을 것 같길래 죽였다'라고 해도 대처하기 곤란하니까.

상황을 고려하면 적극적으로 손을 대진 않았더라도 사고를 당했을 때 구조하려 하지 않았다, 정도는 했을 것 같네.

"이봐, 뻔뻔한 말이긴 하지만 어떻게 좀 도와줄 수는 없나?"

"부상자를 치료하고 산을 내려가는 걸 도와달라는 거죠? 으음……."

머디슨은 이야기할 수 있는 건 전부 이야기했다며 도움을 요청했지만, 나는 팔짱을 끼고 끙끙댔다.

다른 사람들보다 가족의 안전을 우선시하는 것 자체는 딱히 비난할 생각이 없다.

그것이 범죄라 해도―――이번에는 영주의 명령이기에 범죄라고 해야 할지는 미묘하지만―――가족을 지키고 싶다

163

는 마음은 이해가 되고, 우선순위가 있으니 어쩔 수가 없다.

표적이 된 쪽에서 보기에는 참을 수가 없지만 말이지.

그래도 뭐, 우리 쪽에는 피해가 없었으니 그냥 넘어간다고 해도 다른 문제가 있단 말이야. 아이리스 씨하고 케이트 씨도……, 곤란해하고 있구나, 역시.

좀 전까지는 구해주자고 주장하던 마리스 씨도 지금은 입을 다물고 있고.

그런 와중에 망설이듯 이곳저곳을 보거나 두 손을 꼼지락 거리면서 우리 안색을 살피던 로레아가 조심스럽게 입을 열었다.

"저기, 어떻게 좀 해줄 수 없을까요?"

"음~, 로레아는 착하네. 죽을 뻔했는데."

"그래도 머디슨 씨 일행은 명령을 받았을 뿐이고, 위험에 처하지도 않았으니까요……."

같은 평민으로서 귀족에게 거역할 수 없는 그들을 동정한다는 느낌인가?

뭐, 나도 몇 년 전까지는 사회의 밑바닥에 가까운 곳에 있었으니까.

공격당하면 인정사정 봐주지 않겠지만, 두 손을 들고 항복하면 정상을 참작해줄까 싶은 생각이 들기도 한다. 하지만 그러기 위해서는 해결해야만 하는 문제가 있지.

나 대신 그것을 지적한 사람은 아이리스 씨였다.

"그래도 말이다, 로레아. 아무리 미수라 해도 연금술사를 해치려 한 건 꽤 무거운 죄야. 대부분 사형당할 정도로."

"그, 그런가요? 물론, 무거운 죄라는 건 알겠지만요……."

실제로 이번 일이 얼마나 무거운 죄가 될까.

미리 진행했던 스노우 글라이드 센티피드에 대한 도발 등을 제쳐두고 머디슨 일행의 행동을 객관적으로 표현하자면, '센티피드에 쫓기다가 그것을 다른 사람에게 떠넘긴 것'이다.

정말 악질적인 행동이긴 하지만, 그것만으로 사형을 당할 일은 없다.

사건이 일어난 지역을 다스리는 귀족에 따라 어느 정도 차이가 있겠지만 말이지.

하지만 상대방이 연금술사라면 사정이 달라지고, 순수한 사고라 하더라도 연금술사가 죽어버리면 꽤 높은 확률로 사형. 계획적으로 그랬다면 미수라 해도 99퍼센트는 사형당하게 된다.

단, 이건 연금술사의 특권이라기보다는 나라의 사정 때문이라는 면이 크다.

뭐라 해도 연금술사는 나라가 많은 돈을 들여 육성한 인재, 말하자면 나라의 재산이다.

그것을 의도적으로 해치려 한다면 필연적으로 죄도 무거워진다.

"덧붙여 말하자면 이래 봬도 아이리스는 귀족이니까. 그 영향도 적지 않아."

"그래 이래 봬도 나는———, 아니, 케이트. '이래 봬도'라는 말은 너무 심한 거 아니야?"

아이리스 씨가 발끈하며 케이트 씨를 다그치자 케이트 씨는 어깨를 살짝 으쓱이고는 한숨을 쉬며 계속 말했다.

"그럼 아이리스는 '저는 귀족 영애입니다'라고 당당하게 말할 수 있어? 그럴 수 있다면 나도 참 기쁠 텐데 말이지?"

"———으음. 이래 봬도 나는 귀족이니까 말이다. 처벌을 받게 한다면 확실하게 사형당하겠지. 상황에 따라서는 가족까지 함께 죄를 묻게 될 거다."

잠시 침묵하다가 아무 일도 없었다는 듯이 말하는 아이리스 씨.

개선될 예정은 없는 모양이다.

하지만 태연한 말투와는 달리 말한 내용은 정말 심각했다.

평민이 귀족을 습격하는 것은 그만큼 무거운 죄. 머디슨은 아이리스 씨에 대해 몰랐던 것인지 얼굴에서 점점 핏기가 가셨고, 그렇지 않아도 추위 때문에 파래졌던 안색이 더욱 악화되어서 흙빛이 되어버렸다.

"일반적으로는 병사가 한 일———, 적어도 명령을 받고 한 일에 대한 책임은 명령을 내린 자에게 귀속된다만……, 책임을 질 것 같은가? 커크 준남작이."

"……."

아이리스 씨가 묻자 머디슨은 침묵으로 대답했다.

책임을 질 리가 없다는 사실은 그도 이해하고 있을 것이다.

그렇게 기특한 사람이었다면 암살 같은 수단을 쓰려 할 리가 없다.

"젠장! 결과가 어떻게 되더라도 우리는 쓰다 버리는 말이 되는 거였나!!"

머디슨은 분한 듯이 주먹을 내리쳤지만, 부드러운 눈은 그것을 받아내지도 않고 조용히 흩날렸다. 그 허무한 느낌 때문에 그는 짜증 난다는 듯이 다리를 차올렸다.

"저희를 모두 처치하고 증거를 인멸할 생각이었을 가능성도 있지만요. 그런 말은 하지 않던가요?"

"그런 일이었다면 나도 거절———할 수는 없겠지만, 도망치는 쪽을 생각했을 거야. 적어도 나는 듣지 못했어. 죽은 측근 녀석은 모르겠지만."

"그때 가서 가르쳐주고 시킬 생각이었을지도 몰라. 우리를 모두 죽이지 않으면 가족까지 모조리 처형당할 거라고."

"끄으으……."

우리를 죽이는 것보다는 도망치는 게 낫다고 하는 머디슨도 가족의 목숨이 걸린 상황에서는 그러지 않았을 거라고 딱 잘라 말할 수가 없는 건지 괴로운 표정을 지었다.

로레아가 약간 의아하다는 듯이 고개를 갸웃거렸다.

"그래도 전력이 완전 부족하잖아요. 저희 모두가 빈사 상태에 처하기라도 하지 않으면 병사 여러분을 억지로 싸우게 해도 의미가 없다고 해야 하나, 오히려 당할 텐데요?"

"아~, 아가씨, 이래 봬도 우리도 어느 정도 싸울 수는 있는데……."

미성년자 여자애가 갑자기 그런 말을 하자 괴로워하던 머디슨은 곧바로 약간 한심한 표정을 지었지만, 로레아의 결론은 마찬가지였다.

"그래도 제대로 움직이지 못하시는 거죠? 그런 상태로 케이트 씨의 화살을 피하는 건 불가능할 것 같은데요. 도망치기만 하는 거면 제 다리로도 도망칠 수 있거든요?"

로레아는 '제 다리로도'라고 했지만, 시골 출신인 그녀는 다리가 꽤 튼튼하다.

아무리 단련받은 남자라 해도 허리까지 눈에 파묻힌 상태로는 스노우 부츠를 신은 그녀를 따라잡을 수가 없고, 전투에 익숙한 케이트 씨라면 굳이 말할 필요도 없다.

거리만 조금 벌리면 열 명이나 스무 명 정도는 그저 표적에 불과할 것이다.

그런 이야기를 잠깐 설명하자 머디슨은 지친 듯이 어깨를 늘어뜨렸다.

"그렇단 말이지……. 확실하게 죽일 수 있는 계획을 세워 달라는 것도 이상하지만, 정말 엉망이네. 이렇게 강하다는 이야기는 못 들었다고……."

크게 한숨을 내쉰 머디슨은 천천히 고개를 든 다음, 곧바로 결의가 담긴 진지한 표정을 보이며 나를 빤히 바라보았다.

"이봐, 내 목숨만으로 어떻게 좀 안 될까? 부하는 내 명령에 따랐을 뿐이야."

"뭐라고 말씀을 드리기가……, 정할 사람은 제가 아니니까요."

자기 목숨으로 부하를 지키려 하는 그 마음가짐은 높게 평가하지만, 이번 일을 밝히게 된다면 나는 정확하게 보고할 뿐이다. 처벌을 정하는 건 왕도의 사법 당국이고.

———그래도 아마 정상참작은 해주지 않겠지.

자세히 조사하는 게 골치 아프니 실행범만 처형하고 끝낼 것 같은 예감이 든다.

왕도의 관료들에게 있어서 지방 영지의 평민 따위는 그다지 가치가 없는 존재다.

개별적인 사정 같은 것은 감안하지 않고 작업을 하는 것 같은 느낌으로 처리될 것이다.

"물론 저로서는 당신의 목을 받는다 해도 전혀 기쁘지 않거든요. 이익도 전혀 없고요. 커크 준남작 본인의 목을 딸 수 있다면 가치가 있지만요."

"그, 그래……, 아가씨, 꽤 무서운 말을 하네?"

당황한 듯이 물러나는 머디슨을 보고 나는 '후훗', 웃었다.

"그래도 살해당할 뻔했잖아요? 당연한 요구 아닌가요?"

정공법으로 대처한 우리를 비합법적인 방법으로 **처분**하려고 하다니, 도적이나 마찬가지다.

그것도 반쯤 인질을 잡는 형태로, 거절할 수가 없는 사람을 이용해서 센티피드와 싸우게 만들었다.

미연에 방지하긴 했지만, 가게에서도 사람을 날뛰게 하고

169

트집을 잡았다.

……이제 해치워버려도 되는 거 아닐까?

"점장 씨, 진정해. 아무리 쓰레기라 해도 상대는 귀족이
야. 손을 대면 골치 아파질 거라고."

무심코 새까만 것을 풍기고 있던 나를 진정시키려는 듯이
케이트 씨가 어깨에 손을 얹었다.

"마, 맞아요, 사라사 씨. 귀족 상대로 그런———."

"할 거면 제대로 상황을 갖추고 문제가 없게끔 준비하고
나서 해야지. 직접 손을 쓰는 것만이 방법은 아니야."

"케이트 씨?!"

로레아가 깜짝 놀랐지만, 아이리스 씨도 '으음', 하며 고
개를 끄덕였다.

"빚 때문에 쓴맛을 보기도 했으니까. 점장님에게는 큰 은
혜도 입었고, 협력이 필요한 게 있다면 뭐든지 할 거다. 커
크 준남작의 힘이 약해지면 우리 가문에게도 형편이 좋고."

"아이리스 씨까지……, 그런 짓을 해도 괜찮은 건가요?"

"로레아, 기억해줬으면 좋겠다만, 나는 이래 봬도 일단은
귀족이니까."

"……아, 그랬죠. 방금 들은 참이었어요."

아이리스 씨와 귀족의 이미지가 잘 이어지지 않는 건지,
로레아는 그제야 고개를 끄덕였다.

그런 반응을 본 아이리스 씨는 약간 맥빠지는 표정을 지
으면서도 계속 말했다.

"우리 가문은 지금까지 관여하지 않았지만, 귀족들끼리는 항상 세력 다툼을 하고 있다. 실수를 저지르면 철저하게 그 부분을 공격하고, 실수를 저지르지 않더라도 발목을 잡지. 보통 그런 법이야."

"휴우~, 기분 나쁜 곳이네요, 귀족 사회란. 다행이에요. 저하고는 상관이 없어서."

"나, 귀족……."

"……다행이에요, 이상한 귀족하고 상관이 없어서."

미묘한 표정으로 다시 지적한 아이리스 씨와 말 내용을 약간 수정하는 로레아.

뭐, 귀족뿐만이 아니라 사람은 저마다 다르다. 평민이라도 알고 지내고 싶지 않은 사람이 있고, 귀족이라도 좋은 사람은 있다. 그 성질이 주위에 끼치는 영향이 크다는 게 귀족과 평민의 차이려나?

거기에 휘둘리게 된 머디슨 일행에게는 약간이나마 동정하는 마음이 생길 수밖에 없다.

"저기~, 애초에 사라사 양은 무슨 짓을 한 건가요? 커크 준남작이 좀 그렇긴 하지만 연금술사 한 명을 처리하기 위해서 이렇게까지 하나요?"

지금까지 침묵을 지키고 있었던 마리스 씨가 조심스럽게 묻자 나는 고개를 저었다.

"으음~, 우리 가게에 시비를 걸길래 내쫓았어요. 그게 거슬렸는지도 모르겠네요?"

"어머나. 연금술사의 가게에 시비를 걸다니, 못 쓰겠네요."

왕국법 범위 안에서 활동하는 한, 연금술사에게는 손을 댈 수가 없다.

커크 준남작은 귀족으로서 당연한 상식을 깬 것이기에 마리스 씨도 눈살을 찌푸렸지만, 그와 동시에 의문이 든 모양이라 의아하다는 듯이 고개를 갸웃거렸다.

"하지만 겨우 그것만으로요……? 실력행사에 나서기에는 리스크가 너무 큰 것 같은데요. 커크 준남작이 그렇게까지 상식이 부족한가요?"

"그밖에도 아이리스 일 같은 게 이것저것 겹쳤으니까, 그래서 그런 거 아닐까?"

"그랬나요? 저는 딱히 특별한 일을 한 게 없는데요."

"세금을 매길 수 없는 약초밭을 만들거나."

"합법이에요."

"연줄이 있는 상인을 파멸시키거나."

"합법이에요."

"높은 이자가 붙은 채권을 조정으로 없애거나."

"합법이에요."

전부 합법이다. 아무런 문제도 없다.

"사라사 양……, 그건……."

그런데 왠지 마리스 씨가 어이없어하는 시선이 느껴졌기에 나는 덧붙여 말했다.

"참고로 파멸시킨 상인은 요크 바루예요."

"합법이네요! 사라사 씨는 옳은 일을 하신 거랍니다!!"

시원스러울 정도로 손바닥을 세차게 뒤집었다.

뭐, 마리스 씨는 그 덕분에 살아난 거니까.

"그래도 어떤 의미로 이들은 사라사 양 때문에 생긴 피해자네요?"

"……아니, 잘못은 커크 준남작이 했잖아요? 저는 잘못한 게 없는데요?"

내가 커크 준남작에게 복수(?)하지 않았다면 머디슨 일행이 터무니없는 명령을 받지 않았을지도 모르겠지만, 그렇게 따지는 것도 웃기다.

"물론 그렇지요. 하지만 저로서는 얼굴을 아는 사람을 저버리게 되면 꿈자리가 사나워질 것 같아요. 어떻게든 구해주는 방향으로 할 순 없을까요?"

"으음~, 저도 이 사람들에게 딱히 원한이 있는 건 아니니까 반대하는 건 아닌데……, 마리스 씨라면 아시지 않나요? 여러모로 까다로운 문제가 있다는 걸."

부상자의 치료와 걷지 못하는 사람의 운반, 필요한 식량 등의 문제를 해결하더라도 그들은 법적으로 매우 위태로운 입장에 처한 상황이다. 내게 그 문제를 정공법으로 해결할 만한 힘은 없고, 그들을 위해 위험한 다리를 건널 만한 이유도 없다. 그렇다고는 해도———.

"뭐, 일단 치료를 할까요. 이야기를 나누는 동안에 늦어버리면 마음이 답답해질 테고, 저 사람들도 작업을 마친 모양이니까요."

내가 머디슨 뒤쪽을 보자 그도 뒤를 돌아보았고, 거기에 모여 있던 사람들을 보고는 안심한 듯이 숨을 내쉬었다.

"한 명, 두 명, 세 명……, 모두 회수했나."

그중 한 명이 이쪽으로 다가와 머디슨에게 경례를 했다.

"대장님, 전원 회수를 마쳤습니다!"

"그렇군. 상황은?"

"다행히 죽은 사람은 없습니다. ───아, 그 빌어먹을 녀석은 예외지만요."

살짝 미소를 드리우며 보고한 다음, 욕설처럼 덧붙인 말.

아마 그 '빌어먹을 녀석'이라는 게 **사고를 당한** 영주의 측근일 것이다.

그 말에서 드러난 혐오감으로도 '빌어먹을 녀석'의 인격을 짐작할 수 있었다.

"빌어먹을 녀석은 어찌 되든 상관없어. 내버려 둬."

"네, 필요한 것만 챙기고 방치해두었습니다."

"좋아, 그걸로 됐다."

멋진 미소로 엄지손가락을 들어 보이는 남자와 씨익 웃으며 대답하는 머디슨.

그 모습을 본 아이리스 씨가 무심코 말을 꺼냈다.

"……아니, 괜찮은 건가? 그래도."

나도 그런 생각이 전혀 들지 않는 건 아니지만, 그렇다고 해서 '유해를 가지고 돌아가죠'라고 제안할 정도로 자비심이 넘치는 건 아니다.

우리를 죽이러 온 사람이니까.

내 자비심은 반경 몇 미터 안에만 효과가 있다. 심리적인 거리라는 의미로.

"그런데 대장님……, 어떻게 되었습니까?"

애초에 도움을 받을 만한 관계가 아니라는 사실은 이해하고 있는 것 같았다.

엄지손가락을 집어넣은 남자가 불안한 듯이 우리의 안색을 살폈다.

"치료는 해줄 모양이다. 그 이후로는 그녀들의 자비심에 기댈 수밖에 없다만……, 여기서 싸우는 것보다는 낫겠지?"

"물론이죠. 살아날 가능성이 있다는 것만으로도요. 여자애와 싸우는 건 침대 위에서만으로도 충분합니다. 이렇게, 서로 맞붙는 느낌으로."

그 남자는 주먹을 내밀고 씨익 웃으며 쓸데없는 말을 덧붙였다.

그런 그에게 곧바로 머디슨의 주먹이 날아들었다.

"카터! 말을 조심해라!! 이분은 귀족 아가씨라고."

"커흐으으윽!!"

몸을 굽힌 채 쓰러지는 카터. 머디슨이 그를 힐끔 보고는 고개를 숙였다.

"교육이 부족해서 정말 면목이 없군."

"아니, 그건 상관없다만……, 괜찮은가?"

175

"저는 괜찮습니다! 죄송합니다!"

불평도 하기 힘든 상황이라 그런지 아이리스 씨가 곤란하다는 듯이 말을 걸자 카터는 곧바로 일어서서 고개를 숙이고는 내 안색을 살폈다.

"저, 저기, 그럼, 부탁드릴 수 있을까요? 꽤 위험한 녀석도 있어서."

"알겠습니다. 그래도 천박한 말은 삼가주실래요?"

로레아도 있고———, 아니, 아무렇지도 않아 하잖아?! ……잘 생각해보니 로레아는 은근히 나보다 내성이 높았지. 시골은 결혼을 일찍 하니까.

하지만 치료를 할 수 있는 내가 쓴소리를 하자 카터에게는 충분한 효과를 발휘한 건지 곧바로 '말조심하겠습니다!' 라는 대답이 돌아왔다.

"네, 부탁드릴게요. 부상자는……, 아홉 명인가요."

머디슨의 부대 열두 명 중, 멀쩡했던 것이 머디슨을 포함한 세 명.

자기 다리로 서 있을 수 있는 사람이 다섯 명이고, 눈 위에 눕혀둔 사람이 나머지 네 명.

방한용 모피를 깔아두긴 했지만, 산에서는 날씨가 갑자기 바뀌곤 한다. 서두르는 게 좋겠어.

"그럼 진찰을 할 건데……, 수상쩍은 움직임은 보이지 말아주세요? 연약해 보일지도 모르겠지만, 저는 이래 봬도 헬플레임 그리즐리를 발차기로도 죽일 수 있으니까요."

그들의 앞날은 아직 확정되지 않았으니 '무기를 들고 있지 않은 지금이라면 쓰러뜨릴 수 있을지도 모른다'는 생각에 진찰 중에 날뛰면 조금 곤란하다———. 힘 조절을 할 수 없다는 의미로.

나도 죽이고 싶은 건 아니라서 일단 경고를 해봤더니, 그들은 하나같이 미묘한 표정을 지었다.

"(그 전투를 보고 연약하다고 생각할 녀석은 없다고…….)"

"(아니, 헬 플레임 그리즐리를 발차기로 죽일 수 있다고? 터무니없네.)"

"(진짜로? 거의 괴물이나 마찬가지잖아.)"

부상자 여러분, 작은 목소리로 말해도 다 들리거든요?

치료를 하다가 손이 미끄러져도 저는 모르는 일이거든요?

"(예쁜 꽃에는 가시가 있다는 건가.)"

……뭐, 마음씨 착한 나는 넓은 마음으로 용서해주겠지만.

진찰한 결과, 비교적 경상이었던 게 타박상이나 손가락 골절만 당한 두 사람.

팔 골절 환자와 다리 골절 환자가 세 사람씩 있었고, 제일 중상이었던 마지막 한 사람은 양쪽 대퇴골과 한쪽 팔은 물론 늑골까지 몇 개 부러지긴 했지만, 다행히도 죽은 사람은 없었다.

으음, 머디슨 일행의 실력도 사실 의외로 괜찮을지 모르겠는데?

채집자라 하더라도 스노우 글라이드 센티피드와 싸우면 적지 않은 확률로 죽는 사람이 생긴다.

일반적인 채집자 파티보다 인원수가 많고, 도망치는 것을 우선시했다는 차이가 있긴 하지만, 마을에서 경비를 담당하는 부대라는 걸 감안하면 훌륭한 결과란 말이지.

"로이드는 어떻게 좀 될 것 같아? 의식도 없고, 꽤 위험한 것 같은데……."

"부탁드립니다! 살려주세요! 부대장님은 절 감싸다가……."

제일 큰 부상을 당한 사람은 로이드라는 사람이고, 이 부대의 부대장인 모양이다.

척 보기에도 심해 보이는 부분은 다리 골절이지만 개방 골절은 아니다. 늑골도 내장에 박히지 않은 것 같았기에 금방 목숨이 위험하지는 않을 것 같다.

이야기를 들어보니 부하를 감싸다가 이렇게 큰 부상을 입은 모양이고, 그때 감싸준 사람이 지금 내게 애원하고 있는 사람이다. 울상을 지으며 나를 바라보는 얼굴이 의외로 젊은데, 나이는 나하고 비슷한 정도려나?

자신의 실수로 인해 부상을 입게 만든 것을 원통하게 생각하는지, 자기 다리도 부러진 상황인데도 내게 기어오려고 하자 머디슨이 '진정해라, 패트릭!'이라며 말렸다.

"괜찮아요, 목숨에 지장은 없어요."

"그렇군요! 안심했습니다……."

"물론, 안정을 취한다면 말이지만요. 우선 경상을 입은 사람부터 치료하죠."

크게 다친 사람부터 치료하는 방법도 있겠지만, 장소가
장소니까.

움직일 수 있는 사람을 늘리지 않으면 날씨가 악화되었을
때 대처할 수가 없다.

"그런데 제 치유 마법으로 치료할 수 있는 사람은 두 명뿐
이에요."

"사라사 씨 같은 마법사도 팔이나 다리 골절을 치료할 수
없는 건가요?"

"불가능한 건 아닌데……, 로레아에게는 설명한 적이 없
었나? 치유 마법으로 상처를 치료할 수 있긴 하지만, 그와
동시에 환자의 체력도 소모시키거든."

이것은 포션으로 치료할 때도 마찬가지인데, 일반적으로
는 마법으로 치료하기보다는 포션을 사용하는 쪽이 체력 소
모가 적으며, 그 품질이 높으면 높을수록 차이가 커진다.

또한 마법으로 치료하는 것에도 차이가 있어서, 치료 전
문 마법사처럼 익숙한 사람이 쓰는 마법이 환자에게 생기는
부담이 덜하다.

"무리하면 나도 팔이나 다리뼈 하나 정도라면 치료할 수
있겠지만……."

그럴 경우 치료를 받은 사람은 체력을 완전히 소모해서
며칠 정도는 혼수상태에 빠지게 된다.

안전한 곳이라면 그래도 문제는 없겠지만, 이곳은 겨울

산이다. 자칫하다가는 동사할지도 모른다.

"흐음, 그런가. 참고로 마리스는 어때?"

"애초에 저는 치유 마법 같은 건 쓰지 못한답니다!"

아이리스 씨가 묻자 마리스 씨는 힘차게 딱 잘라 대답했다.

그런 마리스 씨에게 케이트 씨가 눈을 흘겼다.

"다시 말해서, 점장 씨가 치료할 수밖에 없는 거네. ……도와주고 싶다고 했으면서."

"몇 번이나 말씀드리는 거지만, 저게 **규격에서 벗어난 거**라고요! 연금술사라면 어떤 마법이든 쓸 수 있다고 생각하지 마세요!"

"규격에서 벗어난 사람 취급하는 건 신경 쓰이지만……, 연금술사에게 있어서 마법은 덤이니까요."

연금술 공부에 시간을 투자하기 때문에 다양한 마법을 다룰 수 있는 사람은 의외로 별로 없다.

"이야기가 나온 김에 말하자면, 나도 전문적으로 공부한 건 아니니까 목숨에 지장이 없다면 억지로 마법을 사용해서 회복시키는 건 피하고 싶은데? 후유증이 생길 수도 있으니까."

마법을 사용한 치료는 자기 치유력을 높여서 낫게 하는 거나 마찬가지다. 경상이라면 신경 쓸 정도가 아니지만, 중상일 경우에는 치유 속도를 5배에서 10배 정도로 제한하는 게 안전하다.

그러니 경상인 두 사람을 먼저 치료하고 나서 골절당한 사람들의 치료에 착수했다.

첫 번째는 근처에 있던 젊은이인 패트릭.

마침 내게 기어와 있었으니까.

"누가 부목으로 댈 것을 좀 찾아다 주세요. 거기 두 사람은 이 사람을 누르고요."

"그, 그래."

"아, 알겠어."

제일 먼저 치료했던 경상자 두 명이 당황하면서도 내 지시에 따랐다. 나는 부러진 패트릭의 다리를 잡고, 뼈의 위치를 교정했다.

"꾸욱."

"윽?! 으갸아아아아악!!"

비명을 지르며 날뛰려 하는 패트릭의 몸을 병사들이 급하게 억눌렀다.

"남자애니까 참아요."

"그, 그래도, 아, 아파!"

그야 아프겠지. 부러졌으니까.

"그래도 날뛰면 더 아파질걸요?"

좀 전까지와는 다른 의미로 패트릭의 눈에서 눈물이 쏟아지고 있지만, 그런 걸 신경 쓰다가는 쓸데없이 시간만 더 걸릴 뿐이다.

환자는 아직 많이 남아 있으니까, 얼른 해버려야지.

"점장 씨의 치료는 꽤 인정사정이 없단 말이지."

"꼼꼼하게 치료하는 거랑 천천히 치료하는 건 별개니까요.

시간을 들여서 교정해봤자 통증이 오래 갈 뿐이죠."

뼈의 위치를 바로잡은 다음에는 다친 부위에 진통제와 소염제를 바르고, 병사들이 모아다 준 나뭇가지를 부목으로 대서 붕대로 고정시킨 뒤 끈적거리고 투명한 액체를 차박차박 발랐다.

"사라사 씨, 그건 뭔가요?"

"이건 붕대를 굳혀주는 액체야. 여기에 물을 끼얹으면 딱딱하게 굳거든."

로레아에게 그렇게 설명하면서 마법으로 만든 물을 철푸덕, 끼얹자 슈욱슈욱, 하얗고 희미한 거품이 생기며 붕대가 굳기 시작했다. 그냥 물을 끼얹어도 되긴 하지만, 마력이 담긴 물이 더 단단하게 굳고, 굳는 속도도 빠르고, 마실 물을 쓰지 않아도 된다는 장점이 있다.

마지막으로 치유 마법을 약하게 걸고———.

"자, 끝. 그대로 안정을 취하세요."

"가, 감사합니다."

"응, 잘 참았어요."

내가 방긋 웃자, 새파랗게 질려 있던 패트릭의 안색이 약간 원래대로 돌아와서 붉은 기운이 드러났다.

치료가 끝나서 안심한 건가?

"———아니, 점장님, 그건 아닌 것 같은데?"

"어? 뭐가요?"

"아무것도 아니다. ———괜한 말이 될 것 같으니."

"……? 뭐, 상관없죠. 그럼 다음 분~."

이해가 잘 안 되는 말을 하는 아이리스 씨에게 고개를 갸웃거리며 나는 다음 사람 치료에 들어갔다.

다른 병사들은 패트릭보다 나이가 많아서 그런지, 아니면 미리 마음의 준비를 하고 있었기 때문인지는 모르겠지만, 패트릭처럼 날뛰지 않아서 금방 치료가 끝났다.

그리고 마지막으로, 제일 큰 부상을 입은 로이드의 치료에 착수했다.

의식은 아직 돌아오지 않았고, 괴로운 듯이 숨을 내쉬고 있었다.

이동시킬 것까지 감안하면 역시 문제가 되는 건 늑골이겠지.

그 액체를 쓰더라도 몸통을 고정시키는 건 한계가 있고, 부러진 뼈가 내장을 다치게 해버리면 자칫하다가는 목숨이 위험해진다. 안정을 취할 수만 있다면 그게 제일이다.

하지만 로이드가 완치될 때까지 이곳에 머무를 수는 없다.

"……늑골은 조금 무리해서라도 치유 마법으로 낫게 하는 게 좋겠네요. 그 대신, 팔하고 다리에는 마법을 쓰지 않도록 하죠."

마법의 영향으로 인한 체력의 소모가 신경 쓰이긴 하지만, 부러진 늑골을 붙이면 숨을 쉬는 것도 편해질 테니까.

신중하게 늑골에만 치유 마법을 걸고 팔과 다리는 마법 없이 치료해서 고정시키자 괴로워 보이던 로이드의 호흡이 조금씩 차분해졌다.

183

"이제 시간이 좀 지나면 의식이 돌아올 것 같긴 하지만, 이 사람은 특히 몸이 차가워지지 않게끔 주의해 주세요."

"그래, 알겠어. 이봐, 남은 방한구를 전부 가져와."

나는 머디슨 일행 곁을 떠나 손을 씻은 다음 기지개를 켜며 숨을 돌렸다.

"휴우……."

"사라사 씨, 고생하셨어요."

"점장님, 괜찮은가? 마력 소비는."

"아, 마력은 괜찮아요. 치료한 사람이 많긴 하지만, 그렇게까지 고도의 마법을 쓴 건 아니니까요."

약한 치유 마법과 물을 만드는 마법을 아홉 명에게 썼다.

평소에 하는 연성 작업과 비교하면 마력 쪽으로는 별것 아니다.

"그래도 체력은 많이 썼지? 뼈를 교정하는 건 보기만 해도 힘들 것 같던데. 정신적으로도 지치지 않았어?"

"그렇긴 하네요. 저도 전문가인 건 아니니까."

연금술사는 치료도 할 수 있긴 하지만, 본업은 연금술———, 다시 말해 약을 만드는 쪽이다.

실습을 하긴 했지만, 진짜 의사와 비교하면 경험도 적고 익숙하지 않은 행동을 할 때는 신경도 쓰인다.

솔직히 말하자면 그냥 약을 바르고, 붕대를 감고……, 그렇게 꼼지락거리면서 치료를 하는 것보다는 포션을 만들어서 끼얹는 게 훨씬 더 편하다———, 비용만 고려하지 않는다면.

이번에 사용한 것은 포션이 아닌 일반적인 약이지만, 붕대를 굳히는 데 쓴 건 포션이고 모두에게 썼으니 합계 금액은 결코 저렴하지 않다.

그들은 평민이니까 아마 지불할 수 있는 돈은 없겠지.

그렇다고 해서 무료로 줄 수는 없으니 어떻게 해야 하나, 나는 그런 생각에 한숨을 쉬었다.

"저기, 구하고 싶다고 한 건 저니까 제가 낼까요?"

인상을 찌푸리는 나를 보고 포션의 가격을 알고 있던 마리스 씨가 그렇게 제안했지만……

"애초에 마리스 씨는 돈이 없잖아요. 우리에게 빚을 진 상태 아닌가요?"

"으윽! 그, 그랬네요! 줄이기는커녕, 늘어난 상황이었답니다!"

늘어났어?! ──나도 모르게 마음속으로 태클을 걸어 버렸다.

레오노라 씨가 관리할 만도 하네.

내가 크게 한숨을 내쉬며 이마에 손을 대고 있자니 병사들에게 지시를 마친 머디슨이 이쪽으로 다가와서 내게 고개를 크게 숙였다.

"덕분에 살았다. 이제 모두 무사히 돌려보낼 수 있을 것 같아. 그런데 치료비 말이다만……."

이런 상황에서 치료비를 정하는 건 꽤 까다롭다.

예를 들어 '치료해 주세요'라고 가게에 왔을 경우에는 일반적인 치료비를 청구하면 된다.

같은 파티 사람이라면 치료비 같은 걸 청구하지 않을 것이고, 포션을 쓴다 하더라도 그 가격은 일반적인 가격이나 거기서 약간 저렴하게 계산한 다음에 비용을 모두 함께 나눠서 내는 것이 보통이다.

하지만 우연히 마주친 사람이 치료를 부탁할 경우에는 어떻게 될까.

심정적으로는 구해주고 싶더라도 마력이나 약을 너무 많이 소비해서 자신이나 일행의 치료를 할 수 없게 되면 주객전도다. 가지고 다니는 약의 양은 챙길 수 있는 짐의 양과 위험도를 고려해서 선별한 것이라 마을에서 살 수 있는 약과는 가치가 전혀 다르다.

그렇기 때문에 상황에 따라서는 치료를 거절할 수도 있고, 치료를 해준다 하더라도 치료비와 약값을 합쳐서 고액을 청구하는 것이 정답———이긴 하지만, 보통 그런 사람들은 가진 돈이 없으니 애매한 상황이 된단 말이지. 이번에는 약간 다르긴 하지만.

"그러게요……, 정가로 청구하면 지불하기 힘드시죠?"

"미안하다. 집에 가면 모아둔 돈이 조금 있긴 하지만, 충분한 금액일지는……."

경비대 대장도 수입은 '보통 사람들보다는 조금 많은가?' 정도일 테고, 머디슨이 검소한 사람이라 하더라도 일반적인 경우보다 비싼 치료비를 지불하는 건 아마 힘들 것이다.

애초에 지금은 그들이 사우스 스트러그로 돌아갈 수 있을 지조차 알 수 없는 상황이다.

공수표에는 의미가 없고, 지금 그들에게서 얼마 되지도 않는 돈을 빼앗아봤자 소용이 없다.

"―――우선 스노우 글라이드 센티피드의 해체와 운반을 도와주시겠어요?"

크기가 커서 가지고 가기 힘든 데다 별로 비싼 소재는 아니긴 하지만, 어느 정도는 돈이 된다.

우리뿐만이 아니라 머디슨 일행에게도 옮기게 하면 어느 정도는 이익도 늘어날 것이다.

―――그게 치료비를 낼 수 있는 금액이냐 하면 꽤 미묘하지만.

"그 정도는 기꺼이 하지. '부상자를 버리고 소재를 챙겨라'라고 하지 않는 한."

"머디슨, 그건 점장님에 대한 모욕인가?"

정말 말도 안 되는 소리였기에 내가 눈살을 찌푸렸고, 아이리스 씨가 강한 어조로 말했다. 그걸 들은 머디슨이 급하게 고개를 젓고는 숙였다.

"아니, 미안하군. 실례가 되는 말이었어. 하지만 그 빌어먹을 녀석이라면 충분히 할 말이었으니까."

그 빌어먹을 녀석이라는 게 눈밭에서 죽은 사람일까, 아니면 그들을 이곳으로 보낸 사람일까.

어느 쪽인지는 모르겠지만, 머디슨 일행이 지금까지 당해 온 일들을 짐작하게 하는 말이었기에 아이리스 씨도 표정이 약간 부드러워졌다.

"흐음. 그런 거라면……. 하지만 문제는 이제부터 어떻게 할지인데."

우리는 모두 침묵하며 생각에 잠겼지만, 이야기가 복잡해지려는 낌새를 눈치챈 건지 그곳에서 멀어지려는 사람이 두 명 정도 있었다.

"저, 정치 쪽 이야기는 껄끄럽답니다. 해체 쪽은 제가 감독할게요~."

"저, 저도 도우러 갈게요! 공부가 될지도 모르니까요!"

마리스 씨와는 달리 로레아 쪽은 진짜로 공부를 하러 가는 걸지도?

적어도 지저분한 이야기를 들려주는 것보다는 나을 테고, 해체를 끝내주는 것도 도움이 되기 때문에 그냥 보낸 다음 내가 입을 열었다.

"생각보다 심하게 부상당한 사람이 없었으니 이동하는 건 문제가 없을 것 같네요."

"아니, 혼자서 걸어갈 수 없는 사람도 있는데. 업고 갈 건가?"

"그쪽은 썰매를 만들어서 대처할 거예요. 저희가 가지고 온 스키가 네 쌍 있으니까요."

나와 마리스 씨가 있으면 운반용 썰매를 만드는 것도 간단하다.

그리고 치유 마법을 정기적으로 걸어주면 로이드를 제외한 사람들은 며칠 안으로 걸어갈 수 있게 될 것이다.

"문제는 머디슨 일행을 어떻게 할 건지인데……, 이대로 돌려보내면 어떻게 될까?"

"잘해봐야 구속, 자칫하다가는 입막음을 당하려나요. 살려둘 이유가 없으니까요."

"아가씨, 자비심이 없네. 부정할 수도 없긴 하지만……."

커크 준남작이라면 그럴지도 모르겠다고 생각한 건지, 머디슨이 어깨를 늘어뜨렸다.

"이걸 꼬투리 잡아서 커크 준남작을 몰락시키면 문제가 해결되긴 하지만……."

"아이리스하고 점장 씨를 습격했으니 명분이 생길지는 모르겠지만, 힘들 거야. 증언할 사람이 머디슨 일행이 되고, 우리 쪽은 권력으로 밀리는 상황이니까. 오필리아 님은?"

"……힘들 거예요. 그런 쪽으로 힘을 빌리는 건."

그야말로 내가 살해당하거나 그에 준하는 일이 생기지 않는 이상, 스승님은 움직이지 않을 것이다.

"그렇다면 머디슨 일행을 내세우는 것도 악수인가."

"네. 증언을 시켜봤자 실행범———, 아니, 주범으로 처벌당하고 끝날 것 같네요."

"잠깐만! 당신들에게는 은혜를 입었으니 증언 정도는 얼마든지 하겠다만, 꼬리 자르기처럼 우리만 처벌당하는 건 납득할 수가 없는데?!"

나는 당황한 듯이 이야기에 끼어든 머디슨을 보고 고개를 끄덕이며 계속 말했다.

"네, 전혀 의미가 없으니까 만약에 증언을 해달라고 하더라도 의미가 있는 상황을 만든 뒤에나 그렇게 할 거예요. 그러니 기본적으로 이번 사건은 숨길 수밖에 없을 것 같은데……, 머디슨 일행은 어떻게 할까요?"

"결국 이야기가 거기로 돌아가나. 도와준다면 겨울 산에서 전멸한 것으로 하고 어디론가 도망치게 할 수밖에 없을 것 같다만……, 케이트, 어떻게 생각해?"

소꿉친구의 이심전심 같은 것인지, 케이트 씨는 그 말만으로도 아이리스 씨가 무슨 말을 하고 싶어 하는 건지 이해한 모양이었다. 눈을 동그랗게 뜨고 생각에 잠겼다.

"……우리 쪽으로? 보통은 힘들겠다고 할 수밖에 없지만, 지금이라면……, 어떻게든 될지도 몰라."

"그렇겠지? 머디슨, 제안할 게 한 가지 있는데."

미소를 드리운 아이리스 씨의 말에 머디슨이 수상쩍어하는 표정으로 귀를 기울였다.

아이리스 씨가 한 제안은 그들을 로체 가문의 영지로 이주시키는 것이었다.

자신이 태어난 지역이나 마을에서 한 발짝도 벗어나지 않고 일생을 마치는 평민도 많은 와중에 이주라는 것은 생사를 가르는 선택이나 마찬가지다.

하지만 그 제안을 거부하면 정말로 생사를 가르는———, 아니, 거의 죽을 수밖에 없는 상황이기 때문에 머디슨 일행도 받아들일 수밖에 없었고, 우리는 그런 방향으로 움직이기 시작했다.

그렇게 된 이상, 반드시 필요한 것이 아델버트 님의 허락.

후계자인 아이리스 씨도 다른 귀족과의 분쟁을 일으키는 씨앗이 될지도 모르는 중대한 일을 당주와 의논도 하지 않고 정할 수는 없다.

그 허락을 받기 위해 케이트 씨가 먼저 갔고, 그녀와 동행한 사람이 마리스 씨였다.

케이트 씨 혼자서는 너무 위험하다. 하지만 아이리스 씨를 보내면 이쪽 전력이 너무 떨어지기 때문에 반쯤 어쩔 수 없이 정했다. 결과적으로는 문제가 없었던 모양이다.

요크 마을까지 한나절 남은 거리.

우리가 그곳에 도달했을 무렵에 케이트 씨가 혼자서 돌아왔다.

"어서 와, 케이트. 허락은 받았어? 그리고 마리스는 어쩌고?"

"허가는 확실하게 받았지. 마리스 씨는 사우스 스트러그로 돌아갔어. 레오노라 씨에게 보고를 하고 여러모로 움직여본대. 그 사람들의 가족이라든가, 할 일이 있잖아?"

"아, 그쪽도 있었군. 마리스라면 약간 불안하지만, 레오노라 님이라면 안심할 수 있겠군."

머디슨 일행이 사우스 스트러그로 돌아가지 못하는 이상,

가족들의 이주를 준비――, 까놓고 말해서 야반도주를 누군가가 도와주어야만 한다.

그것을 하겠다고 나선 사람이 마리스 씨. 연금술 실력은 결코 나쁘지 않다고 해도 신뢰감이라는 의미에서는 매우 부족한 그녀의 말을 믿어도 될지 고민했지만, 적어도 우리보다는 사우스 스트러그를 잘 알고 있으니까.

어쩔 수 없이 맡겼는데, 처음부터 레오노라 씨에게 부탁할 생각이었던 모양이다.

"그럼 머디슨, 부대원들을 모아줘. 이동한다."

"알겠다. 바로 준비시키지."

"점장 씨 쪽은 둘이서 괜찮겠어? 정 뭐하면 내가 점장 씨를 따라가고 아이리스하고는 나중에 합류해도 될 것 같은데……."

지금부터 우리는 따로 행동한다. 아이리스 씨 일행은 로체 가문의 영지로 가고, 전하의 의뢰를 수행해야 하는 나와 로레아는 둘이서 요크 마을로 돌아가기로 했다.

그게 걱정되었는지 케이트 씨가 불안한 듯이 나를 보았지만, 나는 미소를 지으며 가슴을 두드렸다.

"괜찮아요, 소재의 양도 꽤 많이 줄었으니까."

여기까지 오면서 시간이 날 때마다 처리를 해둔 덕분에 필요가 없는 부분은 이미 다 버렸다.

그냥 보존할 수 있는 소재는 머디슨 일행에게 들려 보내서 로체 가문에 보관을 부탁했고, 나와 로레아가 가지고 갈 것들은 공방이 아닌 곳에서는 처리하기 힘든 일부 소재뿐이다.

결코 적다고 할 수 없는 양이었지만, 마을까지 한나절 정도 걸리는 거리라면 둘이서 어떻게든 옮길 수 있다.

그러니까 문제없다, 내가 그렇게 말하자 아이리스 씨와 케이트 씨가 서로 얼굴을 마주 보았다.

"아니, 우리가 신경 쓰는 건 커크 준남작인데……."

"그쪽도 괜찮아요. 저도 어느 정도는 싸울 수 있으니까요. 그때 왔던 불량배 정도라면 문제없어요. 실력이 좋은 불량배가 그렇게 형편 좋게 마침 있을 것 같지는 않고요."

왕도라면 모를까, 사우스 스트러그도 어차피 지방 도시다.

실력자가 갑자기 나타나서 커크 준남작이 그 사람을 고용한다는 우연은 아마 없을 것이다.

없, 겠지……?

"아뇨, 방심은 금물이죠. 강한 사람도 확실히 쓰러뜨릴 수 있는 아티팩트를 준비———."

'공격용이 뭐가 있더라?' 그렇게 생각하던 나를 말리려는 듯이 아이리스 씨가 소리쳤다.

"아니! 아니! 아니! 점장님을 이길 만한 사람이 어슬렁거리고 다닐 정도로 이 나라는 살벌하지 않은데? 싸워서 진다거나 그런 생각은 하지 않아. 그게 아니라, 굳이 말하자면 점장님이 분노하는 쪽을 걱정하는 거다. 커크 준남작에게."

"분노한다고요? 온화한 제가? 저는 마음이 꽤 넓거든요?"

어지간한 일로는 화를 내지 않을 정도로 말이죠?

하지만 그런 내 자기평가는 별로 동의를 얻어내지 못했던 모양이다.

"(이봐, 온화하다는데.)"

"(저 애, 마물이 나타난 순간에 목을 날려버렸지?)"

"(그래, 우리가 무기를 겨눌 틈도 없었어.)"

"(내가 온화하다는 말을 잘못 알고 있었던 건가?)"

너무해. 부상을 입은 사람들을 배려해서 그랬던 건데.

시간이 지나자 그들의 부상도 나았고, 지금은 중상을 입었던 로이드 말고는 모두 혼자서 걸어다닐 수 있게 되었다. 그래도 충분히 싸울 수 있는 사람은 아직 절반 정도밖에 되지 않는다.

난전이 벌어지면 위험할 것 같아서 재빠르게 처리하는 걸 중시한 것이다, 나는.

그런데도 이런 평가. 하지만 나는 화를 내지 않는다.

온화하니까!

"나도 점장님이 온화하고 마음씨가 착하다는 건 알고 있다."

그렇죠?

역시 아이리스 씨야. 정당한 평가, 고마워요!

"──하지만, 때로는 인정사정 봐주지 않잖아?"

"그러게. 예를 들어서 돌아가 보니 가게가 부서져 있다거나, 그런 사태가 된다면?"

"폭발해서 그 기세를 이기지 못하고 커크 준남작을 죽여버리지 않을까?"

열심히 뜰을 정비하고, 울타리를 다시 만들고, 외벽과 지붕을 수리하고, 멋진 간판을 설치하고, 마음에 드는 인테리어를 갖춘 내 멋진 가게.

마을로 돌아가 보니 그 가게가 파괴되어 있다────, 그런 광경을 상상했다.

"⋯⋯⋯⋯⋯⋯괜찮을 거예요, 아마도."

"꽤 망설이던데?!"

"지, 진정해? 점장 씨."

"저는 아무렇지도 않은데요~, 또 그러신다, 하하하."

"아뇨, 사라사 씨. 왠지 엄청나게 싸늘한 게 느껴지던데요?"

어이쿠. '파괴된 가게 앞에 쓰러진 채 움직이지 않는 커크 준남작'.

거기까지 상상해버린 게 드러나 버린 건지도 모르겠다.

"진짜로 부탁한다? 점장님은 평민이야. 귀족에게 손을 대면 골치 아프게 돼."

아니, 그래도, 아무리 싸구려 건물이라고 해도 그 가게는 내 소중한 성인데.

거기에 손을 대는 어리석은 자 따위는 살아있을 가치가 없잖아?

도적이나 마찬가지잖아?

죽음으로 사죄해야만 하잖아?

표정을 통해 그런 내 심정을 파악한 건지, 케이트 씨가 한숨을 쉬었다.

"명목상이나마 아이리스와 혼인을 해두어야 하나? 그러면 일단은 귀족 취급을 받게 되니까."

"으……, 괘, 괜찮아요. 자중할게요."

한순간, '그러는 게 안심될지도?'라는 생각을 해버렸다.

아무리 그래도 평민이 귀족을 죽여버리면 그럴 만한 이유가 있다 하더라도 확실하게 처형당한다.

그건 어지간한 배경이나 인맥 같은 것으로 뒤엎을 수 있는 게 아니다.

하지만 귀족끼리라면 작위에 차이가 있다 하더라도 사정이 전혀 달라진다.

'결투'라는 형태로 하면 상대방이 죽더라도 책임을 묻지 않게 되고, '분쟁'으로 다루게 되면 나름대로 공평한 판결을 받게 된다.

그렇다고 해서 그것 때문에 결혼하는 건———.

"점장 씨, 만에 하나의 경우에는 목격자를 남겨두지 마. 시간만 벌면 손을 쓸 수도 있으니까."

"으음. 그럴 경우에는 내가 해치운 걸로 하면 되겠지. 나는 귀족이고, 점장님에게는 그 정도 은혜를 입었으니."

"아니, 그런 짓은 안 한다니까요!"

너무나도 진지한 표정을 짓고 있는 두 사람을 보고 나는 급하게 고개를 저었다.

아이리스 씨가 그런 말을 하면 절대로 손을 댈 수가 없잖아!

———하지만, 만에 하나를 대비해서 비살상 계열 공격용

포션을 마련해둘까?

도망치고 싶어질 만한 거, 아니, 도망칠 수도 없게 될 만한 것으로.

내가 머릿속으로 연금술 대사전을 팔랑팔랑 넘기며 후후후, 웃고 있자니 머디슨 일행이 정색하는 표정으로 속삭이며 이야기를 나누기 시작했다.

"대장님, 우리 위험한 이야기를 들은 거 아닙니까……."

"그냥 흘려넘겨라. 이미 우리 목숨은 저쪽이 쥐고 있으니까."

"그뿐만이 아니라 상처를 치료해주고 목숨까지 구해줬지. 우리가 할 수 있는 건 최대한 협력해서 영주 녀석을 어떻게든 해달라고 하는 것뿐이잖아?"

"그렇슴다. 그 녀석을 그냥 내버려 두면 우리 가족의 목숨은……."

"나는 가족이 없다. 여차하면 동귀어진을 해서라도 내가 영주를……."

"""선배……!"""

중년 남자가 주먹을 꽉 쥐자 젊은이 몇 명이 눈물을 글썽이며 그 주먹을 잡았다.

뭔가 좋은 이야기처럼 흘러가는데, 아무리 그래도 그건 위험하지.

아이리스 씨도 당황한 듯이 이야기에 끼어들었다.

"잠깐! 잠깐! 너희들, 멋대로 비장한 각오를 다지지 마라. 도와주겠다고 했잖아? 머디슨, 이주 이야기를 확실하게 전달하지 않은 건가?"

"확정되지 않은 이상, 쓸데없이 들뜨게 하는 건 좀 아닌 것 같아서 말이야. 애초에 정말로 괜찮은 건가? 가족까지 포함하면 50명은 될 텐데. 간단히 받아들일 수 있는 숫자가 아니잖아?"

"문제없다. 너희도 어디까지 들은 건지는 모르겠지만, 가족까지 포함해서 로체 가문의 영지에서 받아주마. 편하게 살게 해줄 생각은 없지만, 생활을 꾸릴 수는 있게 하지. 안심해라."

아이리스 씨가 그렇게 말했지만, 머디슨 일행은 불안한 듯이 서로 얼굴을 마주 보았다.

"그래도 로체 가문의 영지는 농촌이지? 경비병 일이 있을 것 같지는 않은데……, 농촌 출신인 녀석도 있긴 하지만, 거의 대부분 문외한이라잖아?"

"그리고 일반적인 마을이라면 나눠줄 만한 농지도 남아 있지 않을 텐데요?"

"그렇다면 개간부터 시작하는 건가? 힘들겠군."

"그래도 가족 모두의 목숨을 살릴 수 있다면 싸게 먹히는 거지. 다행히 우리는 체력에 자신이 있잖아. 땅만 받을 수 있다면 모두 함께 열심히 노력해서……."

"그러니까 지레짐작하지 마라! 농가가 될 거면 농지를 제공해주마."

'죽는 것보다는 나을 테니 열심히 노력하자', 그런 분위기가 되자 아이리스 씨가 다시 끼어들었다.

"금방 이익을 낼 수 있을 정도의 수확량이 나온다는 말은 하지 않겠지만, 개간할 필요는 없다."

"그건……, 너무 이야기가 잘 풀리는 것 같은데?"

그렇게 물은 머디슨은 물론 다른 병사들도 하나같이 수상쩍어하는 표정을 짓고 있었다.

좀 전에 병사 중 한 명이 말한 것처럼 일반적인 농촌에는 남는 농지 같은 게 존재하지 않는다.

원래 농지는 집과 함께 물려받는 것이며, 가문을 이어받지 못한 아이들은 다른 가문의 후계자와 결혼하거나 마을을 떠나서 일을 하러 가거나, 이판사판으로 개간에 도전하거나다. 농지가 남는다면 그런 젊은이들에게 우선적으로 배분해주기 때문에 이주자에게 줄 땅은 없다.

그러니 그들이 수상쩍게 생각하는 것도 당연할 것이다.

"지금 남는 농지가 없긴 하지. 그래도 이번만큼은 점장님이 협력해주기로 했으니까 걱정하지 마라."

"연금술사 아가씨가? 그렇다면 뭐, 그럴 수도 있겠군. 그 정도로……, 그러니까."

병사 모두가 내 얼굴을 보고 납득한 듯이 동시에 고개를 끄덕였다.

무슨 생각을 한 건지 조금 신경 쓰이긴 하지만……, 뭐, 됐어.

참고로 아이리스 씨는 내가 협력해줄 거라고 했지만, 실제로는 케이트 씨가 작업할 예정이다. 내가 가르쳐준 개간 마법의 실습 훈련을 겸해서 시험해보기로 했기 때문이다.

그렇기 때문에 케이트 씨가 실패하지 않으면 내가 나설 차례는 오지 않는다.

하지만 두 사람이 동생들을 소개시켜 주고 싶다고 했으니 정말로 잘 된 건지 확인할 겸, 로체 가문의 영지에 한번 찾아가 봐도 괜찮을 것 같다는 생각이 든다.

"물론 고생하긴 하겠지만, 가족들과 함께 처형당하는 것보다는 낫겠지?"

아이리스 씨가 방긋 웃었다. 상황을 이해하고 안심한 건지 병사들의 표정이 밝아졌고, 말투도 가벼워졌다.

"당연함다! 감사합니다! 누님!"

응, 너무 가볍네. 아이리스 씨에 대한 귀족 취급―――이라고 해야 하나, 지나치게 아양을 떠는 태도는 겨울 산에서 같이 행동하면서 사라지긴 했지만, '누님'은 괜찮은 건가?

"누, 누님⋯⋯. 아가씨라고 부르라고 하진 않겠지만, 영지의 주민이 될 거라면 그렇게 부르진 말아줘."

아이리스 씨도 마음에 들지 않았는지 곤란한 듯이 까불어대는 병사에게 정정을 요구했다.

―――그래도 아가씨라. 약간 낯선 말이다.

로레아도 신경 쓰인 건지 옆에서 같이 듣고 있던 케이트 씨에게 물어보았다.

"아이리스 씨는 아가씨라고 불리나요?"

"그래. 아이리스 아가씨, 하고 말이지. 차기 영주니까."

""아이리스 아가씨…….""

나와 로레아의 목소리가 겹쳤다.

잘못된 건 아니지. ———잘못된 건 아니지만 말이야.

그래도 드레스 차림인 아이리스 씨라니……, 응? 멀쩡히 어울릴 것 같기도?

케이트 씨의 드레스 차림도 그렇고, 한번 보고 싶긴 하다.

"알겠슴다. 아이리스 아가씨란 말이죠!"

"아니, 그러니까———."

"뭐, 괜찮잖아. 어차피 돌아가면 마찬가지 아니야?"

"그야 그렇다만……. 에휴, 알겠다. 마음대로 불러라."

다시 정정을 요구하려던 아이리스 씨도 금방 포기한 듯이 한숨을 쉬었다.

실제로 영지의 주민들이 그렇게 부르고 있다면 그들에게만 정정을 요구하더라도 딱히 의미가 없으니까.

"참고로 케이트 씨는요?"

"나는 딱히 특이한 호칭이 없는데?"

케이트 씨는 은근슬쩍 그렇게 대답했지만, 그 말을 들은 아이리스 씨가 씨익 웃었다.

"케이트 님이라 불리고 있지."

""케이트 님!""

우연히도 다시 나와 로레아의 목소리가 겹쳤다.

특이하잖아! 아니, 케이트 씨도 가문의 신하이니 영지의 주민들이 그렇게 부르더라도 이상할 게 없지만!

그래도 역시 특이하다.

평민인 우리 입장에선 모두에게 케이트 님 소리를 듣는 건 특이한 거라고!

나는 그렇게 주장하고 싶었지만…….

"―――특이할 거 없지?"

그렇게 말하며 미소를 짓는 케이트 씨 앞에서는 '그러게요'라는 대답밖에 할 수 없었다.

―――왜냐면, 눈이 웃지 않고 있으니까.

no. 014

연금술 대사전 : 제6권 등재
제작 난이도 : 베리 하드
표준 가격 : 200,000 레어~

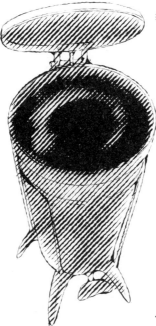

〈 쓰레기통 〉

ΠUAAIŦh
AոոіhilfifAfҟ

우명성에 실패하고 실패작을 어떻게 처분할지 곤란하다. 그런 경우가 있으시죠?

그런 당신께는 이 쓰레기통. 척 보기에는 그냥 쓰레기통 같지만, 넣은 물건은 전부 소멸됩니다.

쓰레기통을 비울 필요조차 없습니다. 실패의 기억과 함께 모조리 없애버립시다.

※ 생물은 튕겨내는 안전장치 포함.

Episode 4

I Want to Get Rid of This Request

의뢰인도 정리해버리고 싶다

"다행이야, 가게는 무사해!"

아이리스 씨 일행과 헤어지고 나서 마을로 돌아온 우리를 맞이해준 것은 출발하기 전과 달라진 구석이 없는 나의 성이었다. 가게 앞 울타리가 일부 부서지긴 했지만 나도 간단히 고칠 수 있을 정도였고, 눈에 띄는 피해라고 하면 그 정도뿐이었다.

괴롭히려고 창문 정도는 깼을지도 모르겠다고 각오했지만, 솔직히 한숨 돌렸다.

창문은 비싸니까———, 나는 혼자서도 고칠 수 있지만.

"네, 정말이네요. ———사라사 씨가 폭주하지 않는다는 의미로도요."

"그러니까, 안 그런다고."

나와는 다른 의미로 안심한 것 같은 로레아를 보고 약간 탐탁지 않은 느낌이 들긴 했지만, 나는 자물쇠를 따고 가게 안으로 들어갔다. 한동안 비우긴 했지만 이 가게에는 청소 각인이 있기 때문에 먼지가 날리지도 않았다.

각인을 한 집에 하나씩. 마력하고 돈이 있다면 도입하는 게 좋다니까.

"……아니, 어라?"

각인의 마력이 상상했던 것보다 더 줄어든 상태였다.

나가기 전에는 거의 가득 차 있었는데, 지금은 약 절반.

오랫동안 비워두어서 마력을 공급하지 못했다고는 해도 감소량이 너무 크다.

다시 말해 마력을 소비할 만한 사태가 벌어졌다는 뜻이다.

"……혹시, 방범?"

이 가게에 새겨져 있는 각인의 효과에는 방범도 포함되어 있다.

불량배가 가게 안에서 날뛰었을 때 발동된 것과 마찬가지로 바깥에서 가게를 파괴하려 해도 확실하게 효과를 나타낸다. 내가 새겨둔 각인이 아니기 때문에 정확한 효과는 잘 모르겠지만, 창문이 깨지지 않은 건 그 덕분일지도 모르겠다.

"참고로 여쭤보는 건데요, 사라사 씨. 소비된 마력량이 어느 정도나 되나요?"

"음, 수치로 표현하는 건 좀 힘든데……."

예를 들어 냄비 하나에 담긴 물을 끓이는 데 필요한 마력량.

똑같은 마도 풍로를 사용하면 소비되는 마력이 누구나 똑같은가 하면, 그렇지 않다.

나와 로레아가 사용한다고 가정했을 때 마력의 조작이 익숙한 내가 덜 소비하고, 만약 마력량을 잴 수 있는 아티팩트를 만든다 해도 마찬가지다.

그 차이까지 포함한 '실효 마력량'이라는 의미에서는 조사할 수가 있긴 하겠지만, 안타깝게도 그런 연구는 거의 진행되지 않고 있다.

왜냐하면 수고가 많이 들면서도 돈이 안 되니까.

그런 연구에 마력을 쓸 바에는 차라리 포션을 만드는데 마력을 쓰는 게 돈이 더 잘 벌리니까.

그렇기 때문에 필연적으로 로레아에게 해줄 대답도 애매해졌다.

"이 가게의 각인은 내 모든 마력을 쏟아부어도 가득 차지 않을 정도로 허용량이 크단 말이지. 그러니까 소비된 마력은 내 모든 마력의 절반 이상이 되려나?"

"저기……, 사라사 씨가 뒤쪽 숲을 날려버렸을 때 사용한 마법, 그 마법의 소비량은요?"

지금은 딱 좋은 느낌으로 운동장이 된 뒤쪽 숲.

그쪽을 보고 물어보는 로레아에게 나는 잠시 생각하고 나서 대답했다.

"'날려버렸다'는 표현은 너무 거창한 것 같긴 하지만, 그 마법은……, 요만큼?"

내가 집게손가락과 엄지손가락을 손가락 두 마디만큼 벌리자 로레아가 깜짝 놀랐다.

"큰일이잖아요! 가게를 공격한 사람은 살아있는 거죠?!"

"직접 마법을 사용할 경우하고 효율이 다르니까 단순비교는 할 수가 없어."

그야 내 모든 마력의 절반을 소비해서 공격 마법을 사용하면 꽤 요란하긴 하겠지만, 이 가게의 각인은 결코 공격용 아티팩트가 아니다.

이 가게에 있는 방범 각인은 어디까지나 **방범**용이라 기본적으로는 비살상 계열이다.

"아무리 공격당한다 해도 갑자기 죽여버릴 정도로 강한

반격은 하지 않을……, 걸?"

"'걸'이라뇨! '걸'이라뇨! 만약 그중에 커크 준남작 본인이 있다면———."

"괘, 괜찮아. 죽기 전에 움직이지 못하게 되었을 테니까."

"안심할 수가 없어요……."

불안해하며 나를 보는 로레아의 어깨를 내가 툭툭 두드렸다.

"걱정할 필요 없어. 마력 소비가 많았던 건 방어하기 위해서였을 거야, 아마도."

돌을 던지면 그걸 막아야만 한다.

불을 지르면 그것을 꺼야만 한다.

거기에 소비되는 것도 축적된 마력.

반격은 그 이상 공격을 하지 못하게 하기 위한 것이라 방범 기능의 주체가 아니다.

"억지로 쳐들어오려고 하지 않는 한, 마비되어서 움직이지 못하게 될 정도일 거야, 내 예상으로는."

"아까부터 말끝마다 붙는 말이 불안함을 부추기는데요……. 그래도 사라사 씨가 오기 전에 이 가게에 들어온 사람도 있었 잖아요? 남은 가구를 받아가기 위해서."

"———아, 그런 말도 했었지."

그리고 다르나 씨와 마리 씨가 **사이좋게 지낸** 것도 이 가 게 안이었다는 이야기도 슬쩍 들어버렸으니까. 다른 사람 도 아니고 그 **성과**인 로레아에게서.

"그건 방범 기능이 최소한이었기 때문이겠지."

예전에 살던 연금술사가 이사하기 전에 그렇게 설정한 거 아닐까?

마력 소비량을 줄인다는 의미도 있었겠지만, 이사 간 집에서 남은 가구를 받아가는 건 자주 있는 일이니까 마을 사람이 안에 들어가지 못하면 곤란할 거라 생각했을 것이다.

공방에 있던 물건에 손을 대지 않았던 건 '위험하니까 만지지 마라'라는 말을 남겼기 때문일까, 아니면 그곳에는 들어가지 못하게끔 각인에 손을 썼기 때문일까.

"뭐, 못된 녀석이 어떻게 되든 신경 쓸 필요는 없어. 그보다 개점 준비를 해야지, 로레아. 오랫동안 문을 닫았으니까. 겨울이라 해도 볼일이 있는 사람이 올지도 몰라!"

"그렇군요. ……그래도 조금 불안하니 소문을 들어보고 올게요."

"응, 부탁할게. 나는 발모제를 열심히 만들 거야."

그날 밤, 나는 오랜만에 로레아가 제대로 차려준 요리를 맛보고 있었다.

야영을 할 때도 주된 조리 담당은 로레아였지만, 부엌에서 만든 것과는 역시 다르다.

야외 느낌이 물씬 풍기는 요리도 나름대로 괜찮긴 하지만, 오랫동안 이어지면 좀 그렇지.

맛있게 맛보면서 항상 그랬듯이 업무 보고를 진행했다.

"오늘 가게 쪽은 어땠어? 역시 한가했어?"

"겨울이 되기 전처럼 많지는 않았지만, 드문드문 와주셨어요. 날씨가 좋은 날에 근처에서만 활동한 것 같아서 매출이 많지는 않았지만요."

경쟁 상대가 적은 만큼, 방식에 따라서는 겨울에 돈을 많이 벌 수도 있다. 겨울을 넘길 수 있는 돈을 모아 여관에서 느긋하게 지내는 채집자만 있던 건 아닌 모양이다.

겨울 채집에 대해 정보를 좀 제공해야 하나?

머레이 씨에게도 부탁을 받았으니 베테랑인 안드레 씨 일행에게라도.

함부로 가르쳐주면 사고가 늘어날 것 같긴 하지만 그들이라면 괜찮을 테고, 다른 사람들도 잘 돌봐주니 효과가 다른 채집자들에게도 퍼져나가는 것도 기대할 수 있다.

"그리고 저녁 식사 장을 보러 갔을 때 소문도 좀 들어봤는데요, 역시 가게를 건드린 사람이 있었던 모양이에요."

"아, 역시 그랬구나? 어떤 느낌이었는지는 알아?"

"그것까지는 모르겠어요. 다들 멀리서 보기만 하고 다가오지는 않았던 것 같아요."

"그렇구나. ……응, 그렇겠지, 그게 나을 거야."

도적, 산적은 보이는 대로 섬멸해야만 한다.

상황에 따라서는 찾아내서라도 섬멸해야만 한다.

그런 내가 소수파라는 것 정도는 나도 인식하고 있다.

좀도둑이라면 모를까, 무기를 든 사람을 붙잡을 정도로 위험한 행동을 마을 사람에게 기대할 생각은 전혀 없다.

게다가 그 사람이 귀족이라면 엮이려 하지 않는 게 정답이다.

"그래도 재스퍼 씨는 활을 꺼내든 모양이지만요."

"어어?! 아무리 그래도 그건 위험하잖아?!"

로레아의 입에서 튀어나온 충격적인 정보를 듣고 나는 무심코 의자에서 일어섰다.

"괜찮아요. 상대방이 귀족이라는 소문을 들은 엘즈 씨가 필사적으로 말리셨대요."

"다, 다행이네……. 다치는 정도라면 그렇다 치더라도 살해당해버리면 어떻게 해볼 방법이 없으니까."

나는 의자에 털썩 앉아 휴우, 숨을 내쉬었다.

믿음직스러운 이웃이긴 하지만, 아무리 그래도 영주와 싸우게 되어버리면 곤란해진다.

"가게를 비우기 전에 주위 사람들에게 알려둘 걸 그랬어."

"마을 사람들 대부분은 알고 있던데요? 사라사 씨가 영주와 문제를 일으켰다고."

"그렇구나? ───로레아, 혹시 마을에서 따돌림당하고 그러진 않아?"

귀족, 그것도 영주와 대립한다는 건 작은 마을 사회에 있어서는 치명적이다.

떠돌이인 채집자나 엄밀하게 말하자면 영지의 주민이 아닌 연금술사와는 달리 마을 사람은 도망치는 것도 힘들기 때문에 나는 물론이고 이 가게에서 일하는 로레아하고도 엮

이고 싶지 않다고 생각하는 사람이 있다 해도 결코 이상할
건 없다.

그렇게 생각하며 물어본 내게 로레아가 '후후훗', 웃었다.

"정말. 이 마을을 구해준 사람은 사라사 씨고, 영주는 아
무것도 해주지 않았다는 걸 마을 사람들도 알고 있어요. 그
래도 영주 눈앞에서는 다르게 행동할지도 모르겠지만, 사
라사 씨에게 의리에 어긋나는 짓을 할 사람은 없다고요."

"그래? 그럼 다행이고. 그래도 무리해서 내 편을 들 필요
는 없다고 말해줘야 해. 나와 로레아만이라면 어떻게든 되
니까."

실력행사는 어느 정도 대처할 수 있고, 그러고 싶지는 않
지만, 왕도로 도망쳐버리면 커크 준남작 따위는 어차피 지
방 영주이며 하급 귀족에 불과하다.

왕족이 사는 곳에서 터무니없는 짓을 할 수 있을 정도의
권력은 없을 것이다.

"알겠어요. 그래도 괜찮아요. 마을 사람들도 나름대로 만
만하진 않으니까요."

정말인가? 물러터진 사람이 꽤 많은 것 같은데…….

아, 그래도 에린 씨 같은 사람은 꽤 강할지도 모르겠는데?

"사라사 씨는 어땠나요? 발모제는 완성되었나요?"

"응, 실패하지 않고 만들어냈어. 이제 넘기기만 하면 되는
데……, 조만간 가지러 오겠다고 하더니, 언제쯤 오려나?"

"글쎄요……, 이쪽에서 연락하는 건 불가능하죠?"

"왕족이니까. 뭐, 기다릴 수밖에 없겠지."

아마 봄이 되기 전까지는 오지 않을까?

◇ ◇ ◇

하지만 그런 예상과는 달리, 페리크 전하의 재방문은 빨랐다.

구체적으로는 내가 돌아오고 나서 불과 닷새 뒤.

마치 감시하고 있었던 것 같은 신속함———, 아니, 아마 감시하고 있었겠지, 부하 같은 사람이. 곧바로 보고가 들어가지 않았다면 이렇게 일찍 올 수는 없었을 테니까.

상품을 빨리 건넬 수 있는 건 좋긴 하지만……, 조금 곤란하네.

친가로 돌아간 아이리스 씨하고 케이트 씨가 아직 돌아오지 않았는데.

———이번 사건에 대해 어떻게 마무리를 지을지.

우리는 여러모로 고민해 보았지만, 결국에는 확실한 답을 찾지 못했다.

나뿐만이라면 모를까, 로레아 같은 사람들의 안전을 고려하면 커크 준남작을 어떠한 방법으로든 견제하고 싶긴 하지만, 머디슨 같은 사람들을 도와주려면 이번 사건을 겉으로 드러내기는 힘들다.

체면이 중요한 귀족이라는 입장을 역으로 이용해 그의 악행을 소문으로 퍼뜨려서 평판을 떨어뜨리자는 방법도 생각해 보았지만, 안타깝게도 우리에게 그런 노하우는 없다.

마지막 수단은 페리크 전하에게 기대는 것이지만 머디슨 일행의 존재가 걸리기도 하고, 약점을 드러내면 어떻게 될지 모른다. 속을 알 수 없는 상대라는 점이 무섭다.

은근슬쩍 커크 준남작이 한 짓에 대해 말하고 전하가 스스로 움직여주는 게 제일 좋다.

하지만 말은 쉽고, 해내기는 힘든 법이다.

'솔직히'라면 모를까, 나는 '은근슬쩍' 같은 고도의 기술을 지니고 있지 않다.

커뮤니케이션 능력이 별로 높지 않은 저한테는 힘든 일이거든요?

역시 경험이 부족한 건 어쩔 수 없으니 그걸 보충하기 위해서 로체 가문의 집사인 월터 씨의 지혜를 빌릴까 생각했는데……, 앞서 말한 대로 두 사람은 아직 돌아오지 않았다.

크으윽! 아이리스 씨, 케이트 씨, 컴백!

나 혼자 왕족과 마주 보고 대화하다니, 엄청 힘든데요?!

벽이 되어달라는 말은 하지 않을 테니 그냥 옆에 앉아서 마음을 지탱해주기만 해도 되는데.

───그렇다고 로레아에게 '같이 있어줘'라고 부탁할 수는 없으니까.

로레아가 큰 대미지를 입어버리잖아!

어느 정도 귀족에 익숙한 나와는 달리 내성이 없으니까

말이지.

　내성이 조금 있어봤자 아무런 의미도 없지만 말이지!

　왕족이라니, 공격력이 너무 높으니까 말이지! 그냥 뚫린다고!

　그래도 어쩔 수 없다. 전하에게 '준비가 되지 않았으니 나중에 다시 와라'라고 말하는 것보다는 낫다.

　적어도 속이 쓰리다는 걸 느낄 수 있는 머리가 목 위에 남아 있긴 할 테니까.

　그런 관계로 나는 홀로 왕족을 접대하게 되었다.

　"오신 것을 환영합니다."

　"오래 기다리셨죠. 포션은 완성되었나요?"

　──안 기다렸어, 안 기다렸다고!

　나는 그런 본심을 숨기고 완성된 발모제를 테이블 위에 올려놓았다.

　"이겁니다. 아침저녁으로 바르시면 사흘 정도 만에 10센티미터는 자랄 거예요."

　"바른다고 단숨에 자라는 게 아니군요."

　"그런 것도 만들 수 있긴 하지만, 머리카락의 질을 고려하면 이 정도 속도가 좋을 것 같습니다."

　자연스럽게 자란 머리카락과 동등한 머리카락의 질을 만들려면 이 정도가 한계다.

　어느 정도 푸석거리거나 가늘어도 상관이 없다면 시간을

단축할 수는 있다.

하지만 의뢰자는 외모만은 훈남인 왕자님.

꼴사나운 머리카락이 자라면 문제가 될 것 같아서 이 정도로 조정한 건데―――.

"만약에 그쪽이 더 나으시다면 다시 만들겠습니다만."

"아뇨, 그 정도라도 문제는 없습니다. 급한 건 아니니까요."

반응을 살피며 물어본 내게 전하가 미소를 지으면서 작은 발모제 병을 품속에 넣고는 그 대신 가죽 주머니를 꺼내 테이블 위에 올려두었다.

"잘 해주셨습니다. 이게 보수입니다."

"괜찮으시겠어요? 효과를 확인하지도 않으시고."

"믿고 있으니까요. 만약 효과가 없다면 미리스 선생님께 불평하면 되고요."

"하하하……, 스승님이라면 곧바로 대처해주시긴 하겠네요."

더욱 활짝 웃는 전하에게 나도 억지웃음을 지으며 대답했다.

신용이라는 것도 분명히 스승님에 대한 신용일 것이다.

"하지만 문제는 없을 겁니다. 나름대로 자신이 있으니까요."

뭐니 뭐니 해도 의뢰자가 왕족이다. 스승님의 체면을 망치지 않게끔 신중에 신중을 거듭해서 만들었고, 레시피만 착각하지 않는다면 포션의 성공 여부는 알아보기 쉽다.

완전히 새로운 포션을 만들라고 하지 않는 한 실패작을 건넬 우려는 없다.

"그렇겠죠. 뭐, 당신의 연금술사 양성학교에서의 성적은 이미 확인했습니다. 실력이 부족하다고 생각했다면 일부러 이런 곳까지 오지도 않았을 테고요."

내 개인정보가 완전히 새어 나갔어?!

……아니, 국영 학교니까 왕족이라면 알아볼 수 있는 게 당연한 건지도 모르겠지만.

그래도 잘 생각해보니 스승님도 내 성적을 알고 있었지. 말도 안 했는데.

의외로 간단히 알아볼 수 있는 건가?

내 성적이 그렇게 부끄러운 편은 아니라고 생각하지만, 사람에 따라서는…….

전하는 그런 내 의문을 눈치챈 낌새도 없이 왠지 모르겠지만 다시 소파에 느긋하게 앉아서 팔짱을 끼고 입을 열었다.

"자, 이제 여기 온 목적 중 하나는 달성했습니다만……."

"하나, 요?"

"제가 움직이면 그 행동에서 다양한 의미를 짐작하려는 사람들이 있거든요, 골치 아프게도."

"그야……, 그렇겠네요."

황태자가 아니라고는 해도 마음 편히 돌아다닐 수 있을 정도로 페리크 전하의 입장은 가볍지 않다.

몰래 나온 거라 하더라도 정말로 혼자 행동할 리가 없으며, 대놓고든 몰래든 호위도 따라붙을 테고, 사전 조사 같은 것도 이루어질……, 텐데.

이번 포션도 받기만 하는 거라면 본인이 올 필요가 없었다.

그럼에도 불구하고 전하는 지금 여기 있고.

"그러니 볼일은 한꺼번에, 효율적으로 처리하게끔 하고 있습니다. ───자, 제가 여기 온 목적을 당신은 뭐라고 생각하시나요?"

뭔가 귀찮은 말을 꺼냈는데?!

"그런 걸 내가 어떻게 알아!"

───라고는 절대 말할 수 없다. 왕족에게는.

나는 부족한 정보를 긁어모으며 머리를 쥐어짰다.

처음 왔을 때는 너무 갑작스러워서 냉정하게 생각할 수가 없었지만, 왕도에서 이곳까지는 거리가 꽤 멀어서 스승님처럼 규격에서 벗어난 사람을 제외하면 마음 편히 올 수 있는 곳이 아니다.

당연히 오는 데는 그에 맞는 이유가 있다. '발모제에 대해 알려지지 않게끔'이라고 하긴 했지만, 아마 그건 별로 중요한 이유가 아닐 것이다.

만약 신경 쓰고 있었다면 그걸 소재 삼아서 우리를 웃기진 않았을 테니까!

정말 민폐라고! 왕족과 우리의 신분 차이를 이해해줘!!

그러니 그것과는 다른 이유가 있을 것이다.

───아니, 그게 아니지. **다른 목적**이니까, 발모제와 관계된 것은 아니다.

그렇다면……, 이 지역에 방문하는 것 자체가 목적이었나?

공적으로는 발모제가 목적이라는 사실을 숨겼지만, 그 사실 자체도 표면적인 목적이었다……?

"……커크 준남작 가문이 표적인가요?"

"호오? 어째서 그렇게 생각하셨죠?"

잠시 생각하다가 내가 대답하자 전하는 흥미롭다는 듯이 더욱 환한 미소를 지었다.

"사우스 스트러그는 그리 큰 도시가 아닙니다만, 남쪽의 도랜드 공국과의 교역이 최근 수십 년 동안 계속 확대되고 있습니다."

왕도가 국토 동쪽에 치우쳐 있기도 하기에 이곳, 라프로시안 왕국의 최대 무역 상대는 동쪽에 있는 우벨이라는 나라다.

그에 비해 남서쪽에 위치해 있고, 왕도에서 거리가 먼 도랜드 공국과의 무역은 오랫동안 그리 활발하지 못했지만———, 수십 년 전, 그 상황에 변화가 생겼다.

변화를 일으킨 것은 선선대 커크 준남작이었다.

그는 커크 준남작 가문의 영지에서 도랜드 공국으로 통하는 길을 정비하고 상업을 추진했다.

단순한 여관 마을이었던 사우스 스트러그를 교역의 마을로 바꾸어 나갔다.

그것을 이어받은 것이 선대 커크 준남작.

사우스 스트러그를 지방 도시라고 부를 수 있게 될 정도까지 발전시킨 것은 그의 공적이다.

확실하게 방향이 잡힌 그 흐름이 그대로 순조롭게 확대될 것이다———, 다들 그렇게 예상했지만, 거기에 찬물을 끼얹은 것이 현재 요크오 커크 준남작.

아니, 찬물은커녕 완전히 망칠지도 모르겠다는 느낌이려나?

"아직 우벨과의 무역 액수에는 크게 미치지 못하겠지만, 결코 적은 금액은 아니죠. 그것을 망쳐버리는 건 나라로서 아까운 일이고요. 그런 거 아닙니까?"

"나쁘지 않은 시점이네요. 거기에 이번 일이 어떻게 관련되는 거죠?"

"제 억측도 조금 들어가긴 합니다만⋯⋯."

"상관없습니다. 계속 말씀하세요."

솔직히 확실한 증거도 없는 추측을 개진하는 게 망설여지기도 했지만, 전하가 미소를 지으면서도 날카로운 시선으로 빤히 바라보니 거부할 수도 없었다.

"얼마 전 일입니다만, 로체 가문이 조정을 신청했습니다. 그 사실을 아신 전하께서는 써먹을 수 있겠다고 생각하신 것 아닐까요?"

도랜드 공국과의 무역은 앞으로도 추진하고 싶지만, 커크 준남작은 장애물이 될 것 같다.

그렇다고 해서 억지로 영지를 몰수하면 아무리 국왕이라 해도 귀족들의 지지를 잃을지도 모른다.

적당한 구실을 찾던 와중에 걸려든 것이 그 조정.

약소 귀족인 로체 가문과 준남작 가문과의 분쟁에 후작 가문이 관여했으니 눈길을 끌 요소는 충분했고, 조금만 조사해보면 내가 관여했다는 사실도 간단히 알 수 있었을 것이다.

물론 나의 자세한 개인정보 같은 건 굳이 말할 필요도 없고.

"노르드 씨가 저희 가게에 온 것 자체가 전하의 지시였던 것 아닐까요?"

타이밍이 조금 수상하단 말이지, 그렇게 생각하며 전하를 살펴보니……, 전하는 왠지 기쁜 듯이 더욱 활짝 웃고 있었다. 속이 시꺼먼 것 같은 그 미소, 솔직히 무서운데?!

"역시 최우수. 연금술사 양성학교를 만들기를 잘한 것 같군요. ──평범한 것은 용서할 수 있지만, 우둔한 것은 용납되지 않습니다. 입장이 있는 귀족이라면 말이죠."

명확한 긍정은 아니지만, 그것은 내 추측이 크게 빗나가지 않았다는 것을 나타내는 말이었다.

그것 때문에 우리가 고생한 건가, 그런 생각이 들긴 하지만, 그런 불만을 소리 내어 말할 수는 없다.

"한 가지 정정하죠. 저는 노르드에게 정보를 주었을 뿐입니다. 그의 행동에 대해서는 관여하지 않았죠──, 아니, 그렇게까지 폐를 끼칠 줄은 예상하지 못했습니다. 그 보수에는 그것에 대해 사과하는 마음도 들어가 있습니다. 죄송하네요."

"아, 아뇨! 조금 곤란한 사람이긴 했지만, 부조리한 사람은 아니었으니까요!"

갑자기 전하가 사과하자 나는 급하게 고개를 저었다.

──혹시 표정에 불만이 드러났나?

전하는 문제로 삼을 만한 분이 아닌 것 같긴 하지만, 자칫하다가는 불경죄로 간주될지도 모른다.

내가 급하게 표정을 다잡자 전하가 '후후후', 웃었다.

"그렇게 긴장하지 않으셔도 되는데요? 어느 정도라면 신경 쓰지 않을 테니까요."

"아, 아뇨, 저기……."

그가 간단히 표정을 읽어냈기에 나는 무심코 의미도 없는 말을 중얼거려버렸다.

"머리는 잘 돌아가는 것 같지만, 귀족을 대하는 법은 아직 부족한 건가. 살아온 과거를 생각하면 합격점이긴 합니다만……, 그쪽 방면 과목도 넣어야 할까요? 시간이 남아도는 왕족이라도 파견하면 실습 쪽 강의도 할 수 있을 테니까요."

턱에 손을 대고 터무니없는 말을 중얼거리는 전하.

──그만둬! 후배들이 울상을 지을 테니까!!

나도 매너에 대한 강의를 듣기는 했지만, 그 상대는 학교 강사나 동급생이었다.

동급생 중에도 귀족이 많아서 그것만으로도 충분히 긴장이 됐는데, 왕족이 강의를 한다고?

실수했을 때 목이 날아갈 수도 있을 정도로 힘든 **실습**이 되지 않을까?!

"저, 전하, 아무리 그래도 왕족분들을 번거롭게 해드리는 건 너무 황송할 것 같습니다만……."

"응? 밥만 축내는———, 아니, 시간적으로 여유가 있는 왕족도 꽤 있습니다만……, 뭐, 이건 아버님과 의논해야 할 일이겠죠."

전하는 소극적으로 의견을 낸 나를 힐끔 보고는 조용히 무서운 말을 했다.

———다행이야! 나는 졸업해서!!

후배들아, 나는 이번 일이 실현되지 않기를 기원할게!

……기원하기만 하고 더 이상 아무런 말도 하지 않겠지만.

덤터기를 쓰는 건 싫으니까!

"그래도 지금은 커크 준남작 일이 더 중요하죠. 당신이 상상한 대로, 살짝 흔들어주었———, 아니, 그 정도도 안 되겠네요. 누름돌을 살짝 치워준 정도려나요. 겨우 그것만으로도 그 어리석은 자가 경거망동을 하기 시작한 겁니다."

구체적으로 무슨 짓을 한 거지? 전하가 우리 가게에 온 걸 말하는 건 아니겠지……?

어쩌면 그것까지 포함해서 어떤 책략이었을지도 모르겠지만, 아마 커크 준남작은 전하의 방문을 파악하고 있지 않을 것이다. 조금이라도 생각할 머리가 있다면 전하가 돌아간 직후에 우리 가게를 건드릴 생각은 하지도 않을 테니까.

"자중하려 든다면 다르게 대처할 수도 있었겠지만……, 예상대로였군요. 선대도 그가 문제를 일으켰을 때 폐적시켰으면 좋았을 것을."

"……그 '경거망동' 때문에 저희는 위험에 처했습니다만."

골치 아픈 준남작 가문이 망하는 건 더할 나위 없이 좋은 일이긴 하지만, 그 과정에 선량한 우리가 휘말리는 건 마음에 들지 않는다. 조금이나마 배려를 해주면 좋겠다고 은근히 불만을 드러내자 전하는 눈을 살짝 가늘게 떴다.

"그런가요? 적어도 **당신들은** 위험하지 않았던 것 같은데요?"

어디까지 파악하고 있는 걸까, 이 속이 시꺼먼 왕자님이!

적어도 산에서 습격당한 건 파악하고 있겠네, 이거.

우리는 그렇다 치더라도, 머디슨 일행은 하마터면 죽었을 테니까.

가능하다면 그 사람들도 고려해줬으면 했는데!

소수의 영지 주민들을 구하기보다는 글러 먹은 영주를 바꾸는 것이 나라, 나아가서는 영지의 주민들에게도 도움이 될 거라 생각한 걸까, 아니면 평민 정도는 별다른 문제가 되지도 않을 거라 생각한 걸까.

이렇게 된 이상 은폐는 불가능하니 머디슨 일행의 목숨을 구해달라고 부탁할 수밖에 없는데……, 내가 해야 하나?

이 왕자님 상대로? 아무런 인연도 아닌 상대를 위해서?

하지만 이제 와서 저버릴 수도 없고…….

이럴 때 아이리스 씨와 케이트 씨가 있었다면 떠넘――,
아니, 협력할 수 있었을 텐데!

지금 돌아와 주면 호감도가 폭발적으로 올라갈 텐데요?

――하지만 안타깝게도 아이리스 씨가 그렇게 타이밍

을 딱 맞출 리도 없었고.

귀를 기울여봐도 가게 문이 열리는 소리는 들리지 않았다.

젠장. 할 수밖에 없나…….

"전하, 사우스 스트러그의 병사들은 명령을 받았을 뿐이고———."

"지휘관의 책임을 일개 병졸에게 지울만큼, 저는 어리석은 사람이 아닙니다."

각오를 다지고 조심조심 입을 연 내 말을 가로막듯, 전하는 딱 잘라 말했다.

분쟁이라면 상관의 명령에 따르기만 한 병사가 처형당할 일은 없긴 하다. 하지만 이번에는 나나 아이리스 씨를 암살하려고 한 거나 마찬가지다.

암살이라면 그 실행범은 어지간한 이유가 없을 경우에는 처형당하게 된다.

……아, 혹시, 분쟁으로 처리하려 하는 건가?

내가 전하의 얼굴을 보며 반응을 살피자 씨익, 심술궂은 미소가 돌아왔다.

"저는 이번에 커크 준남작을 완전히 박살 낼 생각입니다. 하지만 그럴 수 있게 되기 전까지는 손을 댈 생각이 없죠. 어설픈 건 마음에 들지 않으니까요."

그리고 전하는 시험하려는 듯이 나를 빤히 보았다.

저기……, 혹시 그 과정을 내게 생각하라는 건가?

별다른 정보도 없는 내게 정말 너무 억지를 부리시네.

이런 상사가 직장에 있다면 퇴사를 고려할 참이었다고.

그나마 다행인 건 걸려 있는 게 머디슨 일행의 목숨이고 우리 목숨이 아니라는 점인가?

──그렇게 약간 지독한 생각을 머리 한구석으로 생각하며 나는 천천히 머리를 굴렸다.

"……습격 사건의 증인을 내보낼 수는 있습니다."

"그래선 약하네요. 명령서라도 있으면 모르겠지만, 증인은 평민이죠?"

역시 그게 문제려나.

아무리 수상쩍다 하더라도 평민의 증언만으로는 귀족에게 벌을 줄 수는 없다.

'멋대로 한 짓이다'라고 잡아떼 버리면 물을 수 있는 것은 감독 책임 정도.

머디슨 일행이 처형당하고 끝날 것이다.

아이리스 씨는 귀족이지만……, 그녀의 증언으로는 습격당했다는 사실은 인정되더라도 커크 준남작의 지시라는 것은 증명할 수 없다.

"연금술사가 협력한 모양인데, 그쪽으로 공략해보는 건 어떨까요?"

"죠제프 말인가요? 그자도 일단은 귀족입니다. 간단하지는 않겠죠."

"죄송합니다. 이름까지는 파악하지 못하고 있었습니다."

아마도 사우스 스트러그에서 악질적인 장사를 하던 연금

술사인 것 같은데, 확실한 증거도 없고, 애초에 나는 그 사람의 이름을 모른다.

레오노라 씨라면 알고 있겠지만 가게가 망한 뒤로는 신경 쓰지 않았으니까.

내가 솔직하게 대답하자 전하는 흥미롭다는 듯이 한쪽 입가를 치켜 올렸다.

"흐음. 설마 그 녀석도 자기 가게를 망하게 한 상대가 이름조차 기억하지 못하고 있을 줄은 몰랐겠죠. 당신을 꽤 많이 원망하고 있는 것 같습니다만?"

"적반하장이네요. 제가 한 일은 주의를 환기시킨 것뿐인데요."

그렇다, 내가 한 일은 그것뿐이다.

레오노라 씨가 무슨 짓을 했는지는 내 알 바가 아니다.

"후후, 망해도 싼 가게이긴 했던 모양이군요. ───연금술사 양성학교도 전체적으로는 순조롭습니다만, 그래도 글러먹은 자가 어느 정도 나오는 건 피할 수가 없나요."

뭐, 인격이라거나 협조성 같은 건 시험에 나오지 않으니까.

안 좋은 방향으로 유능하다 하더라도 졸업은 할 수 있다.

애초에 협조성에 대해서는 나도 뭐라 말할 수가 없다.

"가능하다면 죠제프의 연금 허가증(알케미즈 라이센스)은 실효시키고 싶긴 합니다만……."

"그가 만들었다는 포션은 확보해 두었습니다."

증거가 필요하다는 말일 것 같았기에 내가 그렇게 말하자 전하가 만족스러운 듯이 고개를 끄덕였다.

"좋군요. 커크 준남작 본인은 어떤가요?"

"이번 습격에 대해서는 공교롭게도 불가능할 것 같습니다. 일단 그것 이외에 문제가 될 만한 행동에 대해 조사한 자료가 있습니다만, 명확한 증거 같은 것은……."

예전에 피리오네 씨에게 받았던 자료. 읽어보긴 했지만, 대부분 귀족이라면 무마해버릴 수 있을 만한 것들이라 결정타라고 할 정도는 아니었다.

하지만 전하는 내 말을 듣고 방긋 웃으며 손을 내밀었다.

보여달라는 거군요. 알겠습니다.

"여기 있습니다."

서둘러 가져온 자료를 전하에게 건네자 전하는 그것을 팔랑팔랑 넘겨보면서 '호오?'라고 감탄한 듯한 목소리를 냈다.

"이렇게 자세히 조사했나요? 생각했던 것보다 실력이 좋네요?"

"황송합니다. 하지만 그것을 조사한 것은 제가 아닙니다."

"누가 조사했든 상관없습니다. 이 정보를 손에 넣을 수 있었다는 것에 의미가 있는 거죠."

높게 평가해주는 건 기쁘다. 그런데 뭔가 시험당하고 있는 것 같은 느낌인데?

커크 준남작을 제거하는 것이 내 뜻과 일치한다고는 해도 전하가 마음만 먹으면 내게 증거나 정보를 요구할 필요는 없잖아?

"……이 정도 정보는 전하께서도 이미 알고 계시지 않으셨는지?"

"그렇지만도 않아요. 현지의 생생한 정보는 충분한 가치가 있습니다."

정말인가? 불경한 생각일지도 모르지만 미소가 수상쩍은데?

"이제 붙잡기만 하면 되겠군요."

설마 그것까지 저한테 하라고 하진 않겠죠?

저번처럼 아무런 생각도 없이 우리 가게에 오면 잡을 수 있긴 하지만, 분명히 골치 아프게 될 테고, 사우스 스트러그에서 잡으려 하면 많은 사람들을 상대로 전투를 벌이게 될지도 모른다. 아무리 생각해도 일개 연금술사가 할 만한 일은 아니다.

로체 가문은 개인적인 무력은 그렇다 치더라도 군사력 쪽으로는 기대할 수가 없고.

"걱정할 필요는 없어요, 방법은 생각해 두었습니다. 음……, 오랫동안 이야기를 했더니 목이 마르군요."

내가 당황한 것을 느꼈는지 전하가 어깨를 으쓱이고는 느긋하게 소파 등받이에 몸을 기대며 노골적으로 마실 것을 요구했다.

———얼른 돌아가!

그런 생각이 들었지만 소리 내어 말할 수는 없었기에 나는 약간 완곡한 표현으로 말했다.

"공교롭게도 시골이기에 조촐한 차밖에 내드릴 수가 없습니다만."

"상관없습니다. 어느 정도 입에 맞지 않더라도 현지의 것을 먹는 것도 여흥이니까요."

―――역시 왕자님이야, 뻔뻔하네!

그래도 제공하는 사람 쪽도 생각해달라고!!

"……알겠습니다."

"아, 주시는 김에 뭔가 먹을 것도 있으면 좋겠네요. 단 게 있으면 더할 나위 없겠는데."

―――역시 왕자님이야, 낯짝이 두껍네!

그래도 이런 시골 마을에서 뭘 기대하는 거야!!

이 마을에 과자 가게 같은 게 없다는 걸 알고 있긴 한가?!

처리하지 않은 부과벌 벌꿀이라도 내줄까?

……내 목이 위험하니까 그러진 않겠지만.

"죄송합니다만, 이런 곳이라 곧바로 준비할 수가……."

"상관없습니다. 시간은 있으니까요."

나는 한가하지 않다고.

차만 마시고 얼른 돌아가, 그런 마음이 전달되지 않은 모양이었다.

왕자님이라면 말 속에 숨겨진 진심을 파악하라고!

―――파악했으면서도 무시하고 있을 가능성도 전혀 없지는 않지만.

"그러면 잠시만 기다려 주십시오."

말단의 슬픔을 느끼며 나는 자리에서 일어났다.

"있지, 로레아. 쿠키 남은 거 있어?"

"어? 쿠키 말인가요? 어제 차를 마실 때 만들었던 게 남아 있긴 한데요, 쉬실 건가요? 그런데 왕자님께서 아직 돌아가지 않으셨죠?"

부엌에 대해서는 로레아에게 물어봐야지, 내가 그렇게 생각하며 가게 쪽으로 고개를 내밀자 로레아가 의아하다는 듯이 돌아보았다.

"응. 차랑 과자가 좀 필요해서."

"네? ───제, 제제(제가 만든 과자를 왕자님께 내드릴 건가요?!)"

잠시 내 말을 이해하지 못했는지, 멍하니 입을 벌리고 있던 로레아는 금방 정신을 차리고 작은 목소리로 외치는 기술을 선보여 주었다.

"어쩔 수 없어. 이 근처에는 과자를 살 수 있는 가게 같은 게 없잖아? 다르나 씨에게 다녀와도 되긴 하는데……."

"아버지 가게에 있는 물건은 더 지독하다고요!"

지독하다는 건 너무 말이 심한 것 같지만, 사우스 스트러그에서 물건들을 들여오는 관계로 과자라기보다는 보존 식량이나 비상식량이라고 하는 게 더 정확한 건 분명하다.

"응, 그러니까 어제 먹다 남은 걸───."

"자, 잠깐만 기다려 주세요! 저, 적어도, 방금 만든 걸 내

드릴게요!"

로레아가 급하게 가게 간판을 '휴식 중'으로 뒤집고 부엌으로 뛰어가기 시작했다.

"아, 그래도 그럴 시간은———, 뭐, 상관없나. 시간이 오래 걸릴 거라는 말은 해뒀으니까."

예의 없이 과자를 요구하는 사람에게는 어제 먹다 남은 걸 줘도 충분할 것 같긴 하지만, 기다리다가 인내심에 한계가 와서 돌아가 준다면 오히려 고마울 정도다.

느긋하게 기다리게 하자.

아니면 돌아가게 하자.

그리고 나도 차를 준비하기 위해 로레아를 따라 부엌으로 향했다.

"찻잎은……, 싼 게 나으려나아?"

내가 그렇게 중얼거리며 준비하고 있자니 능숙하게 반죽을 척척 만들고 있던 로레아가 깜짝 놀란 듯이 돌아보았다.

"네에?! 제일 비싼 걸로 내드려요. 왕자님이시잖아요?"

"오히려 신기하다는 느낌을 주지 않을까? 내가 가지고 있는 고급 찻잎이라 해도 어차피 뻔하니까."

지금 우리 집에 있는 차는 식사할 때 마시는 차, 티타임 때처럼 과자를 먹을 때 마시는 차, 그리고 약간 큰마음을 먹고 사두고는 특별할 때만 마시는 차가 있다.

하지만 가난뱅이 성격인 내가 살 만한 수준이라 엄청나게 비싼 건 아니다.

전하가 보기에는 아마 전부 오차 범위 안에 들어갈 것이다.

어차피 맛없다고 느낄 거라면 비싼 차를 내주는 건 아깝다.

똑같은 부자라 해도 학교에서 신세를 졌던 선배들이라면 환영하는 의미를 담아서 비싼 차를 내주겠지만, 전하는…….

"……아예 직접 만든 차를 내줄까?"

뒤쪽 숲에 자란 잎을 따와서 내가 블렌딩한 차다.

식사할 때 마시는 게 이거다.

재료비는 놀랍게도 0. 내 수고비는 가치를 매길 수가 없다. '현지의 것을 먹는 것도 여흥'이라고 했고, 파는 물건이 아니니까 맛을 비교할 수도 없겠지! 하하하!

"그거……, 괜찮을지도 모르겠네요."

"어라? 반대할 줄 알았는데……."

"사라사 씨가 블렌딩한 차는 어머니처럼 찻잎을 뜯어서 넣기만 한 차와는 달리 충분히 맛있으니까요. 그리고 적어도 '싸구려'라는 말을 듣지는 않을 테고요."

"뭐, 가격을 매기지는 않았으니까."

내가 '이 차는 한 잔에 금화 10개'라고 하면 그게 가격인 것이다!

……팔릴지 여부는 별개로 치고.

응, 이걸 내주자. 이 차는 비싼 차야.

'마스터 클래스 연금술사 오필리아 미리스의 제자가 식물을 찾아내 차에 적합한 잎을 엄선하여 직접 따고 가공, 블렌딩까지 손수 한 특별한 차'라고 하면 고급스럽지 않을까?

브랜드 파워는 스승님의 이름이지만 말이지.

"차는 이걸로 됐고……, 로레아, 과자 쪽은?"

"평소처럼 만들고 있긴 한데요……, 사라사 씨, 설탕은 많이 넣을까요?"

"아니. 그것도 평소대로. 로레아가 만들어주는 과자는 지금 그대로도 맛있으니까."

"그런가요? 감사합니다. 그럼 평소대로 만들게요♪"

내가 솔직하게 칭찬하자 로레아가 기쁜 듯이 대답하고는 다시 과자를 만들기 시작했다.

그 뒷모습에서 콧노래가 새어 나오고 있었다.

긴장해서 실패하면 어쩌나 싶었는데, 아무래도 그런 걱정은 할 필요가 없을 것 같다.

애초에 살짝 달게 해봤자 의미가 없으니까.

로레아가 만든 과자가 맛있다는 말은 거짓말이 아니지만, 단맛이나 비주얼 같은 면에서는 도시에서 파는 고급스러운 과자보다는 뒤처질 수밖에 없다.

당연히 보통 전하가 먹을 만한 과자와는 비교도 되지 않는다.

예전에 프리시아 선배네 집에서 먹었던 과자는 이 마을은 커녕, 사우스 스트러그에서도 손에 넣을 수 없는 재료를 써서 만들었을 정도다.

아무리 노력해봤자 로레아가 그것에 필적하는 과자를 만

들 수도 없고, 만들 필요도 없다. 무리한 요구를 한 사람은
전하다. 불만이 있으면 먹지 마.

그 정도로 생각하면 될 것 같은데?

"따뜻하고 바삭바삭하군요. 나쁘지 않아요."

쿠키를 먹은 전하의 감상은 그랬다.

당연하지, 로레아가 일부러 만들어준 거니까.

맛없다고 하면 불경죄도 각오하고 몰수할 참이었어.

오히려 왜 맛있다고 하지 않는 거지? 맛있는 걸 먹어놓고.

보통 맛있다고 하지 않아?

해야 하잖아?

그런 내 마음이 시선에 드러난 건지, 전하가 덧붙여 말했다.

"……소박하고 맛있네요."

그래, 그러면 된다고.

———그래서, 언제쯤 돌아가 주실 건가요?

그런 마음도 시선에 담아 빤히 바라보았지만, 이번에는
아무것도 느끼지 못한 건지, 아니면 무시한 건지, 전하는 종
잡을 수 없는 분위기로 차를 즐기다가 한 잔 더 요구했다.

돌아가려는 낌새조차 보이지 않는다.

그렇다고 해서 재치있는 말재주를 선보여 주는 것도 아니고.

"…………."

"…………."

차와 쿠키를 쓸데없이 낭비하며 시간만 흘러갔다.

먹는 양을 보면 맛있다고 한 감상이 거짓말은 아니었던 것 같지만, 아무런 말도 없는 공간은 너무 껄끄러우니 볼일이 없으면 돌아가 줬으면 좋겠다━━, 역시 소리 내어 말할 수는 없지만.

누가 어떻게 좀 해주면 안 될까?

예를 들어 아이리스 씨와 케이트 씨가 타이밍 좋게 지금 돌아온다거나.

━━그렇게 생각하고 있자니 마치 그 마음에 답해주는 것처럼 사태가 움직였다.

"나와라! 있다는 건 다 안다!!"

바깥쪽에서 울린 건 거칠게 소리 지르는 목소리.

━━응, 이건 원하지 않았는데.

로레아가 마음고생 때문에 쉬고 있는━━과자를 다 만들고 나서 새삼 전하에게 과자를 내드린다는 것이 얼마나 중대한 일인지 인식한 모양이었다━━지금, 대처할 사람은 나밖에 없다.

하지만 눈앞에는 태연하게 차를 마시고 있는 귀한 손님이 있다.

슬슬 경의의 재고가 바닥날 것 같긴 하지만, 전하를 방치하지 않을 만큼은 판단력이 남아 있다. 내가 전하의 안색을 살피자 전하가 미소를 지으며 바깥쪽을 보았다.

"상관없습니다. 가세요."

"실례하겠습니다."

나는 허락을 받고 빠른 걸음으로 나갔다. 예상했던 대로 그곳에 있던 사람은 커크 준남작과 부하 몇 명이었다.

내가 돌아오는 걸 감시하고 있었는지 일부러 본인이 온 모양이었다.

사우스 스트러그에서 이 마을까지는 결코 가깝지 않은 거리인데……, 한가한가?

"무슨 볼일이신가요?"

"이제야 나왔나."

내가 모습을 드러내자, 소리 지르다가 멈춘 커크 준남작은 그렇게 말한 다음 한 박자 쉬고 나서 손가락을 들이댔다.

"사라사 피드, 너는 내게 사죄하고 변상해주어야겠다!"

"네? 저기……, 무엇에·대해서요?"

오히려 그걸 요구해야 할 사람은 우리일 것 같은데?

"얼마 전에 이 가게를 파괴하려 한 내 사병이 몇 명이나 큰 부상을 당했다. 이것은 내 재산에 끼친 중대한 침해 행위다."

"━━━━━━네?"

상상하지도 않았던 형태의 트집이었기에 한순간 사고가 멈췄다.

그야 각인의 마력 소비량을 보고 '그랬겠지'라고는 예상했지만, 보통 당당하게 범죄 행위를 고백하고 그러나?!

"……그럼 제 가게를 부수려던 사람이 다쳤으니 그에 대한 보상을 해라, 이런 말씀이신가요?"

"잘 아는군그래. 우선 매출의 절반을 위자료로 내주실까."

"……."

"그리고 너, 로체 가문에 돈을 빌려준 모양이던데? 마침 잘됐군. 아이리스를 내게 내놓아라. 빚을 들먹이면 그럴 수 있겠지? 그리고――."

"거절하겠습니다."

더 이상 들을 가치도 없다고 생각한 나는 말을 가로막았다.

"뭐라고?"

"예전에도 말씀드린 것 같습니다만, 연금술사는 영주에게 납세할 의무가 없고, 범죄자에게 보상을 해줄 생각도 없습니다."

오히려 그런 짓을 저지른 사람의 인도를 요구하고 싶지만, 현행범도 아닌데 사적제재를 가할 수도 없고, 범죄자로서 처벌을 요구하려 해도 그 상대가 영주다.

해봤자 소용없는 말이기에 그 말은 꺼내지도 않았다.

세금 쪽도 에린 씨처럼 '마을을 위해 협력해달라'는 형태라면 어느 정도는 생각해볼 수도 있다. 나는 여기서 살고 있으니까.

하지만 커크 준남작 같은 경우에는 정반대라 이 마을이 곤란한 상황에 처했는데도 원조는커녕, 곤란하게 만드는 쪽이다. 의무도 아닌데 낼 생각이 들 리도 없다.

또한 당연히 아이리스 씨를 내놓으라는 요구는 말도 안 된다. 전혀 생각해볼 가치도 없다.

내가 말도 안 되는 소리를 지껄이는 입속에 돌이나 채워 넣어줄까라는 생각을 하며 노려보자 커크 준남작은 자신만만하게 밉살스러운 미소를 지었다.

"의무가 없긴 하지, 의무는. 하지만 자발적으로 내는 거라면 문제가 없을 텐데?"

"……그게 무슨 뜻이죠?"

내가 눈살을 찌푸리며 눈을 흘기자 커크 준남작은 싱글싱글 웃으며 계속 말했다.

"너는 이 마을 녀석들하고 사이가 좋은 것 같던데? 예를 들어 마을의 잡화점. 어떤 세금을 매길지는 내 마음에 달렸다만?"

"……."

이런 행동에 대해서는 나도 우려하고 있었다.

로레아를 직접적으로 해치는 거라면 내가 지켜줄 수 있다.

그녀는 내 가게의 종업원이고, 급료를 지불하는 것도 나니까.

하지만 내 손이 닿는 건 거기까지. 그 이상이면 할 수 있는 것에 한계가 있다.

커크 준남작이 이 마을에 아무리 무거운 세금을 매기더라도 그것은 영주 권한의 범위 안에 드는 것이고, 왕국법을 어기는 것도 아니다.

하지만 그런 짓을 하면 마을 사람들은 마을을 버릴 것이고, 채집자도 사라지게 된다.

제대로 된 머리가 있다면 손해밖에 되지 않을 거라는 사실을 알 텐데……, 그렇게 되기 전에 내가 물러날 거라 생각하는 건가?

뭐, 보통은 가게를 한번 차리면 그렇게 간단히 옮길 수가 없으니까.

하지만 나 같은 경우에는 매우 저렴하게 이 가게를 손에 넣었다.

보조 제도의 적용을 받고 손에 넣은 가게니까 팔면 남는 돈이 거의 없겠지만, 실질적인 손실은 게베르크 씨 같은 사람들에게 지불한 개장 비용 정도다.

금방 다른 가게를 낼 수는 없어도, 부탁만 하면 스승님의 가게에서 일을 하게 해줄 테니 가게를 접는 것 자체는 그렇게 힘들지 않다.

───의리나 인정, 기타 등등만 고려하지 않는다면.

"뭐, 전부 내놓으라고 할 생각은 없다. 어느 정도는 남겨주지. 나는 자비로우니까."

내가 침묵하자 기분이 좋아진 건지 커크 준남작───, 아니, 빌어먹을 똥벌레 같은 도적이 의기양양한 미소를 지으며 자신의 무지함을 드러냈다.

매출을 절반이나 내놓게 되면 왕국에 낼 세금조차 남지 않는다.

당연히 가게를 유지할 수도 없다.

매출과 이익의 구분도 하지 못하는 걸 보니 이런 사람을 교역 도시의 우두머리로 됐다간 조만간 망하겠네, 분명히.

하지만 지금 시점에서는 아직 영주다.

적당히 둘러대면서 쫓아낼까, 아니면…….

"'목격자를 남기지 마라'라고 했지…….'

"응?"

내가 조용히 중얼거리자 도적이 의아하다는 듯이 나를 보았다.

조용히 **적**의 인원수를 확인했다. 부하는 세 명.

거친 일에는 익숙할 것 같지만, 위협이 될 정도는 아닐 것 같았다.

주위에 다른 사람은 보이지 않는다.

———할 수 있으려나?

나는 반쯤 각오를 다졌지만, 다행히도 그 각오를 실행에 옮기게 되지는 않았다.

"커크 준남작, 꽤 흥미로운 이야기를 하는 것 같은데, 이런 짓을 하고 있을 시간이 있습니까?"

그런 말을 하며 나타난 사람은 좀 전까지 쓸데없이 식량을 낭비하고 있던 전하였다.

과자와 차를 먹은 만큼은 움직여줄 생각인 건지, 내 앞에 선 다음 커크 준남작을 엄한 눈초리로 바라보았다.

"너는———."

"당신에게는 왕국령에 무단으로 군대를 투입한 혐의가 있습니다."

"뭐———?!"

커크 준남작은 자신을 가로막은 전하의 말을 듣고 깜짝 놀랐다.

뒤에 있던 부하들도 깜짝 놀라며 한 발짝 물러났다.

그럴 만도 하다. 다른 귀족의 영지라면 모를까, 왕국령에 무단으로 군대를 침입시키면 왕가에 대해 화살을 날린 거나 마찬가지이기에 반역자로 몰리게 된다.

일족이 모조리 사형당할 수도 있을 정도로 무거운 죄이며, 관계자도 마찬가지다.

부하로 있다가는 당연하게도 함께 참수당하게 된다.

그런데 커크 준남작이 그런 짓까지 했던 거야?

목적 자체를 알 수가 없는데, 그것보다———.

"이 근처에 왕국령 같은 곳이……."

"있잖아요? 바로 근처에."

전하는 그렇게 말하면서 뒤쪽을 가리켰고, 거기에는 내 가게가 있었다.

이 가게는 왕국의 원조를 받아 구입한 것이니 반쯤은———, 아니, 9할 이상은 왕국의 것이라고 할 수도 있겠지만, 왕국 령인 건……, 아, 그렇구나.

전하가 손가락으로 가리킨 곳은 그 너머, 대수해와 산맥 이었다.

지방관을 파견해서 통치하는 직할지와는 다르기 때문에 깜빡 잊곤 하지만, 대수해처럼 중요한 채집 지역은 대부분 왕국령으로 지정되어 있다. 전략 물자이기도 한 연금 소재를 일개 영주가 독점하는 것은 형편상 안 좋기 때문에 그런 모양이다.

그러니 산에 있던 우리에게 병사들을 보낸 커크 준남작은 '왕국령에 군사 침공을 했다'고 간주할 수도 있다———, 엄밀하게 따지자면 말이지만.

실제로는 일반적인 왕국령과 채집 지역은 의미가 다르고, 내가 아는 한, 채집 지역에 군대를 투입한 것으로 인해 처벌당한 사례는 없다.

"지, 짐작 가는 게 없다만! 애초에 넌 누구지? 이 몸이 이야기를 하는데 끼어들다니, 불경하잖나!!"

어이쿠, 커크 준남작은 페리크 전하의 얼굴을 모르는 모양이다.

예전처럼 변장 모자를 쓰고 있긴 하지만, 바뀌는 건 머리카락 색과 길이, 눈동자 색뿐이다.

얼굴을 알고 있는 상황에서 자세히 살펴보면 눈치챌 수 있을 정도의 차이에 불과하다.

나나 아이리스 씨라면 모를까, 당신, 일단은 귀족 가문 당주잖아?

그래도 괜찮은 거야? 불경하다고 하면서 오히려 자기가 터무니없이 불경한 짓을 저지르고 있는데.

가시덤불에 알몸으로 뛰어드는 거나 마찬가지거든요?

갈가리 찢겨서 산산조각 날 텐데요?

하지만 전하는 그런 커크 준남작을 보고 오히려 재미있다는 듯이 미소를 지었다.

"호오, 제 얼굴을 잊으셨습니까?"

그렇게 말하며 스윽, 앞으로 나서는 전하.

전하는 자신에게 시선이 쏠림과 동시에, 마치 연기처럼 거창한 동작으로 약간 눌러 쓰고 있던 모자에 손을 얹었다. 그리고 머리카락을 쓸어올리듯 그걸 벗었다.

──벗었다고? 아니, 벗게?!

내가 조합한 포션은 지효성이다.

게다가 전하는 아직 그것을 쓰지 않았다.

모자 아래에서 드러난 것은 예전에 봤을 때와 달라진 게 없는 그 정수리.

우연히도 마침 스며든 햇빛이 그곳에 반사되어 반짝이며 빛났다.

그리고 완벽한 멋진 표정.

아이리스 씨도 참지 못했던 그것을 아무런 마음의 준비도 없이 정면에서 본 그들은───.

"""푸흡!"""

당연하게도 웃음을 터뜨렸다.

"불경죄도 추가되겠군요."

"뭐?!"

만족스러운 듯이 고개를 끄덕이며 그렇게 슬쩍 말한 전하의 말을 듣고 커크 준남작이 다시 놀랐다.

일부러 웃겨놓고, 좀 너무하네.

이미 내성이 있던 나는 참을 수 있었지만, 보통은 그럴 수 없다.

애초에 아이리스 씨는 용서를 받았으니, 불경죄 적용은 그야말로 전하 마음대로다. 커크 준남작 일행이라 특별하다고 할 수 있을지도 모르겠는데?

기분 나쁜 특별함이긴 하다.

"뒤에 계신 분들을 위해 덧붙여 말씀드리자면, 제 이름은 페리크 라프로시안입니다. 이제 이해하시겠죠?"

라프로시안이라는 이름을 듣고 부하들의 얼굴에서 핏기가 단숨에 가셨다.

아무리 교양이 없다 하더라도 어른이라면 자기가 사는 나라의 이름 정도는 알고 있을 테고, 그 이름을 성으로 쓰는 사람이 어떤 핏줄인지 모를 리가 없다.

"커, 커크 님, 불경죄면 어떻게 되는 겁니까?!"

"몰라! 하지만 그보다 더 큰 문제는 왕국령에 진군했다는 거다! 평민 연금술사 한 명을 죽이는 것과는 상황이 전혀 달라. 왕족에게 반역을 일으키면 확실하게 사형이라고!!"

또 아무렇지도 않게 범죄를 고백하네.

초조해서 그런 건지도 모르겠지만, 귀족으로서는 너무 경솔한 거 아닌가?

왕족 앞에서 자백해주다니, 나는 편해서 좋긴 하지만 말이야.

"저, 저희는 괜찮은 거죠?! 그쪽에는 관여하지 않았으니까!"

"그럴 리가 있나! 내가 처형당하면 너희들도 길동무가 될 거다!"

"커크 님의 지시에 따랐을 뿐이잖아!"

"지금까지 계속 콩고물을 얻어먹어 놓고 이제 와서 도망칠 수 있을 것 같나!"

자기들끼리 다투며 추한 모습을 보이기 시작한 커크 준남작과 부하인 불량배들.

하지만 머디슨 일행처럼 어쩔 수 없이 따랐다면 모를까, 자발적으로 협력했다면 확실하게 책임을 져주셔야지.

……내 가게에 손을 댄 어리석은 자들도 포함해서 말이야.

"이런 시골 마을에 왕족이 있다니, 이상하잖습니까!"

"애초에 저렇게 정수리만 대머리인 남자가 왕족이라니, 말이 되냐고?!"

"있을 수 없는 일이야! 대머리잖아?! 왕자님이라고!"

머리를 감싸 쥐며 터무니없이 불경한 말을 외쳐대고 있는 부하들, 커크 준남작은 그들과 함께 당황하고 있다가 갑자기 정신이 번쩍 든 듯이 눈을 크게 뜨고는 씨익 웃었다.

"───그래! 이런 시골에 왕족이 있을 리가 없지. 저 녀석은 왕족을 자칭하는 괘씸한 자가 틀림없다. 그렇지?"

부하들은 그가 한 말을 이해하지 못해 한순간 멍한 표정을 보였지만, 곧바로 알아들었는지 얼굴을 움찔거리며 미소를 지었다.

"어? ──그, 그렇겠죠! 여기에 왕족 같은 건 없다, 그런 뜻이군요?"

"와, 왕족이 일행도 없이 혼자서 행동하다니, 있을 수 없는 일이니까!"

"너희들, 비싼 돈을 받고 있잖아. 상대는 겨우 두 명이다. 확실히 하라고!"

뒤로 물러난 커크 준남작이 재촉하자 부하들은 약간 망설이면서도 무기에 손을 댔다.

──아무리 그래도 그건 위험하지?!

나는 급하게 전하 앞으로 나섰다.

전하도 무기를 가지고 있긴 하지만, 척 보기에는 허약한 것 같고 실력을 알 수가 없다.

약하지는 않겠지만, 전하 혼자만 싸우게 둘 수는 없다.

왕자님이 지켜준다니, 이야기(픽션)라면 멋진 장면일지도 모른다.

하지만 실제로 그렇게 되면 어떨까. 만약에 살아남는다 하더라도 나중에 당할 심문이 두렵다.

전하에게 싸움을 시키고 너는 대체 뭐 하고 있었느냐고──.

연약한 공주님이라면 그런 것도 용납이 되겠지만, 나는 그런 입장이 아니다.

그러니까 나는 앞으로 나선다!

내일의 나 자신을 위해서!!

전혀, 결코, 무슨 일이 있더라도, 전하를 위해서가 아니야!!

"전하, 가게 안으로 들어가십시오. 그곳이라면 안전할 겁니다."

"아뇨, 아뇨. 문제없습니다. ──이제 왕족에 대한 살해 교사와 살해 미수도 추가되었으니까요."

"무슨 그런 느긋한 말씀을……."

하지만 어이없어할 필요도, 배려해줄 필요도 없었던 모양이었다.

전하가 오른손을 살짝 들고 손가락을 튕겼다.

그 순간, 어디선가 남자들 여섯 명이 나타났다──, 아니, 아마도 남자들?

온몸에 검은 옷을 입었고, 복면으로 얼굴을 가리고 있어서 알아볼 수가 없지만.

그렇다, 좀 전에 부하가 말한 대로 왕족이 일행도 없이 행동할 리가 없고, 보이지 않는다 해도 호위가 없을 리는 없다.

나도 대충 기척을 느끼고 있긴 했지만, 모습을 드러낼 때까지는 확실하게 파악하지 못했던 그들의 실력은 확실했다.

거의 동시에 기절한 부하들과 포박당한 커크 준남작.

"뭐?! 뭐, 뭐야?! 무슨──, 으읍으읍."

너무 갑작스러웠기에 무슨 일이 일어난 건지도 이해하지 못하고 당황한 커크 준남작의 입에도 재갈이 물려서 목소리를 낼 수 없게 되었다.

작업을 재빠르게 마친 검은 옷을 입은 사람들은 제자리에 한쪽 무릎을 꿇었고, 그중 한 명이 앞으로 나와 전하의 지시를 기다리는 듯이 고개를 숙였다.

당당하게 서 있는 전하와 그 앞에 한쪽 무릎을 꿇은 그 사람들은 왠지 멋지긴 하지만…….

전하, 부탁이니까 모자 좀 써주세요. 여러모로 분위기를 망치니까.

갭이 너무 심하니까.

그런 내 소원이 이루어진 건지, 전하가 모자를 다시 쓰면서 지시를 내렸다.

"끌고 가세요."

"넷."

아, 대답 소리가 약간 앙칼지네.

혹시 여자인가? 몸집이 조금 작은 것 같기도 하고, 몸매도 날씬한 것 같은데?

내가 빤히 관찰하고 있다는 걸 느꼈는지 그녀와 한순간 눈이 마주쳤지만, 곧바로 그 모습이 희미해졌다. 포박당한 남자들까지 포함해서.

───아, 저 검은 옷은 아티팩트구나.

밤이라면 모를까, 낮에는 눈에 잘 띄는 검은 옷.

그럼에도 불구하고 숨을 수 있는 건 저 아티팩트의 효과인가?

물론 그들이 실력자이기 때문이겠지만.

그런 것을 받은 것만으로도 그들이 특별한 존재라는 것을 알 수 있었다.

왜냐하면 저런 아티팩트는 일반적으로 유통되지 않고, 나조차 존재를 모르니까.

"자, 무난하게 정리되었네요. 협력, 감사드립니다."

"……전하, 일부러 도발하신 거군요?"

전하가 기쁜 듯이 손뼉을 쳤기에 나는 무심코 수상쩍어하는 눈초리로 봐버렸다.

전하가 오늘 온 것도, 쓸데없이 눌러앉아 있었던 것도, 커크 준남작이 우리 가게에 올 것을 알고 도발해서 죄를 추가하고 싶었기 때문일 것이다.

커크 준남작이 저지른 부정행위의 정보나 증거, 이것저것 이야기를 하긴 했지만, 그건 그냥 시간 때우기 정도밖에 안된 거지?

왕족에 대한 살해교사만 놓고 보더라도 그 자리에서 처리한들 아무런 문제가 없으니까.

내게 끼치는 민폐도 좀 생각하라고!

"도발이라고 할 정도는 아니었던 것 같은데요? 아니, 도발할 생각이긴 했는데, 할 필요도 없이 폭주했다고 해야 하나……, 약간 뜻밖이었습니다."

내가 마음속으로 품은 짜증을 약간이나마 느꼈는지, 전하는 슬쩍 눈을 피했다.

전하는 노르드 씨가 폐를 끼쳤다고 위자료를 내주었지만, 오히려 전하가 더 골치 아프거든요? 거역할 수 없는 권력을 가지고 있다는 점에서.

"애초에 죄를 늘릴 필요가 있었나요? 저도 전하께서 말씀하실 때까지 잊고 있었습니다만, 왕국령에 침공한 것만으로도 영지를 몰수하는 데는 충분했을 텐데요."

이런 곳에서 귀찮고 위험한(?) 짓을 하지 않아도 전하가 군대를 이끌고 사우스 스트러그로 가면 커크 준남작을 붙잡는 것 정도는 그리 어렵지 않을 것이다.

아무리 커크 준남작이라 해도 왕의 깃발을 내건 군대를 공격하지는———, 않겠지? 아니……, 그럴지도 모르겠는데?

"엄밀하게 따지면 그렇습니다만, 그건 최대한 피하고 싶었습니다. 채집 지역 근처에 있는 영주가 마물 경계 같은 활동을 할 때 망설임을 품으면 곤란하니까요."

"그건……, 맞는 말씀입니다."

연금술 소재를 많이 채집할 수 있는 곳에는 보통 마물도 많이 존재한다.

마물이 그곳을 벗어나 주위에 피해를 입히는 경우는 별로 없긴 하지만, 헬 플레임 그리즐리의 광란 사건 때처럼 전혀 없는 것은 아니다.

당연히 근처에 있는 영주는 경계할 필요가 있고, 상황에 따라서는 군대를 파견해서 대처해야만 한다.

그럼에도 불구하고 채집 지역에 군대를 보냈다고 해서 처벌당한 사례가 생기면 어떻게 될까.

영주들은 대부분 채집 지역에 자신의 군대를 보내는 것을 망설일 것이다.

그 결과, 피해를 입게 되는 것은 채집자나 주변 영지의 주민들이다.

"그리고 군대를 움직이면 예측하지 못한 사태도 생길 수 있습니다. 특히 그 커크 준남작은 말이죠. 영지의 주민들에게 피해를 입히는 건 원하지 않으니까요."

군대를 움직이면 무력 충돌뿐만이 아니라 병사들로 인한 약탈이 발생할 수도 있다.

그 피해를 입는 것은 그곳에 사는 평민들.

군사 행동 같은 것을 일으키지 않아도 된다면 그게 더 낫다는 건 나도 이해할 수 있다.

"이렇게 하는 쪽이 돈도 안 들고요."

"정말……, 현명하신 판단입니다."

내 지갑과 로레아의 위장에 피해를 입힌 것을 고려하지 않는다면 말이지!

"그렇죠?"

으스대는 전하의 얼굴에 약간 발끈했다.

척 보기에는 싹싹한 것 같지만, 미소 뒤에 칼을 숨기고 있단 말이지, 페리크 전하는.

모실 왕족으로서는 믿음직할지도 모르겠지만, 별로 사이좋게 지내고 싶지는 않은 타입이다.

나는 아이리스 씨처럼 솔직한 사람이 좋아…….

아이리스 씨, 케이트 씨, 얼른 돌아와요!

Episode 4.5

Thfl Alfflfinfh

뒤처리

사우스 스트러그의 영주 저택.

주인이 사라진 그곳은 완전히 조용해진 상태였다.

하인들 대부분은 휴가를 받았고, 지금 남아 있는 사람은 최소한의 인원뿐.

보통은 가문과 재산을 노리고 몰려들 만도 한 친족이나 자칭 친족 같은 사람들도 커크 준남작의 죄목 때문에 휘말릴 것이 두려워서 다가오려 하지도 않는다.

그런 저택의 한구석, 집무실 소파에 한 노인이 조용히 앉아있었다.

계속 마음고생이 쌓여서 그런지 매우 피곤해 보이는 그 뒷모습. 감도는 분위기도 무겁고 다른 사람을 거절하는 느낌이었지만, 그런 그에게 말을 건 것은 이러한 상황을 만든 사람이었다.

"크렌시."

"──윽! 페리크 전하……, 오랜만에 뵙습니다."

그 노인──, 커크 준남작 가문의 집사인 크렌시는 뒤쪽을 돌아보고 재빨리 일어선 다음, 페리크 앞에 한쪽 무릎을 꿇고 고개를 숙였다.

"이미 알고 있겠지만, 요크오 커크 준남작은 구속했습니다. 죄목은 여러 가지이긴 한데……, 여기로 돌아올 일은 없을 겁니다."

단호한 그 말에 크렌시는 눈을 꽉 감고 잠시 침묵하다가 크게 한숨을 내쉬었다.

"……일부러 가르쳐주셔서 감사합니다. 커크 준남작 가문은 어떻게 되는 겁니까?"

"우선 앉으세요. 당신 같은 노인이 무릎을 꿇고 있으면 이야기하기가 껄끄러우니까요."

페리크는 그렇게 말하며 소파 쪽을 가리켰지만, 크렌시는 고개를 저었다.

"아뇨, 저는 처벌을 기다리는 몸. 부디 이대로 듣게 해주십시오."

"아, 그런 건 없을 겁니다. 대상은 스스로 나쁜 짓을 저지른 자들뿐. 요크오에게 명령을 받고 저지른 일에 대해서 실행자를 처벌하진 않을 거예요."

사라사에게 부탁받기도 했기에 머디슨 일행의 죄를 묻지 않기로 결심한 이상, 범죄 행위를 자발적으로 저질렀는지 여부로 구별해서 대상을 나눌 수밖에 없다.

게다가 모두를 처벌하면 실무를 맡을 사람이 없게 된다는 현실적인 문제도 있기에 왕족의 살해미수라는 사건의 규모 치고는 이번 사건으로 인해 처벌당한 사람은 그리 많지 않았다.

"온정을 베풀어주시는 것은 감사할 따름입니다만, 저도 그 대상에 포함되어도 되는 것인지요? 집사로서 커크 준남작 가문을 지휘하던 제가."

"당신은 요크오의 터무니없는 명령을 받고도 피해가 최대한 줄어들게끔 힘써왔죠. 잘 해왔다고 생각합니다. ──앉아주세요."

페리크가 다시 재촉하자 크렌시는 '실례하겠습니다'라고 하며 소파에 앉았다. 페리크도 그 앞에 앉아서 '그럼'이라며 이야기를 다시 꺼냈다.

"커크 준남작 가문은 영지를 몰수하고 강등시켜 기사작 가문으로 남기는 방법도 모색해 봤습니다만……, 제대로 된 친족이 없군요. 남겨봤자 국가에 이익이 되지 않는 이상, 남길 이유도 없습니다. 이해해주세요."

"아뇨, 원래 큰어르신과 어르신이 특이했던 것에 불과합니다. 나머지 친족분들로는 가문의 이름에 먹칠을 할 뿐이겠지요."

특히 심했던 게 요크오긴 하지만, 역시 친족이라고 해야 하나, 다른 사람들도 거의 비슷했다. 조사 결과를 들은 페리크의 입장에서는 이 일족에서 선대, 선선대 당주 같은 뛰어난 인물이 어떻게 배출되었는지 신기할 정도였다.

만약 가문이 남는다 하더라도 마음을 고쳐먹고 성실하게 살 것 같지는 않았고, 꽤 높은 확률로 다시 문제를 일으킬 것이다.

크렌시가 보기에도 '그렇게 다시 나라에 폐를 끼칠 바엔 이번에 영지를 몰수당하는 게 낫다'는 생각만 들었기에 다시 크게 한숨이 나왔다.

"이번 당주가 평범하기만 했다면 상관없었겠지만……, 선대의 뛰어난 능력도 육아에는 발휘되지 않았던 모양이군요."

"도시의 발전에 힘을 너무 많이 쏟아부은 겁니다. 적어도 실력이 좋은 교육자를 붙여줄 수 있었다면 좋았겠지만, 이런 지방에서는……."

"귀족 아이를 혼낼 수 있는 교육자는 귀중하니까요. 다행히 저를 가르쳐준 교육자는 엄하게 혼내주었지만요. ──몇 번을 얻어맞았는지."

페리크는 그때를 떠올린 건지 큭큭, 웃었다.

"미리스 선생 말씀이십니까. 그녀는 특수하지요. 왕족에게 쓴소리를 할 수 있는 교육자가 있긴 하지만, 손을 댈 수 있는 사람은 얼마나 있을지……. 저희 가문에서는 결코 얻을 수 없는 스승입니다."

"저를 가르치게 되었을 때도 꽤 망설였다고 하던데요? '불만이 있으면 언제든 잘라라'라는 말을 버릇처럼 하시곤 했습니다."

"그래도 전하께서는 자르지 않으셨지요."

"제게는 그럴 권한이 없었으니까요. 주먹으로 얻어맞았을 때는 아버지께 직접 담판을 지으러 갔습니다만……, 결과는 혹이 하나 늘어나기만 했습니다."

국왕은 아들의 호소를 마지막까지 확실하게 들었지만, 그런 다음에도 '네가 잘못했다'며 혼냈다. 그리고 '좀 더 배워라'라며 수업 시간을 늘리게 되었다.

"잡혀 있는 시간이 늘어나자 기분이 상한 미리스 선생님은 여러모로 터무니없는 과제를 내주셨습니다. 하지만 그게 제 성장으로 이어진 건 분명하죠."

오필리아에겐 애초부터 마음이 내키지 않았던 페리크의 교육.

조금이라도 강의에 들어가는 시간을 줄이기 위해 과제라는 형태를 취했지만, 페리크는 불평하면서도 과제를 확실하게 해냈다.

그렇기 때문에 이러쿵저러쿵 말하면서도 다른 사람을 잘 돌봐주는 편인 오필리아의 부담은 줄어들지 않았고, 그 결과 우수한 학생을 한 명 키워내게 되었다.

"미리스 님의 절반만이라도 실력이 있는 교육 담당자가 저희 가문에도 있었다면 좋았겠습니다만……. 계기는 사라사 님께 손을 댄 것입니까?"

"예전에 요크오가 문제를 일으켰을 때부터 주시하고 있긴 했는데요? 로체 가문의 영지에 손을 대려 했던 것이 발단이고, 사라사 양은 요인 중 하나라고 해야 하려나요. ──나름대로 중요한 요인이지만 말이죠."

페리크는 로체 가문의 빚 문제를 답답하게 여기고 있긴 했지만, 귀족 가문들 사이의 문제에 왕가가 끼어들어서 어느 한쪽을 편들어줄 수는 없었다.

몰래 조언을 해주는 것도 생각해 보았으나 로체 가문에서 그 조언을 잘 활용할 수 있을 것 같지도 않았기에 다른 기회를 기다릴 수밖에 없겠다고 생각하던 참에, 예상치 못하게 끼어든 것이 사라사였다.

대체 어떻게 되려나 하는 마음으로 감시하고 있자니 사라사는 자신이 지닌 지식과 기술, 그리고 인맥을 통해 빚 문제를 해결해냈다.

페리크는 자신이 손을 쓰지 않았는데도 문제를 해결한 사라사를 보고 생각을 바꾸었다.

"슬슬 시기적으로도 한계라는 생각이 들어서 '시험'하기로 했습니다."

"저를 왕도로 부르신 것도 그 일환이었습니까."

"그건 아니죠. 제가 부른 건 사우스 스트러그의 책임자입니다. 커크 준남작 본인이 와도 상관없고, 이쪽에 남을 경우에도 자기 혼자 무난하게 업무를 해낼 수 있다면 그것 또한 상관없었죠. ———안타까운 결과로 끝났습니다만."

페리크는 '시험'이라고 했지만, 실제로는 그 시점에서 거의 완전히 요크오를 내친 상황이었고, 크렌시를 떼어놓은 것은 마무리에 불과했다.

그리고 예상대로 요크오는 곧바로 활개를 치기 시작했다.

페리크가 영지 안에서 활동하고 있다는 걸 눈치채지도 못하고.

하지만 갑자기 사라사를 죽이려 한 건 예상하지 못했다.

국책으로서 늘리려 하고 있는 연금술사, 그것도 실력이 좋은 사람에게 손을 대는 것이 얼마나 위험한지는 조금만 생각해보면 알 수 있는 일이다. 그냥 괴롭히는 정도일 거라 생각한 페리크는 급하게 부하를 파견할 수밖에 없었고, 뜻밖의 수고를 들이게 되었다.

"설마 그 정도까지 어리석을 줄은 몰랐습니다. 제가 세운 계획의 결과로 인해 사라사 양이 목숨을 잃게 되었다면 제가 미리스 선생님께 살해당할 뻔했죠."

오필리아가 사라사를 마음에 들어 한다는 것은 페리크도 충분히 이해하고 있다.

요크오보다 먼저 사라사에게 찾아갔던 것도 그 때문이다.

사라사의 실력은 알고 있었지만 싸울 수 있는 사람은 그녀 한 명. 주위에 인질이 될 만한 사람이 많은 이상, 요크오가 수단을 가리지 않는다면 사라사가 위험해질 수도 있었다.

왕족 상대로 무기를 겨눌 줄은 몰랐지만.

"저도 설마 그 정도일 줄은……, 송구합니다."

크렌시는 고개를 크게 숙이고는 페리크의 안색을 살폈다.

"……그런데 이 도시는 어떻게 되는 겁니까?"

"한동안은 지방관을 두고 직할지로서 통치하게 되겠죠. 그 이후로는……, 사라사 양에게 맡기는 것도 재미있을지 모르겠네요. 꽤 능력이 있거든요, 그녀."

페리크가 미소를 지으며 입에 담은 진담인지 농담인지 알 수 없는 말을 듣고 크렌시는 약간 놀랐다.

"연금술사 양성학교의 졸업생이었지요? 능력이 좋다 해도 그녀는 평민이었을 텐데요. 전하의 방침에는 맞겠습니다만, 급격한 개혁은 귀족들의 반발을 초래할 것으로 보입니다."

"저는 딱히 귀족을 배제하자는 건 아닙니다. 좀 더 성실하게 배우고, 필사적으로 능력을 키우라는 거죠. 적어도 저만큼은요."

"하하하……, 미리스 님께 엄하게 배우신 당신만큼이라니, 엄격하시군요."

그 '나만큼'이라는 것이 평범한 사람은 도저히 해낼 수 없는 노력이라는 사실을 알고 있는 크렌시는 헛웃음을 지으며 고개를 지었다.

"적어도 노력은 할 수 있잖아요? 우리나라가 약소국이라고 생각하진 않지만, 강대국이라고 하기도 힘들죠. 좀 더 위기의식을 가져야만 합니다. 그리고 사라사 양 같은 경우에는 평민을 귀족으로 세우는 것도 아니고요. 그리 어려운 일도 아니죠."

"제가 조사한 바에 따르면 평민이었을 텐데……, 아닙니까?"

"아무래도 로체 가문의 후계자와 약혼한 것 같아서요. 로체 가문으로 들어가면 사라사 양도 귀족이니 작위를 내려주고 이 도시를 맡기는 건 가능할 겁니다."

능력이 뛰어난 연금술사는 귀족으로서 반드시 끌어들이고 싶은 인재다.

크렌시는 '그런 거라면 혼인도 충분히 가능할 것이다'라고 생각하면서 자신이 알고 있던 정보와 어긋나는 부분 때문에 고개를 갸웃거렸다.

"로체 가문에는 남자아이가 없었던 것 같습니다만……?"

"장녀인 아이리스 양하고 약혼한 겁니다."

"여, 여자끼리 말입니까……."

"연금술사니까요. 후계자가 생긴다면 나라로서는 문제가 없습니다."

금지되지는 않았지만, 꽤 드문 동성 간 결혼. 크렌시는 당황한 듯이 말문이 막혔지만, 페리크는 문제가 없다며 고개를 젓고는 어깨를 으쓱이며 계속 말했다.

"──최악의 남자를 보고 싫증이 난 건지도 모르겠군요."

로체 가문의 사정을 떠올린 페리크는 그렇게 중얼거렸다. 그런데 실제로 그 상상은 정확했다.

아이리스는 귀족이기 때문에 마음에 들지 않는 결혼도 각오하고 있긴 했지만, 그 상대가 호우 바루였다.

성격이 최악인 데다 결혼하면 가문을 빼앗길 수밖에 없는 현실.

그렇게 절망적인 상황일 때 나타난 사람이 사라사였다.

호우 바루와의 결혼을 박살 내고, 빚 문제를 해결해주고, 그뿐만이 아니라 결혼함으로써 가문에 이익이 되는 상대. 유능하고 성격도 나쁘지 않다.

호우 바루와 비교하면 하늘과 땅 차이나 마찬가지다.

그런 사라사이기에 동성인 아이리스도 무심코 반해버리───지는 않더라도 '결혼할까?'라는 생각이 드는 건 어쩔 수 없었을 것이다.

"그런데 조금 아쉽네요. 사라사 양이라면 제 부인으로 삼아도 괜찮을 것 같았는데."

페리크가 조용히 말하자 크렌시가 깜짝 놀라 몸을 움직였다.

"네?! 아, 아무리 그래도 그건 힘들 것 같습니다. 작위를 내려주는 것보다 반발이 더 심할 터이니."

"그녀는 고아원 출신입니다. 귀족이 숨겨두었던 아이로 적당히 꾸미면 되잖습니까. 그리고 실력도 확실하죠. 미리스 선생님의 뒷받침이 있다면 불가능하지 않아요."

'어떤 귀족이 숨겨두었던 아이'라고 하고 고위 귀족에게 양녀로 보내면 결혼하는 데 있어서 신분 문제는 사라지고, 귀족이라면 그리 드문 이야기도 아니다.

하지만 그게 가능하다 해도 오히려 제일 싫어할 사람은 사라사 본인일 것이다.

멋진 사람과의 결혼을 꿈꾸는 그녀지만 페리크는 대상에서 제외하고 있었다.

그와 결혼할 바에는 차라리 아이리스를 선택할 것이다.

그리고 페리크도 그 사실을 알고 있었는지 쓴웃음을 지으며 어깨를 으쓱였다.

"뭐, 실제로는 힘들겠지만요. 아무래도 그녀가 저를 꺼리는 모양이라."

"호오, 전하를요? 여성들이 선호할 만한 외모이신데."

"그녀는 외모 말고 다른 걸 보는 것 같네요. 외모나 지위를 보고 몰려드는 여자들은 이제 질색입니다만, 진짜 저를 알면서도 받아줄 여자와는 만날 수가 없어요. 정말 어려운 문제입니다.”

뭔가 그럴싸한 말을 하고 있긴 하지만, 사라사가 꺼리는 이유는 그 미묘하게 음흉한 성격 때문이었다.

그것을 알면서도 받아줄 여자는 매우 희귀할 것이다.

나름대로 오랫동안 알고 지낸 크렌시도 페리크의 성격을 알고 있긴 했지만, 직언하지는 않고 돌려서 말했다.

“전하의 총명함은 평범한 사람이 이해하기 힘들 겁니다.”

“빈말을 하실 필요는 없는데요. 후후후.”

“아뇨, 아뇨. 진심입니다. 하하하.”

가식적인 표정으로 한동안 웃은 페리크와 크렌시는 잠시 후 동시에 한숨을 쉬며 표정을 다잡았다.

“그래서, 이곳을 맡을 지방관 말인데요…….”

“네. 마지막 업무로 지방관이 부임하기 전까지는 인수인계 자료를 갖춰두겠습니다.”

크렌시는 그렇게 말하며 고개를 끄덕였지만, 페리크가 그를 말리려는 듯이 손을 들었다.

“아뇨. 그것 말인데요, 크렌시. 당신, 이곳을 맡아볼 생각 없나요?”

“제, 제가 말씀이십니까? 하나 커크 준남작 가문이 없는 지금, 저는 그저 평민에 불과합니다. 그런 제가 지방관이 되면 커크 준남작 가문 친족분들이 시끄럽게 떠들어댈 것 같습니다만…….”

“관료 중에는 평민도 있습니다. 친족분들도 불평할 만한 자들은 **이미 존재하지 않으니까,** 걱정하실 필요는 없고요."

"……."

그 말에 포함되어 있는 의미를 눈치챈 크렌시는 약간 놀랐고, '그런 구석 때문에 꺼리는 것 아닌가?'라고 잠깐 생각했지만, 소리 내어 말하지는 않고 침묵을 지켰다.

"당신이 거절한다면 저희 쪽에서 선발한 지방관을 파견하게 될 겁니다. 제대로 된 사람을 고를 생각이긴 하지만, 어떤 정책을 펼치게 될지는 그 사람이 하기에 달렸겠죠."

은근히 정책이 바뀌게 될지도 모른다고 말하는 페리크를 보고 크렌시가 눈을 내리깔았다.

그런 그의 머릿속에 선선대, 선대와의 추억이 스쳐 갔다. 자그마한 여관 마을을 발전시키기 위해 자는 시간도 아껴가며 함께 일하고, 땀을 흘리고, 토론을 벌였다.

요크오와의 기억은 이미 빛이 바랜 것에 비해, 그것은 얼마나 선명하게 남아 있는지.

그렇게 쌓아 올린 사우스 스트러그가 자신들이 삼았던 이상과는 달라져 버릴지도 모른다.

그 사실이 드러난 이상, 크렌시는 선택할 여지가 없었다.

"지방관, 맡아주실 건가요?"

"……삼가 맡도록 하겠습니다."

페리크가 다시 묻자 고개를 크게 숙인 그의 눈가에서 조용히 눈물이 흘러내렸다.

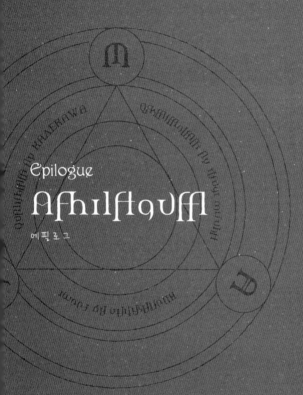

Epilogue

에필로그

커크 준남작이 붙잡히고 나서 3주 정도 뒤.

타이밍을 잘 맞추지 못하는 아이리스 씨와 케이트 씨가 그제야 돌아왔다.

""어서 오세요.""

나와 로레아가 맞이한 두 사람의 얼굴에는 피곤한 기색이 보였지만, 여러모로 걱정하던 것들이 해결되어서 그런지 그 이상으로 안심한 듯한 미소가 드리워져 있었다.

"다녀왔다, 점장님, 로레아! 겨우 돌아올 수 있었어!"

"오래 기다렸지. 힘들 때 함께 있어주지 못해서 미안해."

"진짜 그렇다니까요~. 있어줬으면 했을 때 함께 있어주지 않았으니 약혼자로서는 감점이에요. 그 덕분에 제가 혼자서 전하를 상대해야 했거든요?"

내가 농담처럼 그렇게 말하자 아이리스 씨가 겸연쩍게 웃었다.

"으음, 그거 미안하군. 하지만 내가 있었더라도 힘이 되지는 못했을 거다!"

"아이리스 씨, 말씀은 그렇게 하셔도 돌아오지 않기를 잘했다고 생각하는 거 아닌가요?"

"……그렇지 않다만? 요만큼도, 전혀."

매우 알아보기 쉬운 그 반응으로 인해 무심코 웃음이 새어 나왔다.

응. 역시 페리크 전하 같은 사람보다는 아이리스 씨지.

"뭐, 어쩔 수 없죠. 저희 쪽은 딱히 피해도 없었고요. 그치? 로레아."

동의를 요구하는 나를 보고 로레아가 보인 것은 긍정이 아니라 눈을 흘기는 모습이었다.

그녀가 입을 삐죽대며 내 옆구리를 쿡쿡 찔렀다.

"……제 위장은 큰 피해를 입었는데요? 왕족분께 직접 만든 과자를 내드리다니, 여기에 취직한 뒤로 제일 부조리한 업무였어요."

"뭐라고?! 혹시 페리크 전하께 로레아가 만든 과자를 내준 건가?"

깜짝 놀라 눈을 동그랗게 뜬 아이리스 씨에게 내가 고개를 크게 끄덕였다.

"네, 노골적으로 요구하길래요. 역시 왕족, 부조리하네요."

"그래서 그 부조리함을 제게 떠넘기신 거군요, 사라사 씨는."

"괘, 괜찮아, 전하에게도 평가가 좋았으니까!"

아마도. 자신은 없지만.

불평하진 않았으니까 문제는 없겠지?

맛있다고도 했고……, 약간 억지로 말하게 만든 느낌이 들긴 하지만.

"그리고, 처벌을 받게 되면 나도 같이 받을 테니까!"

약간 둘러대려는 듯이 내가 로레아를 끌어안자 그녀는 입가를 꿈틀대면서 내 등을 툭툭 두드렸다.

"정말……, 이제 됐어요. 직접 상대한 사라사 씨가 더 힘드셨을 테니까."

"이해해주는 거야?! 그 사람, 태도가 정중하긴 한데, 뭔가 좀 그렇더라? 속마음을 알 수가 없다고 해야 하나……, 엄청 귀족이라는 느낌이야! 왕족이라 그런지!!"

내가 알고 있는 귀족 중 대부분이 연금술 양성학교에 있던 사람들———, 다시 말해 미성년자인 아이들이었다는 것도 원인 중 하나겠지만, 그렇게까지 파악하기 힘든 사람은 지금까지 만나본 적이 없다.

겉으로 드러난 감정이나 파악한 생각이 옳은 건지도 알 수가 없고, 뭐라고 해야 하나, 매우 상대하기 껄끄러운 사람. 일단 근처에 없었으면 하는 사람이다.

그런 사람과는 거리를 멀리 둔 상태로 지내고 싶다.

"……뭐, 이제 엮일 일도 없겠지만."

신분 차이를 생각하면 이번이 예외다. 앞으로 나와 전하가 엮일 일은 없을 거라며 고개를 저은 내게 케이트 씨가 의미심장한 시선을 보냈다.

"과연 그럴까? 그 사람은 오필리아 님하고도 관계가 있잖아? 이대로 인연이 끊길 거라는 생각은 너무 낙관적인 것 같은데?"

"불길한 말은 하지 말아주세요! 케이트 씨! 애초에 그렇게 따지면 아이리스 씨는 당연하고, 케이트 씨도 길동무가 되거든요?"

내가 지적하자 케이트 씨가 벌레라도 씹은 듯이 인상을 찌푸리며 이마를 짚었다.

"그랬지……. 그러게, 엮일 일은 없을 거야. 전부 잊어버리자."

"네, 그렇게 하죠."

나와 케이트 씨는 서로 마주 보고 고개를 끄덕인 다음, 로레아의 '쓸데없는 저항일 것 같지만요'라는 말을 슬쩍 흘려 넘겼다.

여행하느라 피곤한 기색을 보이던 아이리스 씨와 케이트 씨는 우선 쉬라고 했다. 잠시 후 저녁 식사 시간을 맞이하자 로레아가 약간 수고를 들여서 해준 요리 앞에 오랜만에 넷이서 둘러앉았다.

한동안 둘이서만 앉아서 쓸쓸했던 식탁이 원래대로 돌아오자 로레아의 미소도 평소보다 밝게 보였다.

"그럼 다시, 고생하셨습니다."

"고마워. 이렇게 맞이해주니 '돌아왔다!'라는 느낌이 드는군."

"그래, 이제 완전히 여기가 돌아와야 하는 집이네."

"저희 집을 그렇게 생각해주시니 기쁘네요. ───저도 여기에서 지낸 시간은 아이리스 씨나 케이트 씨하고 거의 비슷하지만요."

부모님이 살아 계셨을 때는 이곳저곳을 돌아다녔고, 마지막으로 살던 집도 이미 다른 사람에게 넘어갔다.

학교의 기숙사는 완전히 빌린 방이고, 고아원도 자기 집하고는 좀 다르니까…… 이미 떠난 친가, 아니, 친척 집 같은 느낌이려나?

그런 곳들과 비교하면 이곳에서의 생활은 아직 1년도 안 되었으니 짧다.

그럼에도 불구하고 이 집에서 마음이 차분해지는 이유는 내 집이라는 이유도 있겠지만———.

"……로레아의 맛있는 요리가 있기 때문이려나?"

"어? 뭐가요?"

"이곳이 '내 집'이라고 느끼는 이유 말이야."

집에는 안전성과 쾌적함도 필요하겠지만, 일을 마치면 따뜻하고 맛있는 요리가 기다리고 있다는 치유 기능도 중요하다.

여기에서 지내다 보면 마음이 편한 이유 중 하나는 분명히 로레아가 있기 때문이겠지.

"흐음, 나도 안다. 이게 '위장을 잡혔다'는 거로군!"

"어? 제가 잡고 있나요?"

"으음~, 부정할 수는 없는 것 같은데?"

고개를 갸웃거리며 이쪽을 보는 로레아에게 나는 애매하게 고개를 끄덕였다.

원래 의미와는 미묘하게 다른 것 같긴 하지만, 맛있긴 하니까.

내가 적당히 만드는 요리와는 비교도 안 될 정도로.

"식사 같은 건 배만 부르면 되는 거라고 생각했는데, 날마다 맛있는 걸 먹다 보니……, 사치를 부리게 되어버리네."

가끔 맛있는 것을 먹을 수 있다면 평소에는 검소하게 살아도 상관없다.

로레아가 오기 전까지는 그렇게 생각했는데 말이지.

"역시 어머님께서 하신 말이 맞았던 건가."

"아이리스도 위기의식을 가지고 점장 씨에게 버림받지 않게끔 노력해야지."

아니, 버리고 뭐고———, 아, 일단 약혼한 것으로 되어있으니 결혼을 하지 않으면 버리게 되는 건가?

하지만 귀족인 아이리스 씨하고 평민인 나. 객관적으로는 내가 버림받은 것이 되겠네.

"아니, 그건……, 그래, 나는 귀족 영애니까. 몸소 요리를 할 필요가 없는 거지."

"자기 형편 좋을 때만 '귀족 영애'가 되지 마. 사모님께 제대로 배웠지? 요리사를 고용할 만한 여유가 없다고."

"그건 적재적소인 거지. 요리는 케이트에게 맡기겠어. 뭐니 뭐니 해도 우리는 세트로 파는 상품이니까."

으스대는 표정으로 당당하게 말하는 아이리스 씨.

그런 말을 한 것 같기도 한데, 무슨 세일 상품처럼…….

게다가 으스대는 표정으로 할 말은 아닌 거 아닌가?

"윽. 그거, 아직 효과가 있었구나. ……나도 로레아를 이길 수 있을 것 같지는 않은데."

"아무리 그래도 요리만으로 결혼 상대를 정하진 않아요."

두 사람이 한 말을 듣고 나는 '휴우', 한숨을 쉬었다.

마치 내가 식사만 보고 결혼 상대를 정할 거라고 말하는 것 같잖아?

———아, 그래도 로레아가 해주는 요리는 맛있기만 한 게 아니지.

내가 대충한 요리보다 훨씬 맛있는데도 들어가는 비용은 비슷하거나 오히려 더 저렴할 정도다.

어떤 의미로는 잡힌 게 위장이 아니라 지갑이라고 할 수도 있겠네.

살림을 잘 꾸려나가는 건 현모양처의 필수 능력이잖아?

연금술사는 기본적으로 낭비를 하게 되니 가계를 안심하고 맡길 수 있는 건 정말 고마운 일이다.

"……점장님, 방금 고민하지 않았나?"

"그렇지 않거든요? 그건 그렇고, 아이리스 씨 쪽은 결국 어떻게 되었나요? 머디슨 일행이라든지. 일단 연락은 했지만……."

"호음. 뭐, 나와 점장님이 결혼하는 건 이미 정해진 일이나 마찬가지니까. 보고를 먼저 하도록 하지."

"네……?"

잠깐만 기다려. 그건 처음 듣는 이야기인데.

약혼에 대해서는 나도 알고 있긴 하지만, 결혼은 아직 정해진 일이 아니잖아?!

하지만 내 당황은 무시당했고, 아이리스 씨가 '케이트, 부탁한다'라고 보고를 떠넘겼다. 케이트 씨는 쓴웃음을 지으며 말하기 시작했다.

"그래, 로체 가문의 영지까지 이동하는 건 딱히 문제가 없었어. 집 준비도 진행되고 있었고."

눈 속에서도 행군할 수 있을 정도로 단련된 머디슨 일행도 텐트에서 살면서 겨울을 나는 건 힘들 테고, 그들의 가족은 굳이 말할 필요도 없다.

그 사실을 알고 있던 아델버트 님이 마을 사람들에게 말해서 모두 함께 집을 짓는데 착수했다.

머디슨 일행이 도착한 것은 그 무렵.

자신들을 위해 그렇게까지 해주는 영주와 그 부탁을 흔쾌히 들어준 마을 사람들을 보고 감동한 그들은 곧바로 그 작업에 참가해서 집을 짓는 것을 돕기 시작했다.

"그동안, 나는 개간 작업을 했어. 수작업보다는 압도적으로 편하긴 하지만, 익숙하지 않은 마법이니까. 우여곡절을 겪으면서도 열심히 했어. 봄에는 씨를 뿌리를 수 있게끔 해두고 싶었으니까. ……그때 들어온 것이 커크 준남작이 붙잡혔다는 소식이었고."

"그럼……, 타이밍이 안 좋았던 건가요?"

아이리스 씨뿐만 아니라, 나 역시 타이밍을 잘 맞추지 못하는 사람이었던 거야?

"글쎄. 결론부터 말하자면 머디슨 일행은 모두 이주하는 걸 선택했으니까……."

머디슨 일행은 준남작이 붙잡혔다는 정보를 듣고 처음에

는 '혹시 돌아갈 수 있는 건가?'라고 기대했지만, 상황은 그렇게 단순하지 않았다.

붙잡혔다는 정보가 사실이라 하더라도 커크 준남작이 실각할지 여부는 알 수가 없다.

만약에 실각한다 하더라도 그 이후로 도시의 통치가 어떻게 될지도 알 수가 없다.

다른 사람이 보기에는 커크 준남작의 사병인 머디슨 일행의 입장도 미묘하다.

페리크 전하는 처벌하지 않겠다고 했지만, 그 범위가 불확실해서 머디슨 일행이 무사하다 하더라도 다른 병사들은 어떻게 될까.

그 병사들이 처벌을 받을 경우, 무사한 머디슨 일행을 그 병사들이나 가족들이 어떻게 볼까.

아델버트 님은 사우스 스트러그로 돌아가는 것도 허락하겠다고 한 모양이지만, 로체 가문의 영지 사람들의 따스한 마음씨를 느끼기도 했고, 마리스 씨———, 정확히 말하자면 레오노라 씨가 재빠르게 움직여 가족들이 이주할 준비를 진행하고 있기도 했기에 최종적으로 그들은 가족까지 함께 로체 가문의 영지로 이주하는 것을 선택한 모양이었다.

"주민들이 늘어난 건 기쁘다만……, 꽤 힘들었지."

"그래, 머디슨 일행과는 달리 가족들은 여행이 익숙하지 않은 일반인이니까."

"뭐, 자기들끼리 가족들을 돌봐주었으니 그나마 나았지

만 말이지."

처음에 예상하고 있던 야반도주가 되지는 않았지만, 여행
에 익숙하지 않은 여자나 아이들을 데리고, 그것도 추운 겨
울에 이동하느라 고생했는지 두 사람이 서로 얼굴을 마주
보며 쓴웃음을 지었다.

아이리스 씨와 케이트 씨뿐만 아니라 아델버트 님까지 동
행한 모양이지만, 머디슨 일행이 병사가 아니었다면 따로
호위를 고용할 필요가 있었을 것이다.

"흐에~, 힘드셨겠네요. 저는 여행을 해본 적이 없지만
요……."

이야기를 듣고 있던 로레아가 감정을 담아 그렇게 중얼거
리자 아이리스 씨가 밝은 미소를 지었다.

"뭐, 영지 발전을 위해서라고 생각하면 별것 아니야."

"뜻밖에도 단련된 병사를 손에 넣은 거니까. 위험한 동물
이 나타날 때마다 아델버트 님께서 나설 필요가 없게 되었
다고 아버지도 기뻐하셨어."

지금까지 제대로 된 병사가 없었던 로체 가문의 영지.

이번 일을 좋은 기회라고 보고 머디슨 일행을 반쯤 농민,
반쯤 군대 정도로 간주하고 고용할 예정인 모양이다.

하지만 케이트의 말을 들은 아이리스 씨는 곤란하다는 듯
이 힘없는 표정을 지었다.

"……아니, 아버님께서는 그것과는 상관없이 나서실 것
같다만."

"…………그건 사모님께 기대하자. 이유가 없어지면 말려주실 거야. 분명히."

케이트 씨는 한동안 침묵하다가 희미한 희망에 기대는 듯 그렇게 말한 다음, '점장 씨 쪽은 어땠어?'라고 말하며 나를 보았다.

"저는 별로 이야기할 것도 없는데요."

발모제를 받으러 온 페리크 전하를 보고 커크 준남작이 멋대로 폭발했다.

그랬더니 전하가 재빠르게 붙잡아서 끌고 갔다.

간단히 말하자면 그게 전부다.

아마 커크 준남작을 끌어들이기 위한 미끼로 나를 써먹은 거겠지?

전하에 대한 불경죄가 가장 큰 죄목일 것 같고, 왕국령에 군대를 침입시킨 것도, 나나 아이리스 씨에 대한 살해미수도 없었던 일이 되었을 것이다.

"미묘하게 탐탁지 않은 부분도 있긴 하지만……, 사우스 스트러그도 차분해진 것 같으니 잘 처리한 거겠죠, 전하께서."

어제, 레오노라 씨에게 연락을 해보니 그리 큰 혼란도 없이 커크 준남작 가문이 배제되고 도시가 원래대로 운영되고 있는 모양이었다.

"그래도 이제 안전해진 거라면 잘 된 거 아닌가요? 저도 안심할 수 있고요."

"……그렇지. 위자료도 받았으니까. 그것도 꽤 많은 금액을! 그러니까———.”

나는 그렇게 말한 다음, 세 사람을 둘러보았다.

그리고 뜸을 듬뿍 들이다가 짜잔, 내용을 공개했다.

“놀랍게도, 이번에는 드디어 흑자입니다! 그것도 꽤 크게!”

“잘됐네요!”

“호오~.”

“헤에~.”

“……왠지 반응이 약한데요?”

미소를 지으며 손뼉을 쳐주는 로레아 말고는.

자, 자, 두 분도 로레아를 본받으시지 그래요?

저를 치켜세워 주셔도 되거든요?

‘점장님, 대단하다!’라고 말해주셔도 괜찮거든요?

그런 내 시선을 받은 아이리스 씨와 케이트 씨는 미묘한 표정으로 서로 얼굴을 마주 보았다.

“아니, 그래도, 점장님은 이러쿵저러쿵하면서도 매번 이익을 낸 것 같은데?”

“그러게. 큼직한 일을 맡을 때마다 빚이 늘어나는 것 같은 우리와는 달리.”

“어, 그렇지는———.”

반론하려고 입을 연 나는 고개를 갸웃거리며 기억을 더듬어보았다.

이 마을에 온 뒤 제일 먼저 발생한 대규모 사건, 헬 플레임 그리즐리의 광란.

그때는 헬 플레임 그리즐리의 소재로 어느 정도 이익이 생기긴 했지만, 아이리스 씨에게 사용한 포션 가격을 생각하면 완전히 마이너스다.

다음은 그건가? 빙아 박쥐 송곳니 사재기 사건.

그 사건에도 커크 준남작이 관여한 것 같으니 나와 커크 준남작과의 악연이 생겨난 골치 아픈 사건이라고도 할 수 있다.

그때는 일시적으로 창고에 돈이 넘쳐났지만, 그중 대부분은 요크 바루에게 빚을 졌던 연금술사들을 구제해주고 여관의 새 건물을 짓는데 투자했기 때문에 내게 남은 건 그리 많지 않다. 약간 플러스.

그다음은 아이리스 씨의 결혼 소동.

샐러맨더를 쓰러뜨리고 거금을 손에 넣은 것 같기도 하지만 대부분 빚을 갚는데 썼고, 사전 준비를 하는데 돈을 꽤 많이 썼기 때문에 종합적으로 따지면 플러스 마이너스 제로.

최근에 일어난 사건은 노르드 씨. 이 건은 완전히 대폭 마이너스.

구출할 때 사용한 아티팩트나 아이리스 씨 일행의 목숨을 구해준 긴급 팩 대금은 어느 정도 받긴 했지만, 거기에 이르기까지 시험 제작한 많은 아티팩트들은 완전히 남아버렸다.

나 자신이 빚을 떠안게 되어버린 슬픈 사건이다.

뭐, 긴급 팩에 들어있던 것들 중 대부분은 불량 재고였고, 시험 제작한 아티팩트도 연금술 대사전에 나와 있는 것들이니 어차피 조만간 만들어야만 하는 물건이었지만.

그러니 사실 그렇게까지 손해를 본 건 아니다.

다른 돈도 일단은 빌려준 거라서 회수할 수 있을지도 모르니까…….

어라? 손해를 많이 본 것 같았는데, 사실 난 장사를 잘하는 건가?

"———뭐, 뭐어, 그렇게 볼 수도 있겠네요. 가지고 있는 현금은 별로 없지만요."

"그렇지? 빚을 아직 갚지 못한 우리가 이런 말을 하는 건 좀 그렇다만."

"미안해, 점장 씨. 가을 수확량은 예년과 비슷한데, 현금이 들어오려면 시간이 좀 걸릴 거야. 현물이라도 상관없다면 바로 줄 수 있는데……."

"아뇨, 상관없어요. 밀을 잔뜩 받아도 곤란하기만 하니까요."

나는 미안해하는 두 사람에게 고개를 저었다.

———참고로 로체 가문의 빚은 확실하게 줄어들고 있다.

일을 도와달라고 할 때마다 아이리스 씨와 케이트 씨에게 시가 이상의 보수를 지불하고 있으니까.

공짜로 부려먹고 있는 게 아니라 빚의 금액이 너무 많은 것뿐이다.

아이리스 씨를 구할 때 쓴 포션뿐만 아니라 결혼 소동 때는 로체 가문이 떠안고 있던 빚을 내가 대신 갚아주었기 때문에 그만큼 금액이 불어나 버렸으니까.

"그래도 이번에 위자료를 받아서 솔직히 살았어요. 세금을 낼 수 있게 되었으니까요."

현금이 남아 있지 않더라도 매출 자체는 확실하게 남아 있다.

얼마 전에 살짝 계산해보니 납세액이 꽤 많았다.

신고 장소가 왕도라는 지리적 제한도 있기에 신고 유예기간이 길긴 하지만, 곧바로 돈이 들어올 예정이 없었기에 이번 사건이 없었다면 세금을 내느라 고생했을지도 모르겠다.

"흐음, 그것도 페리크 전하 덕분이라는 건가?"

"큰 고생 없이 커크 준남작도 제거할 수 있었으니까."

"……그렇, 죠."

빚을 지지 않아도 되는 게 사실이긴 하지만, 순순히 고마워하기 힘들다.

'노르드 씨를 부추겼다는 의혹'도 있으니까.

뭐라고 해야 하나, 페리크 전하는 귀공자 같은 외모(기간한정 휴업 중)면서 '멋지다!!'라는 느낌이 들지 않는단 말이지———, 생리적으로.

"……페리크 전하라고 하니 사우스 스트러그에서 의아한 소문이 들리던데."

문득 생각난 듯이 아이리스 씨가 말을 꺼냈다.

그 말을 들은 케이트 씨는 눈을 반짝이며 쓴웃음을 짓고는 고개를 저었다.

"아, 그거? ———아무리 그래도 그건 거짓말이겠지."

"페리크 전하에 대한 소문인가요?"

혹시 정수리에 머리카락이 없다는 게 들통났나?

아, 그래도 아이리스 씨하고 케이트 씨는 이미 알고 있었으니 '소문'이라고 하지는 않겠구나.

그리고 내가 준 약을 사용했다면 이미 다 나았을 테고.

"아니, 그게 말이다. 페리크 전하와 점장님이 결혼한다는 소문이 있어서 말이지?"

""......네?""

나와 로레아의 목소리가 겹쳤다.

어, 아니, 잠깐만.

어디서 그런 이야기가 나온 거지? 전혀, 전혀어, 맥락이 없거든요?

"정확히 말하자면 젊고 유능한 연금술사와 페리크 전하가 결혼한다는 소문이야. 그리고 이 근처에서 그 조건에 들어맞는 사람은 점장 씨니까 이름이 나온 느낌이려나?"

"나름대로 유명해졌군그래, 점장님도. ───미리 말해두지만 내가 이름을 꺼낸 건 아니다."

"사라사 씨, 어느새 그렇게 된 건가요? 단둘이 있었을 때 무슨......."

"없었어! 아무 일도 없었다고!!"

불안한 듯이 바라보는 로레아에게 나는 급하게 고개를 저었다.

"그리고 마리스 씨일 가능성도 있거든요? 마리스 씨는 귀족이니까 저보다는 훨씬───."

"유능하다고? 마리스가? 실패해서 빚을 떠안은 사람이?"

"기술은 있을지 모르겠지만……. 참고로 마리스의 이름은 전혀 들리지 않았어."

"……."

응, 나도 그건 아니겠지라고 생각해버리긴 했으니까.

"그래도 저하고 전하가 결혼하다니, 있을 수 없는 일이고, 전혀 기쁘지 않아요!"

그런 사람하고 결혼하면 날마다 정신력이 팍팍 깎여나갈 거라고!

전하와 결혼할 거라면 차라리 아이리스 씨하고 결혼하는 게 몇 배는 낫지!

적어도 가정 안에서 정신적으로 지칠 일은 없을 것 같으니까.

"괜찮다. 확실하게 부정해 두었으니까."

"감사합니다! 덕분에 살았어요!!"

그 전하와 결혼하다니, 절대로 안 된다.

만약 신분이 비슷하다 해도 안 된다.

백마 탄 왕자님 같은 건 나한테 필요 없다.

내가 안심하며 가슴을 쓸어내린 다음 아이리스 씨에게 고맙다는 인사를 하자, 아이리스 씨는 방긋 웃으며 힘차게 고개를 끄덕였다.

"으음. 점장님과 결혼할 사람은 나라고 확실하게 주장해 두었지."

"……헤으?"

아니, 약혼자이긴 한데!

"괜찮아, 점장 씨. 혼인 신청서는 제출하지 않았으니까. ……아직."

"아직?!"

"아니, 일단 작성해두긴 했거든. 만약에 점장 씨가 커크 준남작에게 손을 댔을 때를 대비해서 날짜를 적당히 조작한 서류를 말이지."

"점장님이라면 상황에 따라서는 해치울지도 모르겠다는 생각이 들었으니까."

"…………"

'목격자를 남기지 않는다'는 생각을 진심으로 했었기에 부정할 수가 없다.

만약에 그때, 페리크 전하가 나서지 않았다면 그렇게 되었을지도 모르는 미래.

끄으……, 페리크 전하, 일은 참 잘하네.

그렇게 연기처럼, 타이밍을 잰 듯이 등장한 건 좀 그렇지만.

"이런 지방에서는 왕도에 서류가 도착할 때까지 시간이 오래 걸리는 게 보통이잖아? 여차할 경우에는 점장 씨에게 전송해달라고 하면 어떻게든 될지도 모르겠다 싶어서."

내가 전송진으로 왕도에 보내고, 스승님 같은 사람에게라도 제출해달라고 하면 어느 정도 날짜를 거슬러 올라간 서류라 해도 둘러댈 수 있을 것이다.

귀족 지위가 정식으로 인정되는 것은 서류가 수리된 이후이지만, 혼인의 결정권은 당주에게 있기에 엄청난 거물이 간섭하지 않는 이상, 제출한 서류를 거부당하는 경우는 거의 없다.

"말이 나온 김에 말이지만. 가문을 양도하는 신청도 준비해 두었다. 점장님이 로체 가문의 당주라면 기사작과 준남작의 분쟁이야. 상대방에게 잘못이 있다면 비교적 원만하게 끝낼 수 있지."

"그것까지요?! ……으으."

그런 각오까지 하고 있었다니 뭐라 말할 수가 없다.

아니, 오히려 고맙다는 인사를 해야 할지도 모르겠는데?

"으으으……. 가, 감사———."

"그렇구나! 받아들여 주는 건가! 그럼 바로 전송해주겠어? 아~, 모처럼 작성한 서류를 낭비하지 않아도 될 것 같아서 다행이군!"

내 말에 끼어든 아이리스 씨가 꺼낸 것은 서류였다.

테이블 위에 놓인 서류는 제대로 된 서식에 따라 작성된 정식 서류였고, 아델버트 님이나 아이리스 씨는 이미 서명을 해두었다. 이제 내가 서명을 하기만 하면 완성되는 것이다———, 그렇다, 혼인 신청서 서류가.

"아니, 이유가 뭔데요! 왜 가지고 오신 건데요?! 이럴 경우에는 '써먹지 않게 되어서 다행이다'라고 해야 하지 않나요?!"

"으음, 나도 그럴 생각이었다만……."

껄끄러운 듯이 눈을 피한 아이리스 씨를 도와주려는 듯이 케이트 씨가 쓴웃음을 지으며 입을 열었다.

"그게 말이지? 돌아갔을 때 사모님께 혼났거든. '채집자 일을 계속할 생각이라면 사라사 양을 확실하게 붙잡아두렴. 너는 나이 때문에 평범한 결혼을 하기 힘드니까'라고."

"저기, 그 왜, 나도 이제 스무 살이잖아? 귀족 영애로서는 힘든 나이가 되었고, 미녀인 것도 아니다. 작위도 높지 않으니 빚을 쉽사리 대신 갚아줄 만큼 형편 좋은 사윗감을 찾기가 힘들거든."

귀족 영애 중에는 성인이 됨과 동시에 결혼하는 사람도 많아서 스무 살쯤이면 노처녀라고 불릴 수도 있는 나이다.

아이리스 씨는 충분히 미인이라 사교계에 나가면 이곳저곳에서 데리고 가려 할 것 같지만, 외모만으로는 성립하지 않는 것이 귀족의 결혼.

빚을 갚아줄 만한 결혼 상대는 **형편상 안 좋은** 사윗감뿐일 것이다.

"영지를 생각하면 지금 채집자 일을 그만둘 수는 없으니……. 이해하겠지?"

두 손을 마구 움직이며 초조하게 설명하는 아이리스 씨를 바라보며 나는 '으음', 하고 끙끙댔다.

그런 내게 못을 박아두려는 듯 케이트 씨도 말을 꺼냈다.

"그리고 이번에는 어떻게든 되었지만, 귀족이 관련된 문제가 생길 것을 감안하면 지위가 있는 게 편리하지 않을까?"

"그, 그렇게 자주 문제가 발생하진 않을 거라고요! ……아마도."

"그런가? 1년도 되지 않아서 커크 준남작하고 분쟁이 생겼고, 페리크 전하와도 관계를 맺게 되었으니……. 여기서만 하는 이야기인데, 페리크 전하는 재앙신 같은 느낌 아니야?"

너무 사실대로 말하는 거 아냐?!

나도 생각만 하고 소리 내어 말하지는 않았는데!

"그러니까 여기에 사인해버리는 게 안심할 수 있을걸?"

"슥슥 쓰기만 하면 된다만?"

"으으윽……, 로, 로레아는 어떻게 생각해?"

그녀들이 좀처럼 부정하기 힘든 이유를 늘어놓자 나는 무심코 로레아에게 도움을 요청했다.

하지만 로레아는 고개를 갸웃거리면서 방긋 웃었다.

"저기……, 괜찮지 않을까요?"

"로, 로레아?!"

사다리를 걷어차 버리네?!

저번에 방파제가 되어준 로레아는 어디로 가버린 거야?

"아니, 그러는 게 더 안전한 거죠? 결혼을 하더라도 지금까지처럼 이곳에서 가게를 계속 하시는 것 같으니까 저는 딱히……."

"케이트 씨?!"

미리 손을 쓴 거죠?! 그런 마음을 담아 바라보자 케이트 씨가 눈을 슥, 피했다.

예전에 이야기를 미뤄두게 된 이후로 몰래 설득한 게 틀림없다.

끄으으……, 지금 생활에 변화가 없다면 로레아는 강하게 반대할 이유도 없어지긴 하지.

"그리고 저도 아이리스 씨하고 케이트 씨를 좋아하니까요. 모두 함께 지낼 수 있다면."

"어머, 기쁘네. 나도 마찬가지야, 로레아."

"으음, 나도 로레아를 좋아한다! 자, 점장님. 사인을."

서류를 마구 들이대는 아이리스 씨와 어느새 준비한 펜을 힘차게 내미는 케이트 씨.

그리고 그런 두 사람과 나를 보면서 느긋하게 차를 마시고 있는 로레아.

나는 그런 그녀들로부터 눈을 피하듯이 천장을 올려다보며 펜을 받아야 할지 고민에 빠졌다.

후기

오랜만에 뵙습니다. 이츠키 미즈호입니다.

설마 이 시리즈로 다시 찾아뵙게 될 줄이야……, 솔직히 저도 예상하지 못했습니다.

더욱 뜻밖인 건 애니화입니다. 그렇습니다, 애니화. 이 작품이 애니메이션으로 나옵니다.

처음 연락을 받았을 때는 저도 무심코 덩실덩실 춤을———, 아니, 추진 않았네요. 운동 부족이라 그런 짓을 하면 움직일 수가 없게 됩니다.

애초에 처음 든 생각이 '어라? 만우절이 되려면 아직 멀었는데요?'였으니까요.

하지만 괜찮습니다. 농담이 아니었던 모양이에요. 대단하네요. 놀랍습니다. 독자 여러분께서도 놀라셨을지 모르겠지만, 제일 놀란 사람은 아마 저일 것 같습니다.

하지만 그 덕분에 5권을 낼 수 있게 되었습니다. 감사하죠. 애니화를 통해 책도 많이 팔린다면 혹시나 6권도? 그런 상상을 하게 되네요.

그런데, 애니화가 되면 '잘 만들어주세요~'라고 그냥 넘어갈 수는 없고 원작자도 이것저것 할 일이 있는 모양입니다. 이 책도 그 일환이긴 합니다만, 그 무렵에는 이 책과 동시에 발매되는 신작(그쪽도 잘 부탁드립니다) 쪽에도 손을 대고 있었던 관계로……, 우읍.

이상한 목소리가 나와버렸네요.

그래도 첫 경험이니 즐겨보도록 하겠습니다. 미술 설정을
확인하고 의견을 말씀드리거나, 성우 분의 음성 샘플을 듣
고 '이 사람 목소리가 좋네!'라고 말해보거나. 참고로 저는
성우분들을 잘 알지 못하기 때문에 후보에 대해서는 완전히
맡기고 있습니다만, 어떤 캐릭터든 이미지에 맞는 분들을
선택해주시지 않을까 하는 생각이 듭니다.

그러한 확인 작업 말고도 매주 진행되는 것이 각본 읽기
과정입니다.

코미컬라이즈 때는 완성된 콘티를 '으음, 으음♪'이라며
읽고, '좋네요!'라고 하면(아니, 가끔은 수정 요청을 할 때도
있긴 합니다만) 되는 거였지만, 애니메이션은 그렇지 않은
모양입니다. 각 화의 플롯부터 꽤 많이 관여하고 있습니다.

기본적으로는 의견을 말하기만 하면 되는 간단한 일이지
만요.

다양한 의견을 한데 모아 짧은 시간만에 각본으로 만들어
주시는 라이터 여러분, 정말 고생 많으십니다! 원작을 확실
하게 파악하고 계셔서 몸둘 바를 모르겠습니다.

하지만 이런 시국에서도 불행 중 다행인 건 원격 회의가
일반적으로 보급되었다는 점이려나요. 그게 없었다면 지방
에 거주 중인 저는 도저히 매번 참가할 수가 없으니까요.

하지만 죄송스러운 건 제 컴퓨터에는 카메라가 없다는 점입니다.

그 때문에 저는 매번 'SOUND ONLY'입니다. 큭, 차라리 모노리스라도 띄울 수 있다면 분위기가 달라질 텐데———, 네, 의미가 없네요.

그리고 프로모션 같은 SS 등을 쓰는 일도 있는 것 같습니다.

제1탄으로서 이 책과 비슷한 시기에 발매되는 드래곤 매거진에 이 작품의 SS가 게재됩니다. 아마 다른 곳에서는 쓸 일이 없는 IF 스토리, 학원 패러디이니 관심이 있으시면 읽어보세요. 그리고 제2탄이 있을지 여부는 모르겠습니다. 하지만 소재는 열심히 생각해 둘 예정입니다. 일이 겹치면 '위기는 기회다!'가 아니라 '위기는 큰 위기다!'가 될 뿐이니까요. 네.

그리고 이번 후기는 4페이지입니다. 공간에 여유가 있으니 잠깐 뒷이야기(?)라도 할까 합니다.

웹 버전을 읽으신 분들께서는 알고 계시겠지만, 아이리스는 원래 금발이라는 설정이었습니다. 하지만 서적 버전에서는 감색으로 바뀌었습니다.

어째서 그렇게 되었는가 하면, 당시 담당 편집자분께서 하신 말씀 때문입니다.

담당 편집자분 왈, '캐릭터 머리카락 색은 차이가 나는 게 좋을 거예요! 애니화되었을 때라거나!'.

저는 그 말을 듣고 '그런가요? 그럼 바꾸죠.'라고 대답했습니다만, 솔직한 심정을 말씀드리자면 '애니화, 되면 기쁘긴 하겠지만, 아무리 그래도……, 응?'이었습니다만……, 설마 그 제안을 살릴 수 있는 날이 오게 되다니. 경천동지할 일이네요.

———아니, 삽화 단계에서 충분히 살리고 있긴 하지만요.

후미 씨, 언제나 멋진 컬러 일러스트, 감사드립니다.

그리고 항상 책을 만드는데 힘써주고 계신 편집부와 교정, 인쇄회사 등의 관계자 여러분뿐만이 아니라 이번에는 애니메이션 제작에 힘써주시는 많은 분들, 여러분의 도움이 있었기에 이야기가 완성되었습니다. 이 자리를 빌려 감사의 말씀을 드립니다.

애니메이션 제작은 아직 끝나지 않았을 것 같습니다만, 앞으로 잘 부탁드립니다.

그리고 이 책을 구입해주신 독자 여러분, 항상 감사드립니다.

애니메이션이 방송될 때까지는 아직 시간이 남았습니다만, 분명히 좋은 작품이 될 거라 생각하니 방영하게 되면 봐주셨으면 좋겠습니다.

이츠키 미즈호

Special Short Story

LET'S VISIT THE LATSA!

[신규 집필 특별 쇼트 스토리]
로체 가문을 방문하자!

마을에 쌓였던 눈이 녹고, 추위도 가시기 시작했을 무렵, 나와 아이리스 씨, 그리고 케이트 씨는 로체 가문을 방문하기 위한 준비로 바빴다.

방문 목적 중 하나는 개간을 돕는 것이다.

이번 사건 때는 로체 가문에 꽤 부담을 떠넘겼다.

그 원인이 나인지, 아니면 로체 가문의 사정 때문인지는 미묘하긴 하지만, 조금이나마 부담을 덜어주기 위해 경작지를 늘리는 걸 도와주는 것 정도는 어떠냐고 내가 먼저 제안했다.

다행히 토지만은 남는 것 같았으니까.

케이트 씨도 열심히 하긴 했지만, 역시 나와는 마력량이 달라서 내가 만든 약초밭처럼 되지는 않았다고 했다.

두 번째 목적은 아이리스 씨와 케이트 씨의 가족에게 인사를 하는 것.

이쪽은 가는 김에 하는 거지만, 아이리스 씨의 어머니와 케이트 씨의 아버지, 그리고 아이리스 씨가 '정말 귀엽다!'라고 강조하는 두 여동생.

'가족이라고 너무 띄워주는 거 아닌가?'라는 생각이 들긴 하지만, 그렇게까지 말하니 만나보고 싶어지잖아?

아이리스 씨를 보면 외모는 분명 귀여울 테고.

———아델버트 님을 닮았다는 비극이 일어나지 않은 한.

문제는 내가 며칠 동안 가게를 비운다는 점이지만, 거기에 대해서는 믿는 구석이 있다———, 아니, 믿는 구석이 있기 때문에 이번 여행을 결정했다고 해도 과언이 아니다.

그 믿는 구석이라는 것은———.

"그럼 마리스 씨, 잘 부탁드릴게요?"

"네, 마음 푹 놓으시고 제게 맡기세요! 랍니다!"

그렇다, 마리스 씨. 레오노라 씨에게서 그녀를 빌린 것이다.

"———로레아, 가게는 맡길게? 점장 대리로서 열심히 해!"

마리스 씨는 엄청나게 밝은 미소로 당당하게 말했지만……, 나는 그녀만 믿고 마음을 푹 놓을 수가 없다.

마리스 씨는 어디까지나 보조, 주체는 로레아다.

하지만 로레아는 약간 당황한 듯이, 마리스 씨는 뜻밖이라는 듯이 고개를 갸웃거렸다.

"제, 제가요?"

"어머? 대리라면 정식 연금술사인 제가 맡아야 하지 않나요?"

"그러게요! 만약 마리스 씨가 자기 가게를 말아먹지 않았다면 말이죠!"

연금술 지식이라는 점에서는 마리스 씨가 더 뛰어나겠지만, 돈의 관리라는 신뢰도로는 로레아가 더 높다.

내가 확실하게 지적하자 자기도 그 사실을 알고는 있는 건지 마리스 씨가 눈을 이리저리 굴렸다.

나는 그런 그녀를 보고 한숨을 쉬며 계속 말했다.

"사들인 소재는 써도 되고, 공방을 사용하는 것도 허가하겠지만, 창고에 있는 소재는 손대지 말아주세요. 보면 아시겠지만, 엄청나게 비싼 것도 있으니까요."

"엄청나게 비싼 소재……, 흥미가 있답니다!"

내가 그렇게 말하자마자 눈을 반짝이는 마리스 씨. 불안하기만 하다.

"……로레아, 여차하면 쿠루미를 써서라도 말려야 해?"

"죽어버리잖아요?! 걱정할 필요 없답니다. 남의 가게에서 터무니없는 짓은 하지 않아요."

"그 말을 믿을 수 있다면 좋겠지만 말이죠……."

한 번이라면 모를까, 또 일을 저질러서 레오노라 씨가 보호하게 된 마리스 씨.

신뢰도를 따지면 0이거든요? 제대로 분별할 수 있을 거라고 기대해도 되는 건가?

"점장님, 하지만 마리스도 엘리트인 연금술사잖나. 자기가 들은 말 정도는 지킬 텐데?"

"……그러게요, 믿어도 되겠죠. 최종 방벽(로레아와 쿠루미)도 있으니까."

"전! 혀! 믿어주시질 않네요……."

그건 포기하시고. 과거의 실적 때문이니까.

불만스러워하는 마리스 씨를 내가 쓴웃음을 지으며 보고 있자니 케이트 씨가 재촉했다.

"점장 씨, 슬슬 갈까."

"그러게요. 그럼 다녀올게?"

"다녀오세요! 조심하시고요."

"뒷일은 제게 맡겨만 두세요~."

로레아의 믿음직스럽고 기운 넘치는 목소리와, 마리스 씨의 늘어지고 미덥지 못한 목소리의 배웅을 받으며.

우리는 시원한 아침 공기 속에서 요크 마을을 출발했다.

"그런데 점장님. 로체 가문의 영지로 갈 때는 두 가지 길이 있는데……, 어느 쪽이 더 나을까?"

아이리스 씨가 그런 말을 한 것은 마을을 떠나서 잠깐 걸어갔을 때였다.

"두 가지라니……, 이 근처에 다른 길이 있었나요? 일단 사우스 스트러그로 간 다음에 거기서 남하하는 길밖에 없는 거 아닌가요?"

"보통은 그렇긴 한데, 일단 산을 넘어서 거의 직진할 수 있는 길이 있거든. 그곳을 통하면 1박 2일 만에 도착한다고 하는데……."

"네? 왠지 엄청 가까운데요?"

원래 예정은 4박 5일. 엄청나게 단축된다.

"단축되는 거리에 비례해서 위험도도 올라가지만 말이지. 예정했던 길은 거의 평지지만 그쪽 길은 거의 산길인 모양이야. 점장님이라면 별것 아니겠지만."

"가까운 쪽으로 가죠. 너무 오랫동안 가게를 비우고 싶지는 않으니까요."

왕복으로 엿새나 절약할 수 있다면 바로 결심할 수밖에

없겠지?

"마리스를 믿어줘도 될 것 같다만?"

"아뇨, 나름대로 믿고 있긴 하거든요? 그래도 조만간 세금을 신고하러 왕도에 가야만 하니까요. 마리스 씨에게는 그때도 가게를 봐달라고 부탁할 생각이고요."

"그러고 보니 그런 말을 했었지. 그건 나라 어디에 가게를 내더라도 본인이 왕도까지 갈 필요가 있는 건가? 꽤 힘들 것 같다만……."

"기본적으로는 그렇죠. 믿을 수 있는 사람에게 서류와 돈을 맡기고 신고를 대신 해달라는 방법도 있긴 하지만, 액수도 꽤 크고 내용에 대해 물어봤을 때 대답할 수 있는 사람은 본인이나 가게에서 일하는 제자 정도밖에 없으니까요."

신고하는 데 익숙해지면 실수도 하지 않게 되기 때문에 다른 사람에게 맡기더라도 어떻게든 되는 모양이지만, 이번이 처음인 나는 직접 갈 생각이다. 고아원에도 들르고 싶으니까.

"애초에 저보다 힘든 곳에 가게를 낸 사람은 거의 없을 것 같지만요."

요크 마을은 이 나라에서 1, 2위를 다툴 정도로 변경이니까.

단순한 거리로 따지면 남쪽에 있는 도랜드 공국, 그 국경 근처 마을이 더 멀긴 하지만, 교통편이라는 면에서는 요크 마을이 압도적으로 안 좋다.

"그러고 보니 그렇겠네. ……우리 마을에 가게가 생기면 요크 마을보다 더 오가기 힘들긴 하겠지만."

"인구만 놓고 보면 더 많은데 말이지. 누가 와주지 않으려나?"

아이리스 씨는 그런 말을 하면서 의미심장한 눈빛으로 나를 바라보았다.

"……안 갈 건데요? 대수해가 있으니까 거기에 가게를 낸 거고요."

"그렇겠지. 나도 알고 있었다. ───어이쿠, 여기로군. 이곳에서 오른쪽으로 돌아가자."

"네───, 아니, 이게 길인가요? 짐승들이 다니는 길보다 더 험한 것 같은데요?"

요크 마을과 사우스 스트러그를 이어주는 자그마한 길에서 벗어난 곳에 있던 것은 아무리 봐도 덤불이었다. 사람이 지나간 흔적이 있긴 하지만, 도저히 길이라고 표현할 수 없는 것이었다.

"안심해. 사용한 실적은 있으니까───, 아버님과 카테리나가 말이지만."

"표식도 남겨놓았다니 길을 헤매지는 않을 거야."

그 두 사람이라……, 만나기 전이었다면 안심할 수 있었겠지만, 지금은 불안하기만 한데?

"……겨우 도착했네요."

"……그래, 도착했군. 1박 2일 만에."

"······그걸 길이라고 해도 되는 걸까? 점장 씨가 있어줘서 정말 다행이야."

로체 가문의 독자적인 표식이 곳곳에 남겨져 있던 덕분에 길을 헤매지는 않았다.

———아니, 정확하게 말하자면 방향을 잃지는 않았다.

왜냐하면 길 같은 게 어디에도 없었으니까!

일반인이라면 목숨을 잃을 수도 있을 정도로 험한 곳도 많이 있었다. 그런 곳에 내 마법으로 억지로 길을 만들고 나가면서 1박 2일. 시간과 거리가 단축되기는 했지만, 피로도가 너무 심했다.

"뭐, 어느 정도 길을 내긴 했으니 돌아갈 때는 편하겠지만요······, 아델버트 님하고 카테리나 씨는 언제 그 길을 개척한 거죠? 한 번으로는 힘들 텐데요?"

힘들긴 했지만, 방향과 위치가 확실하게 고려되어 있어서 요크 마을과 로체 가문의 영지에 길을 낸다면 최적에 가까운 루트일지도 모르겠다. 드는 수고를 생각하지 않는다면 말이지.

"모르겠다. 하지만 요크 마을과 오가는 과정을 편하게 만들기 위해 조사한 거겠지."

"실제로 도움이 되긴 했지만······, 지나온 뒤라 그런지 순순히 감사하기가 힘드네. 아무리 그래도 너무 힘들었어······, 그 길을 쓸 수 있는 사람은 극히 일부뿐이잖아."

케이트 씨는 지친 듯이 한숨을 쉬다가 마음을 다잡은 듯이 고개를 들었다.

"자! 여기서 이러고 있어봤자 소용없지. 저택으로 가자."

"그래. 뭐, 이름만 저택이지 작은 집이다만."

아이리스 씨가 그렇게 말한 것은 결코 겸손이 아니었다.

밭 사이로 보이기 시작한 그 집은 척 보기에는 그냥 민가였다.

주위 집들이 단층 건물인 것에 비해 2층이라는 점만 놓고 보면 큰 집이라 할 수 있겠지만, 실제 크기는 내 가게의 세 배도 안 되었기에 당연하게도 내가 아는 귀족의 저택과는 비교도 되지 않았다.

주거지로는 충분한 넓이겠지만, 영지 내부의 온갖 집무도 그곳에서 본다는 걸 감안하면 꽤 작은 편이다. 울타리로 둘러싸인 부지의 면적만큼은 귀족의 저택에 어울릴 정도로 넓었지만, 오히려 그렇게 넓다는 점이 집이 작다는 것을 더욱 확실하게 강조하고 있었다.

"……뭐라고 해야 하나, 정말 분위기가 단란한 집이네요."

내가 애써 칭찬하자 아이리스 씨가 쓴웃음을 지으며 고개를 저었다.

"점장님, 신경 쓰지 않아도 되는데? 이 마을에서는 그나마 나은 편이지만, 보이는 대로 낡은 목조 가옥이야. 그래도 손질은 잘 해두었으니 비가 새고 그러진 않지. 그런 점은 안심해줘."

안심해도 되는 건지, 미묘하게 불안해지는 말과 함께 아이리스 씨가 나를 손짓하며 불렀다.

"자, 안으로 들어가자. 우리 가문의 구세주인 점장님을 맞이하는 이상 원래는 마을 전체가 환영해야겠지만, 연락을 안 했으니까. 그건 좀 봐줘."

"아뇨, 그런 환영은 딱히 원하지 않으니까요."

해줘도 어떤 반응을 보여야 할지 곤란하기만 하고. 애초에 스승님이나 레오노라 씨와 마음 편히 연락을 주고받는 것 자체가 예외다. 보통은 먼 거리에 있는 사람에게 연락을 하려면 많은 시간과 비용이 든다.

그러니 마중 나오는 사람이 없는 것이 당연하다고 생각하고 있었는데……, 뜻밖에도 마치 기다리고 있었던 것처럼 집의 문이 열리고 두 소녀가 달려왔다.

한 명은 아이리스 씨를 작게 만들어 놓은 것처럼 활발한 열 살 정도 나이의 여자애.

다른 한 명은 더 어리고 빛의 각도에 따라 은빛으로도 보이는 금발 여자애. 바지 차림인 첫 번째 아이와는 달리 긴 치마를 입고 있어서 약간 얌전해 보이기도 했다.

그런 두 사람을 보고 아이리스 씨가 기쁜 듯이 활짝 웃으며 두 팔을 벌렸다.

"리아! 레아!"

———하지만 두 사람은 재빨리 좌우로 흩어져서 아이리스 씨를 피한 다음 그 기세를 그대로 유지하며 아이리스 씨 뒤에 있던 나를 힘차게 끌어안았다.

"으앗?!"

나보다 몸집이 작긴 하지만 두 명이다. 비틀거릴 뻔한 몸을 한 발짝 물러나며 버틴 다음 두 사람을 내려다보니 그 둘이 미소를 지으며 나를 올려다보았다.

"사라사 언니, 기다리고 있었어!"

"사라사 언니, 만나 뵙고 싶었어요! 환영합니다."

"어, 언니……, 어? 어?"

고아원 아이들은 나를 언니라고 부르면서 잘 따라주지만, 이 아이들은 처음 만나는 아이들이다.

언니라는 호칭에 당황한 나를 보고 여자애들이 의아하다는 듯이 고개를 갸웃거렸다.

"아이리스 언니하고 결혼하시는 거죠? 그렇다면 저희 언니시죠?"

"저기, 아직 확정된 건……."

"그래? 어~? 믿음직한 언니가 늘어날 줄 알았는데~."

"아이리스 언니나 케이트 씨와는 달리 지적인 언니. 기뻤는데요……."

아쉬운 듯이 입을 삐죽대는 소녀와 살며시 눈을 내리까는 소녀.

그런 두 사람을 보고 나는 뒤에서 들리는 '나는 지적이지 않았구나……'라는 슬픈 목소리 같은 건 그냥 흘려들은 다음 가슴을 두드렸다.

"아, 아직 확정된 건 아니지만, 언니라고 생각해도 돼! 팍

팍, 와도 된다구!!"

""사라사 언니!""

"에헤헤……."

그녀들이 다시 나를 꼬옥 끌어안자 얼굴에서 힘이 빠졌다.

사실 여동생이나 남동생이 있었으면 했거든!

하지만 부모님은 바쁘셔서 아이를 더 낳을 여유가 없었던 모양이고, 고아원 아이들도 잘 따라주기는 했지만, 굳이 말하자면 선배와 후배 관계였다. 자매 관계와는 약간 다르다.

이런 여동생들이 있으면 기쁘겠다. 그렇게 생각한 나도 두 사람을 안았다.

하지만 그런 우리를 불만스러운 듯이 바라보는 사람이 한 명 있었다.

"이봐, 얘들아. 친언니에게는 인사도 안 하는 거야?"

"어~, 언니는 저번에 돌아왔었으니까."

"저희 가문에 있어서도 아이리스 언니보다는 사라사 언니가 더 중요한 손님이세요."

내게서 떨어지지 않고 그렇게 말한 두 사람. 아이리스 씨가 다리에 힘이 풀려서 무릎을 꿇을 뻔했다.

"너, 너무해……, 열심히 노력하고 있는 언니에게……."

"그래도 빚을 없애준 건 사라사 언니지?"

"아이리스 언니는 오히려 빚을 늘리셨다고 들었어요."

"크헉!"

아이리스 씨는 사실을 지적당하자 이번에는 견디지 못했

는지 풀썩, 무릎을 꿇었다.

"자, 자자, 얘들아. 아이리스가 노력한 덕분에 점장 씨하고 인연이 생긴 거니까. 그런 의미에서는 아이리스 덕분이겠죠?"

케이트 씨가 곤란하다는 듯이 달래자 두 사람은 서로 얼굴을 마주 보며 동시에 고개를 끄덕였다.

"그렇네요. 그런 면에서는 잘한 것 같아요. 정말로."

"응, 언니 인생에서 최대의 공적이야."

"그, 그런가? 뭐, 그렇지! 흐흥♪"

미묘한 칭찬을 듣고 아이리스가 단숨에 다시 기운을 차렸다.

……아니, 그래도 되는 거야? 겨우 그런 걸로?

"그리고 사라사 언니의 결혼 상대로서?"

"그러게요. 저나 리아 언니가 남자였다면 좋았겠지만……, 아뇨, 아이리스 언니가 괜찮다면 저나 리아 언니라도……, 나이를 따지면 유리할지도 모르겠는데요?"

"자, 잠깐만! 얘들아, 내 가치를 빼앗지 말아줘! 점장님도 오늘 만난 두 사람보다 내가 더 좋지? 응?"

"그러게요. 아직 소개도 받지 못했고……."

"어이쿠, 그랬지. 이미 몇 번 이야기한 적이 있긴 한데, 점장님 오른쪽에서 끌어안고 있는 애가 큰 여동생인 위스테리아, 왼쪽에 달라붙어 있는 애가 작은 여동생인 카틀레아야."

아이리스 씨의 소개에 맞춰 두 여동생이 내게서 물러나 고개를 꾸벅 숙였다.

"위스테리아예요. 사라사 언니, 잘 부탁해! 리아라고 불러줘."

"카틀레아입니다. 사라사 언니, 레아라고 불러주세요. 아이리스 언니, 나아가서는 저희 가문을 구해주셔서 감사합니다. 앞으로도 잘 부탁드립니다."

"응, 나야말로 잘 부탁해."

어떤 의미로 아이리스 씨보다 자유로운 아이가 위스테리아, 연하인데도 제일 착실한 것처럼 보이는 아이가 카틀레아란 말이지.

"그런데 리아 언니. '점장님'이라네요. 기회가 있을지도 모르겠는데요?"

"응, 그렇지? 사라사 언니를 낚아채면 로체 가문의 영지는 우리 거가 되겠는데?"

"자, 잠깐만, 얘들아. 진심인 거야? 그렇다면 나는 후계자 자리를 딱히 고집하지 않을 텐데……, 아, 아니, 점장님하고 결혼한다면……, 으으. 로체 가문의 영지를 이어받고 싶었던 거야?"

""아니, 딱히.""

"뭐?!"

""아하하하. 농담이야(이에요), 언니!""

"이놈!"

웃으면서 집 안으로 뛰어가는 두 사람을 따라 아이리스 씨도 집 안으로 들어갔다.

그런 세 사람을 케이트 씨가 곤란하다는 듯이 바라보다가 내게 쓴웃음을 보였다.

"미안해, 점장 씨. 저 세 사람은 항상 저런 느낌이라…….."

"아뇨, 사이가 좋다는 건 알았으니까……, 괜찮은 것 같은데요?"

"그래? 고마워. 주민들까지 포함해서 사이좋게 지내는 게 이 영지의 가장 크면서 거의 유일한 장점이니까. ──그럼 우리도 안으로 들어가자."

케이트 씨의 안내를 받으며 안으로 들어가 보니 집 안에 어수선한 분위기가 감돌고 있었다.

"여보! 중요한 손님이니까 제일 좋은 옷으로 갈아입으세요! 머리카락도 제대로 다듬고요. 레아하고 리아도 뛰쳐나가기 전에 드레스로 갈아입어야죠!"

"에~, 언니도 이런데?"

"아이리스는 이제 막 돌아온 참이잖아요! 물론 갈아입힐 거예요. 그래도 아이리스는 먼저 몸을 씻고 오세요."

"나도 입어야 하는 건가…….."

"당연하죠. 리아는 얼른 갈아입으세요."

"드레스 입어도 돼? 평소에는 옷이 상한다고───."

"지금 안 입고 언제 입을 건가요! 로체 가문의 앞날이 걸려 있을 정도로 중요한 날이에요!"

"사모님, 너무 큰 목소리로 말씀하시면 손님께 들릴 것 같습니다만."

네, 잘 들리고 있습니다.

애초에 넓지도 않은 집인 데다 벽도 얇은지 안에 있는 사람들의 목소리도 다 들린다.

약간 곤란해져서 케이트 씨를 보니 케이트 씨는 눈을 감은 채 머리를 감싸 쥐고 있었다.

"……미안해, 점장 씨. 우선 아이리스의 방으로 안내해도 될까?"

"저는 딱히 상관없긴 한데……, 인사를 하지 않아도 될까요?"

"이해해줘."

케이트 씨가 지친 기색을 보이며 말하니 나는 아무런 말도 할 수가 없었다.

그리고 그런 케이트 씨도 나를 주인이 없는 방으로 안내해주고는 재빨리 나가버렸기에 잠시 껄끄러운 마음으로 기다렸다. 그리고 방에 온 사람은 아이리스 씨———가 아니라 드레스를 차려입은 리아와 레아, 두 사람이었다.

둘 다 하늘하늘하고 디자인이 비슷한 드레스였다. 리아가 연두색, 레아가 연분홍색 드레스를 입었다. 두 사람 다 정말 잘 어울렸고, 레아는 물론이고 활발해 보이는 레아도 이렇게 보니 귀족 아가씨 같았다.

"와아, 둘 다, 정말 귀엽다!"

"그런가? 잘 어울려? 이거, 언니한테 물려받은 건데."

"리아 언니, 쓸데없는 말씀은 하지 말아주세요. 그렇게 따지면 저는 그걸 다시 물려받은 거예요. 저한테 맞춰서 만든 게 아니니까……."

"아니, 정말 잘 어울려. 드레스도 전혀 늘어지지 않았는데, 손질을 잘한 건가?"

"아하하, 그냥 안 입는 것뿐이야~. 아마 한 손으로 꼽을 수 있을 정도?"

"리아 언니, 쓸데없는 말이 너무 많아요……. 저기, 사라사 언니, 어머님과 다른 분들은 환영회 준비를 하고 계신 것 같으니 잠시 저희와 이야기를 나눠주시겠어요?"

"물론 좋지! 무슨 이야기를 할까?"

역시 자매라서 사이가 좋은 건지, 레아와 리아가 원한 것은 아이리스 씨 이야기였다.

나는 그런 두 사람을 훈훈하게 생각하며, 케이트 씨가 '환영회 준비가 다 됐다'고 부르러 올 때까지 요크 마을에서 아이리스 씨가 얼마나 노력하고 있는지 이야기해주었다.

안내를 받아서 간 방 안에서는 진한 감색 드레스를 걸친 아이리스 씨가 기다리고 있었다.

그리고 다른 남녀가 두 명씩. 면식이 있는 아델버트 님과 카테리나 씨를 제외하면 나머지가 아이리스 씨의 어머니와 케이트 씨의 아버지일 것이다.

"사라사 님, 잘 왔네. 로체 가문의 은인을 맞이할 수 있게 되어 기쁘군."

"아이리스의 어미인 디아나입니다. 아이리스의 목숨뿐만 아니라 마음까지 구해주셔서, 감사합니다."

아델버트 님 옆에서 자상하게 미소짓고 있는 디아나 씨는 좀 전에 들었던 목소리와는 달리 매우 단아한 느낌이었다. 키는 나보다 조금 큰 정도지만, 가슴둘레와 허리둘레 사이에 큰 차이가 있어서 매우 여성적이고 모성이 넘치는 아름다움을 지닌 사람이었다.

"오랜만이에요, 사라사 양. 여러모로 신세를 지고 있어요."

"케이트의 아비인 월터입니다. 로체 가문의 실무를 맡고 있는 자로서 사라사 님께는 어떻게 감사해야 할지 모르겠습니다. 정말 감사합니다."

카테리나 씨와 나란히 서 있는 케이트 씨의 아버지는 딱 잘라 말해 훈남이었다.

검은색에 가까운 회색 머리카락에 케이트 씨와 많이 닮은 녹색 눈동자. 부드러운 미소를 짓고 있는 얼굴이 매우 잘생겨서 세 명이 나란히 서 있으니 미형 가족이었다. 집무를 맡고 있다고 들었기에 멋대로 허약해 보이는 사람을 상상했었는데, 뜻밖에도 몸이 탄탄했다.

그런 어른들 네 명이 동시에 고개를 숙이자 나는 급하게 손을 저었다.

"아, 아뇨, 신경 쓰지 마세요. 어쩌다 그렇게 된 면도 있으니……."

"아버님, 너무 호들갑을 떠시면 점장님도 껄끄러울 겁니

313

다. 그냥 평범하게 맞이하시는 게 나을 것 같습니다만?"

"……그런가? 아이리스가 그렇게 말한다면. 대단한 걸 준비하지는 못했네만, 식사로 환영하도록 하지."

아델버트 님이 그렇게 말하며 자리에 앉자 다른 사람들도 자리에 앉았고, 식사회가 시작되었다.

그 테이블에 놓인 것은 결코 호화롭다고 할 수 없는 요리이긴 했다.

하지만 매우 꼼꼼하게 조리되어 있어서, 로체 가문의 부엌 사정을 알고 있는 내가 보기에는 환영하는 마음씨를 충분히 느낄 수 있을 정도로 따스한 요리였다.

쓸데없이 딱딱한 예의도 요구하지 않았기에 부드러운 분위기 속에서 먹은 요리는 매우 맛있었고, 이야기도 하기 편했다. 모두가 호의적이라는 점 덕분에 사람을 대하는 것이 그렇게까지 익숙하지 않은 나도 시간이 좀 지나자 누구와도 마음 편히 얘기할 수 있게 되었다.

그렇게 이야기를 나누던 와중에 디아나 씨가 문득 생각난 듯 아이리스 씨를 보았다.

"그런데 아이리스는 사라사 양을 '점장님'이라고 부르는 건가요? 정식 약혼자이니 그런 멋없는 호칭 말고 이름으로 부르는 게 어떨까요? 사라사 양도 아이리스 씨라고 부를 필요는 없을 텐데요."

"아니, 예전에 바꿔볼까 생각하긴 했는데……."

아이리스 씨가 내 반응을 살폈다.

그러고 보니 한때 그렇게 불렀던 적도 있었던가?

그때는 기정사실이 되는 걸 노리는 듯한 느낌이라 약간 저항이 느껴지기도 했지만⋯⋯, 이제 와서 그런 걸 따질 필요는 없으려나? 억지로 강요하는 것도 아니고, 내게도 이익이 크니까.

"⋯⋯상관없어요, **아이리스**. 이제 가게만의 관계로 끝날 것 같지는 않으니까요."

"그, 그런가? 사라사, 잘 부탁한다. ⋯⋯새삼 이렇게 부르니 왠지 쑥스럽군!"

방긋 웃는 아이리스 씨를 보고 케이트 씨도 나를 향해 웃었다.

"그럼 점장 씨. 나도 사라사라고 불러도 될까?"

"네. 케이트 씨는 꽤 연상이니까요."

"으윽. 대여섯 살 연상이긴 하지만, 그건 신경 쓰지 않았으면 했는데⋯⋯."

별생각 없던 내 말에 케이트 씨가 어깨를 늘어뜨리자 카테리나 씨가 깔깔대며 웃었다.

"어머, 케이트는 엘프의 피도 물려받았으니까 외모에 노화가 잘 오지 않을 텐데요? 신경 쓰지 말고 같이 받아주셨으면 해요. 하는 김에 그냥 이름으로 불러주시고요."

"아뇨, 그런 걸 신경 쓰는 게 아니라요! 그리고, 이름으로 부르는 건⋯⋯."

아이리스는 그렇다 치더라도 케이트 씨는 언니 같은 분위기가 있기 때문에 이름으로 부르기가 조금 껄끄럽다. 하지만 모녀가 동시에 기대하는 듯이 바라보니 거절할 수도 없었다.

"……케이트?"

"그래, 그렇게 부탁할게. 사라사."

미소를 지으며 대답하는 케이트 씨————, 아니, 케이트와 만족스러워하는 카테리나 씨.

그렇게 기본적으로는 즐거운 환영회도 끝이 다가왔고, 마지막으로 디아나 씨는 '자기 집이라 생각하고 마음껏 머무르다 가세요'라고 했다.

나는 '감사합니다'라고 대답하긴 했지만, 그렇게까지 느긋하게 지낼 수는 없었기에 다음 날 아침부터 열심히 활동하기 시작했다.

머디슨 일행의 밭을 정비하거나————.

"대장님, 저렇게 넓은 풀밭이 단숨에 진짜 밭이 되어버렸는데요?"

"정말 터무니없군. ————전면 항복을 선택한 나를 존경해도 된다고?"

"감사합니다!"

케이트의 남동생, 닐을 만나러 가거나————.

"샤, 샤라샤 누냐?"

"……케이트. 이거, 일부러 시킨 거죠?"

"무슨 소린지 모르겠네~?"

"아니, 처음 만난 사람의 이름을 부르다니, 이상하잖아요?! 이렇게 어린 애가!"

"나는 모르겠는데~? 저번에 돌아왔을 때 열심히 가르쳤다거나 그러진 않았거든?"

"샤라라 누아~?"

"크윽, 알고 있는데도 귀엽잖아요!"

리아와 레아에게 마법을 가르치거나―――.

"사라사 언니가 가르쳐주니 정말 이해하기 쉬워!"

"우리 쪽 사람들은 마법을 거의 못 쓰고, 쓸 수 있는 카테리나 씨는 사람을 잘 못 가르치니까."

"후후훗, 나는 학교에서 교육도 받았으니까, 내게 맡겨!"

리아와 레아에게 검술을 가르치거나―――.

"사라사 언니는 정말 기교적이시네요. 아버님과는 전혀 다르세요."

"아버님은 강하긴 하지만, 지금 리아의 체격으로는 흉내낼 수가 없어. 사라사 언니의 검술이라면 리아도 할 수 있을지도 몰라!"

"나도 힘은 약했고, 키도 이러니까. 기술을 단련하는 걸 우선시한 거야."

리아와 같이 강에서 놀거나———.

"사라사 언니, 이쪽이야! 봄이 되면 말이지, 강 안에 붉은 열매를 맺는 풀이 자라거든. 새콤달콤해서 맛있어!"

"그건 아크뷔티스구나. 물이 깨끗한 강에서, 그것도 잠깐만 열매를 맺으니까 꽤 귀중하거든? 먹으면 건강에 좋으니까 추천할게."

"역시 사라사 언니야! 박사네~."

"그 정도는 아닌데~."

레아와 같이 뜨개질을 하거나———.

"사라사 언니는 뭐든 잘하시네요. 이런 쪽은 서투르실 줄 알았어요."

"연금술사니까. 특기는 아니지만, 이것저것 할 수 있거든?"

"충분히 특기라고 해도 될 정도인 것 같은데……. 저희 쪽 사람들은 실용적인 면만 중시하는 사람들이 많아서요. 함께 해주셔서 기뻐요!"

"말만 하면 언제든 함께 해줄게!"

———어? 여동생들하고만 함께 지내는 것 같다고?

응, 그러게. 하지만 어쩔 수 없다고. 귀여우니까!

아~, 포기하고 있었던 여동생이 생길 줄이야! 로체 가문을 방문하길 잘했어!

———그렇게 마음껏 체류를 즐기다가 마지막 날.

요크 마을로 돌아가게 된 우리를 위해 아델버트 님과 다른 분들이 다시 식사회를 개최해 주었다.

참가자는 저번과 마찬가지로 로체 가문 사람들과 닐을 제외한 스타벤 가문 사람들.

모두 잘 차려입어서 평상복인 내가 약간 붕 뜬 것 같은 느낌인 게 슬프다.

"사라사 양, 실제로 머물러 보셨는데 로체 가문은 어떻던가요?"

"정말 따스하시고, 스타벤 가문도 그렇지만 가족 같고……, 정말 좋은 곳인 것 같네요."

"그것도 사라사 양 덕분이에요. 그때 도와주시지 않았다면 이 영지는 완전히 바뀌었을 테니까요. 이대로 가면 빚도 무사히 갚을 수 있을 것 같네요."

"그런 것 같네요. 영지 경영도 순조로운 모양이고요."

나도 며칠 동안 그냥 놀기만 한 게 아니다.

———아니, 절반 이상은 놀았지만, 영지 안도 돌아다녔다.

그러면서 느낀 것은 로체 가문의 매우 견실한 영지 운영.

저번 기근으로 위기에 처했던 경험을 통해 상품 가치가 낮긴 하지만 가뭄 등에 강한 작물도 늘리고, 그러면서도 주요 작물의 수확량이 줄지 않게끔 개간도 진행한 모양이었다.

보통은 힘든 개간 작업을 하면 영지의 주민들이 반발하곤 하지만, 로체 가문이 재산을 내놓으면서까지 도와준 사실을 알고 있던 영지의 주민들은 솔선해서 개간 작업에 참가했다고 한다.

그러니 엄청난 사건이 일어나지만 않는다면 빚도 순조롭게 갚을 것이다.

"자, 사라사 양. 다시 제안하겠는데요. 저희와 진짜 가족이 되지 않겠어요? 능력이 있는 사람을 가족으로 끌어들이고 싶다는 생각도 물론 있지만, 직접 만나보니 순수하게 그렇게 되면 좋겠다는 생각이 들었어요."

"……."

그건 이제 가족이 없는 내게 있어서 매우 매력적인 제안이었다.

가족처럼 친한 사람은 있지만, 진짜 가족은 아니다.

형태 같은 건 상관없다, 그렇게 말하는 사람도 있겠지만…….

"굳이 연애 쪽 의미로 아이리스를 사랑할 필요는 없어요. 친구, 자매 같은 관계라도 상관없답니다. 그것만으로도 아이리스에게는 훨씬 행복한 결혼이 될 거예요."

아마 호우 바루와 비교해서 그럴 거라는 뜻인 모양이다.

응, 아무리 그래도 그 녀석보다는 아이리스를 행복하게 해줄 자신은 있는데 말이지?

"억지로 후계자를 만들 필요도 없어요. 레아나 리아의 아이를 양자로 맞이할 수도 있고, 사라사 양이 원한다면 두 사람과 결혼해도 상관없죠."

참고로 말하자면, 디아나 씨가 그런 이야기를 하는데도 아델버트 님은 그 옆에서 그저 고개를 끄덕이고 있기만 했다.

며칠 동안 지내면서 알게 되었는데, 로체 가문의 실권을 쥐고 있는 사람은 디아나 씨 쪽이고, 원래 작위를 가지고 있었던 것도 그녀다. 아델버트 님이 기사작이라고 자칭할 수 있는 것도 디아나 씨와 결혼했기 때문인 모양이다. 그럴 만도 했다.

다시 말해 데릴사위. 입장을 따지면 나와 마찬가지인가?

───그렇게 디아나 씨의 충격적인 발언으로부터 현실도피를 하고 있는데 어느새 다그치듯 내 손을 잡은 여동생 두 명과 언니 같은 사람이 한 명 있었다.

"사라사 언니, 부탁이야. 리아의 가족이 되어줘!"

"사라사 언니, 제 진짜 언니가 되어주실 수 없을까요?"

"사라사, 예전에도 말했지만, 신분을 가짐으로써 지킬 수 있는 것도 있다. 우리 가문이 사라사에게 보답할 수 있는 건 이것뿐이야. 형태만이라도 좋아. 부디 나와 결혼해주지 않겠어?"

진지한 표정으로 나를 빤히 바라보는 세 자매.

꽤 다른 것 같다고 생각했던 그녀들의 얼굴도 이렇게 보니 역시 닮은 구석이 많았고, 단정한 이목구비와 예쁜 눈동자 때문에 주눅이 들었다.

"……보답 같은 건 생각하지 않으셔도 되는데."

가족이라……. 언젠가는 다시 한번 손에 넣고 싶다고 생각했던 것.

나중에 손에 넣을 수 있을지는 모른다. 그리고 손에 넣는다 하더라도 어떤 사람일지는 모른다.

그에 비해 지금 손을 뻗으면 닿을 만한 것은———.

""부탁이야(이에요)! 언니!!""

———이미 내 대답은, 한 가지밖에 존재하지 않았다.

역자 후기

안녕하세요, 천선필입니다.

『초보 연금술사의 점포경영』 5권, 재미있게 읽으셨는지 모르겠습니다.

이번 5권은 복선까지 포함하면 작품이 시작되는 부분인 1권부터 이어져 온 영주, 커크 준남작과의 악연에 결판을 짓는 내용이라고 할 수 있겠습니다만, 그런 내용과는 달리 비중이나 임팩트 자체는 다른 쪽에 더 쏠려있다는 인상이 강했던 것 같습니다. 실제로 주인공인 사라사가 커크 준남작에게 어느 정도 타격을 입히긴 했지만, 결정적인 역할은 이번에 새로 등장한 탈모 왕자님(……)이 가로채버렸으니까요. 사실 결판을 내는 장면에 비중을 많이 둘 정도로 커크 준남작이 대단한 캐릭터도 아니고……, 슬로우 라이프를 표방하는 작품답게 심각한 빌런도 아니었기 때문에 그런 것 같기도 합니다.

그 대신 3권 마지막 부분, 그리고 4권 초반까지도 이어졌던 백합 분위기의 비중은 더욱 늘어나서 이번 권에 수록된 SS 마지막 부분에서는 사라사도 결국 받아들이는(?) 듯한 모습을 보였습니다. 동성끼리도 아이를 만들 수 있다는 사실이 언급된 시점에서 이렇게 될 것 같다고 예상하긴 했지

만, 진도를 나가는 속도가 너무 빠른 게 아닌가 하는 생각
도 드네요. 그런 와중에 주인공 쟁탈전에 참가할 것 같던 로
레아는 이유가 뭔지 모르겠지만 미지근한 태도를 보이고 있
습니다. 간간이 질투하는 모습을 보이는 것 같기도 하고, 별
관심이 없는 것 같기도 한 것 같은 느낌이라 정확하게 판단
을 내리기가 힘든 것 같네요. 어떻게 보면 현실적인 캐릭터
라는 생각도 드는 것 같습니다. 보통 다른 사람 속은 알기
힘든 법이죠.

　그리고 애니화. 확정된 시점은 5권이 나오기 전이니 4권
밖에 출간되지 않은 작품이 애니화가 된다고 하니 저도 뜻
밖이긴 했습니다. 기존에 히트작을 낸 작가분의 작품일 경
우에는 출간된 분량이 얼마 되지 않더라도 애니화 발표가
나오기도 합니다만, 이 작품의 경우에는 그렇지 않으니까
요. 이 후기를 작성하고 있는 지금은 제작진, 성우진, 그리
고 1, 2차 PV까지 발표된 시점입니다만, 독자 여러분께서
이 책을 읽고 계실 때쯤이면 방영을 시작했을지도 모르겠네
요. 코미컬라이즈든 애니화든 작품을 다양한 각도로 즐길
수 있다는 건 정말 좋은 일이죠. 저도 기대하고 있습니다.

　이런 생각을 하면서 이번 『초보 연금술사의 점포경영』5
권을 번역하였습니다. 매번 그랬듯이 감사의 말씀 드리고
후기를 마치려 합니다.

항상 신경을 많이 써주시는 담당 편집자분, 그리고 책을 내는 데 도움을 많이 주신 소미미디어 관계자 여러분, 그리고 가족 여러분. 감사합니다.

　그 누구보다 감사드리고 싶은 분은 독자 여러분입니다. 제가 이렇게 무사히 번역을 마치고 후기를 쓸 수 있는 것도 독자 여러분 덕분이라 생각합니다. 진심으로 감사드립니다.

　다시 찾아뵙게 될 때까지 행복한 하루 보내시길 바랍니다. 감사합니다.

　　　　　　　　　　　　　　　　　　　　　천선필

SHINMAI RENKINJUTSUSHI NO TEMPOKEIEI Vol.5 FUYU NO TORAI TO HINKYAKU
©Mizuho Itsuki, fuumi 2021
First published in Japan in 2021 by KADOKAWA CORPORATION, Tokyo.
Korean translation rights arranged with KADOKAWA CORPORATION, Tokyo.

초보 연금술사의 점포경영 5

2022년 10월   1일 1판 1쇄 발행

저   자 이츠키 미즈호
일 러 스 트 후미
옮 긴 이 천선필
발 행 인 유재옥
본 부 장 조병권
담당편집자 박치우
편집 1 팀 김준균 김혜연 박소연
편집 2 팀 정영길 조찬희 박치우 정지원
편집 3 팀 오준영 곽혜민 이해빈
미   술 김보라 박민솔
라 이 츠 맹미영 이승희 이윤서
디 지 털 박상섭 김지연
물   류 허석용 백철기
발 행 처 ㈜소미미디어
등   록 제2015-000008호
제 작 처 코리아피앤피
주   소 서울시 마포구 토정로222, 403호(신수동, 한국출판콘텐츠센터)
판   매 ㈜소미미디어
영   업 박종욱
마 케 팅 한민지 최원석 최정연
전   화 (02)567-3388, Fax (02)322-7665

ISBN 979-11-384-3433-1
ISBN 979-11-6611-779-4 (세트)